古典詩歌研究彙刊

第二七輯

龔鵬程 主編

第4冊

唐末杜甫詩歌接受研究
——以羅隱、韋莊、韓偓三人為探討

張邱奎 著

國家圖書館出版品預行編目資料

唐末杜甫詩歌接受研究——以羅隱、韋莊、韓偓三人為探討
／張邱奎 著 — 初版 — 新北市：花木蘭文化事業有限公司，
2020〔民 109〕
目 2+220 面；17×24 公分
（古典詩歌研究彙刊 第二七輯：第 4 冊）
ISBN 978-986-485-974-0（精裝）
1. 唐詩 2. 詩評
820.91   109000186

ISBN-978-986-485-974-0

9 789864 859740

古典詩歌研究彙刊
第二七輯　第四冊　　　　　　　ISBN：978-986-485-974-0

唐末杜甫詩歌接受研究
——以羅隱、韋莊、韓偓三人為探討

作　　者　張邱奎
主　　編　龔鵬程
總 編 輯　杜潔祥
副總編輯　楊嘉樂
編　　輯　許郁翎、張雅淋　美術編輯　陳逸婷
出　　版　花木蘭文化事業有限公司
發 行 人　高小娟
聯絡地址　235 新北市中和區中安街七二號十三樓
　　　　　電話：02-2923-1455／傳真：02-2923-1452
網　　址　http://www.huamulan.tw 信箱 hml 810518@gmail.com
印　　刷　普羅文化出版廣告事業
初　　版　2020 年 3 月
全書字數　160319 字
定　　價　第二七輯共 19 冊（精裝）新台幣 32,000 元　　版權所有・請勿翻印

唐末杜甫詩歌接受研究
——以羅隱、韋莊、韓偓三人為探討

張邱奎 著

作者簡介

張邱奎，台灣桃園市人，1989 年生，國立成功大學中文系，國立成功大學碩士班畢業。從小喜讀唐詩、宋詞，熱愛寫作古典詩詞，研究方面以唐詩為主。曾屢獲鳳凰樹文學獎古典創作各獎。

提　　要

　　杜甫詩歌的接受史，是近來許多研究唐代詩人的學者，所重點關注的議題。然而他們多是注重於中唐韓白以降，晚唐李杜，北宋蘇黃，直至明清時期的眾多詩人——這些被歷代學者指出「學杜」、「擬杜」的重要文人集團或時期。然而，卻少有人提及探討，與杜詩關係匪淺、唐朝最後的餘暉——唐末詩壇。

　　唐末詩歌實是研究唐詩常被忽略的一個重要時期，不少學者常以李商隱、杜牧來概括這時期的詩風，卻省略了李商隱過世後，唐朝仍有將近五十年的殘存國祚，那些活躍於唐末的重要詩人，如羅隱、杜荀鶴、司空圖、韋莊等人，都有著出色的詩作與困苦的境遇，自杜甫過世之後，無論中唐、晚唐，都沒有如此酷似於唐末詩人這般與杜甫相似的困境——他們早年大都落魄不第，如同杜甫一般。他們經歷過了黃巢之亂而顛沛流離，也如同杜甫遭逢了安史之亂而四處漂泊，那種鬱悶、痛苦、失落，都是未逢大規模戰亂的韓愈、李商隱所未能體驗的。「亂世之音怨以怒」，這是他們「似杜」的外在條件，這時期不少詩歌都呈現了對殘酷戰禍的寫實與崩壞社會的控訴，更繼承了杜甫的詩史精神與沉鬱詩風，絕非是後人用「苦吟」、「白俗」、「氣弱格卑」等區區數語描述所能概括。

　　本著作試圖以三位唐末著名詩人——羅隱、韋莊、韓偓，從他們的遭遇與詩風與杜甫之間的相互關係，證明唐末時期的「學杜」已蔚為風氣，並略論為何唐末詩歌評價低落的因由，來釐清前人說法一些可能的謬誤與偏見。

誌　謝

　　光陰荏苒、歲月如梭，從大學至碩班，在台南成功大學也待了八年之久。最後留下的紀念，就是這本《唐末杜甫詩歌接受研究——以羅隱、韋莊、韓偓三人爲探討》碩論，有太多的人、事、物必須感激，卻也難以盡數說明，只能略微論述。

　　走上中文系這條路的原因，應是我天生耳疾的關係吧，因爲對於聲音的疏離，導致了我對於書本的沉迷，不論是《世說新語》、《莊子》、《三國演義》，都曾使我沉迷揮霍過童年時光。而閱讀《唐詩三百首》的體驗，讓我第一次地嘗試作近體詩，這大概是我與中文系有了不解之緣的開端吧。

　　我必須先感謝我的父母，他們總是包容我的一切決定，選擇讓我自由選擇自己喜愛的學問，甚至願意讓我更加深入鑽研，如果沒有他們的包容，就不會有這本論文的產生。然後必須感謝陳美朱老師，這本碩論從草稿到完成，都有許多老師的細心糾正與指導，從碩班杜甫詩研究課開始，不僅指導我論文的粗心大意之處，也同時點出我種種的缺漏與不足。

　　還有必須要感謝吳榮富老師，在大學的過程中，他一手將我正式領進寫作古典詩的文學殿堂，不論是五言、七言、古體、近體，都在老師的敦敦善誘下而小有成果，假如我的古典詩能有一絲一毫的皮毛

成就，都是吳老師的教誨有方。接著必須感謝施懿琳老師，老師在有關台灣古典文學的碩班課程中，給予了我不少幫助，讓我深深地了解到，古典文學不單只是中國的文學沃土，它同樣也能連接於台灣的傳統與現代，老師上課生動講解的櫟社、瀛社、南社眾多詩人事蹟，仍讓我深深嚮往之，思考著如何用古典文學，來更深入地闡釋台灣這塊美麗的寶島。最後，仍有許多老師、同學、學長學姊、學弟學妹，是我在這八年成大歲月中，所必須感謝的對象，不論是一同讀書的、或是一同走過困境的、甚或是在交換學生中認識的大陸同學，都曾在我的求學閱歷中，留下了清晰的難忘痕跡。

「因爲需要感謝的人太多了，就感謝天罷。」雖然是句耳熟能詳的老話，但終歸能表達出我對於許多曾陪我走過一段路的師友同伴，那份難以敘說的感激之意。

曾經有朋友說我像是文人，不像學者，在寫完這本論文後，大概也能體悟這位朋友的一針見血，總覺得論文揮灑肆意的多、嚴謹客觀的少，或許未來有人能從這本論文得到一些靈感、或許也有人會嘲弄這本論文天馬行空的陋見，但是他們想必還會稍微記得這本論文的作者姓名吧，我想，這就足夠了。

我喜歡寫詩，甚至從不諱言，這遠遠超過我對研究學術的喜愛，在這篇致謝，千言萬語，只能用最能代表我學詩過程的七律拙作來結束：

作詩偶感

爲詩不喜隨人語，李杜雖高非我心。
落筆鋒芒昭諫意，傷春雲雨義山吟。
莫悲文墨知音少，只是風霜醉酒深。
詩學凋零今寂寂，他年讀我料難尋。

這是我在成功大學第四十二屆鳳凰樹文學獎的得獎作品，亦是我覺得能總結碩班心路歷程的一首七律。

「詩學凋零今寂寂，他年讀我料難尋」，我的詩如此，碩論又何嘗不是如此呢？司馬遷〈報任少卿書〉云：「藏諸名山，傳之其人」，

希望有對唐末詩歌感到共鳴的文人或學者，能夠從這本論文得到一些體悟吧。

李商隱、羅隱，「兩隱」是我最爲喜愛的兩位唐朝詩人。羅隱在這本論文中有筆者的一些淺陋見解、雖然因爲論文年代「唐末」的關係，對於李商隱未能論及，但猶幸在唐末時期，猶有詩人韓偓與李商隱有姨甥關係，能夠在這本論文略爲提及論述，大概亦是我寫作這份論文的動力與原因之一吧。

有太多想說，但說到這裡，也應足夠了。

目

次

第一章　緒　論

第一節　研究動機

　　如果說「天不生仲尼，萬古如長夜」，能夠代表在中國古代思想中，孔子的崇高地位與不可忽視的影響，那麼韓愈（768～824）〈調張籍〉所說的「李杜文章在，光焰萬丈長」〔註1〕，就恰如其分地表現出杜甫詩歌在整個中國詩歌史上，不論是從哪個角度與立場分析，都當之無愧的文化瑰寶。

　　唐宋以來，對於杜甫生平、詩歌、甚至思想的考據，都是歷代唐詩學者樂此不疲的研究方向，關於杜詩的註解，甚至有「千家注杜」的美譽。而清代錢謙益《錢注杜詩》的詩史互證、仇兆鰲《杜詩詳註》的逐字推敲，詳細的資料與推論，更是將杜詩詮釋的風潮推到一個高峰之處。在 1986 年，由大陸周采泉出版的《杜集書錄》，收集了從唐宋以來到近代有關杜詩注本的數量，包含只存書名的亡佚書，共有668 種。〔註2〕這還不包括如今產量十分豐富的杜甫研究的期刊論文。

　　如今研究杜詩的論文數量，即使不提近年來大陸研究漢學的蓬勃

〔註 1〕　清・彭定求等編：《全唐詩》（北京：中華書局，1979 年 8 月），第十
　　　　　冊，卷三百四十，頁 3714。

〔註 2〕　周采泉：《杜集書錄》（上海：上海古籍出版社，1986 年 12 月）。

發展，光以台灣而論，在藏書最富的國家圖書館線上網站《台灣論文期刊系統》，單只以「杜甫」二字搜尋篇名，就可得到相當驚人的 452 篇，以「杜詩」搜尋篇名，可得 181 篇，從這些論文中，都可看出杜甫詩歌在目前台灣的研究盛況。

　　而在近代的西方美學研究中，有關接受理論的提出與發展，亦逐漸影響到杜詩的研究方向。接受理論表示一部永垂不朽的作品，並非是由作者自己完成，它還必須經過各個時代的讀者批評與審美，才能真正地錘鍊與完成。這種新穎理論，對於「千家注杜」的杜甫詩來說，實是一個值得注意的方向。

　　從中唐詩人韓愈開始，歷代詩壇文人幾乎無一例外、或多或少地對杜詩表示了自己的見解，如北宋最傑出的文學家蘇軾（1037～1101），首次為杜詩提出了集大成的說法：「子美之詩，退之之文，魯公之書，皆集大成者也。」〔註 3〕蘇軾學生、江西詩派的開創者黃庭堅（1045～1105），亦說出「老杜作詩、退之作文，無一字無來處」的杜詩見解。〔註 4〕這些說法，對於歷代詮釋杜詩的學者們，都在某種意義上產生了巨大的影響。例如南宋時流傳十分廣泛、假託蘇軾之名的偽蘇注，其詮釋方法便是黃庭堅所提倡的「無一字無來處」。黃庭堅的說法甚至影響了幾百年後，清朝仇兆鰲《杜詩詳註》，其對杜詩的考證，幾乎到了字字皆有出處的繁冗程度，為一些學者詬病不已。〔註 5〕

　　在台灣，近幾年研究杜詩接受的專書，最詳細與重要的當推蔡振

〔註 3〕宋·陳師道《後山詩話》，收錄於清·何文煥輯：《歷代詩話》（台北：中華書局，2006 年 6 月 2 版），頁 304。

〔註 4〕宋·黃庭堅〈答洪駒父書〉，見宋·黃庭堅著、劉琳等點校：《黃庭堅全集》（成都：四川大學出版社，2001 年五月），卷十八，頁 473。

〔註 5〕如鄧廣銘《稼軒集編年箋注》序言云：「傅（斯年）先生還鄭重地向我說道，千萬不能把此書做成仇兆鰲的《杜詩詳註》那樣，仇書作得確實夠詳、夠繁瑣了，但那只是供小孩子閱讀用的，對真正研究杜詩的人，究竟能起多大的作用呢？」見鄧廣銘：《稼軒集編年箋注》（台北：華正書局，2003 年 9 月二版），頁 4～5。

念的《杜詩唐宋接受史》，蔡振念詳細析論杜詩在唐宋文人間的地位
起伏與評價，他在序章中這麼提到說：

> 杜甫詩歌從唐代開元、天寶以來，逐漸成為中國詩史
> 上經典之作，其間唐宋人的接受態度無疑扮演著關鍵的地
> 位，影響著後世對杜詩的看法，我們甚至可以說，唐宋人
> 對杜詩的接受，決定了後人的杜詩觀。〔註6〕

然後蔡振念接著提到：

> 接受的表現方式可分為普通讀者的接受效果史，批評
> 家的闡釋史、詩人作家的影響史。就杜詩的接受情形而言，
> 三者實不可分。〔註7〕

假如我們綜觀杜甫的一生來看，可以發現，杜甫生前的詩名看法，確
實跟他身後被尊稱為「詩聖」的尊崇，有著極為大的反差。如從唐人
的唐詩選本來看，現今所存的唐詩選本，竟然只有唐末五代的韋莊
（836～910）《又玄集》選錄了杜詩七首。〔註8〕尤其唐代高仲武（？
～？）所編輯的唐詩選本《中興間氣集》〔註9〕，其選錄的詩人與作
品年代，是肅宗到代宗兩代皇帝在位的二十多年時間（756～779），
這與杜甫詩歌創作的巔峰期幾乎完全一致，但是高仲武對於杜甫詩
歌未提片言，其在當時的地位可想而知。

　　而《舊唐書》、《新唐書》對杜甫的評價更是使許多研究的學者感
到困惑，《舊唐書》評價杜甫「性褊躁，無器度，恃恩放恣」〔註10〕，
《新唐書》說其「曠放不自檢，好論天下大事，高而不切」〔註11〕，

〔註6〕蔡振念：《杜詩唐宋接受史》（台北：五南圖書出版公司，2002 年 2
　　　　月），頁 3。

〔註7〕蔡振念：《杜詩唐宋接受史》，頁 3。

〔註8〕唐‧韋莊：《又玄集》，收錄於傅璇琮：《唐人選唐詩新編》（北京：
　　　　陝西人民教育出版社。1996 年），頁 573～684。

〔註9〕唐‧高仲武：《中興間氣集》，收錄於傅璇琮：《唐人選唐詩新編》，
　　　　頁 451～523。

〔註10〕後晉‧劉昫等著：《舊唐書》（北京：中華書局，1975 年 5 月），卷一
　　　　百九十一，頁 5054。

〔註11〕宋‧歐陽脩、宋祁等著：《新唐書》（北京：中華書局，1975 年 2 月），
　　　　卷兩百零一，頁 5738。

這兩本史書作於五代宋初之際，表示這種狂傲放蕩的杜甫形象，是當時史官的共識。與我們所接受的「詩聖」形象，有極大的反差。這種轉變，主要是宋朝理學盛行對杜詩印象的轉化與吸收，假如沒有刻意對比唐、宋文人對於杜詩的評價，是無法分辨這種轉變。

也因此，對於杜詩在歷代文人的接受與影響，是如今研究杜詩必須注意的方向。從每個時代詩人對於杜甫的接受與評論，可以窺見於那個時代的詩歌審美變化。而筆者在研讀歷代著名詩人詩作時亦發現，從中唐韓愈、白居易（772～846）以來，幾乎每朝每代的著名詩人，如晚唐的李商隱（813～858）、北宋的王安石（1021～1086）、蘇軾和黃庭堅、南宋的陸游（1125～1210）、金末元初的元好問（1190～1257）、明朝的前後七子、清初的錢謙益（1582～1664）等人，無一例外地對杜甫詩歌有著模仿學習的痕跡，我們甚至可以說，從中唐以後的著名詩人，以及詩歌觀念，對於杜甫幾乎有著相當密切的關係。即使是對杜甫詩歌不滿的王士禛，他影響清初詩壇極大、「不著一字，盡得風流」的神韻說，也是爲了與杜甫沉鬱頓挫的詩歌風格作對比。

筆者在研讀唐宋詩人作品時，驚訝地發現，在中唐的韓愈、晚唐的李商隱到北宋初年的王禹偁（954～1001）等人對杜甫詩歌的吸收中，似乎有一段歲月被許多研究杜甫的文人與學者給忽略了——唐末詩壇。以宣宗大中十二年（858）晚唐詩人李商隱去世的下一年爲開始，從宣宗大中十三年（859）到哀帝天佑四年（907）五十年的詩壇時期。

這段時期的著名詩人有羅隱（833～910）、陸龜蒙（836？～881）、皮日休（838？～883？）、韋莊等人，但他們在後人的評論中卻不被重視，視爲唐朝詩歌的末世頹喪之音。並且受到《香奩集》、《花間集》等華艷詩詞在此時廣泛流行的影響，不少學者將此時的詩風輕視爲輕浮纖巧、簡白直俗的風格，並未多加重視此時詩人與杜甫的關係。

如前面所提到的今人專書《杜詩唐宋接受史》，蔡振念對於唐末時期杜詩接受的情形就如此評論：

　　　統而言之，在晚唐後期詩壇上，杜甫被接受的情形不
　　如中唐甚至晚唐前期普遍，但仍有其影響，皮、陸等人除
　　了在新樂府上遠承杜甫之外，吳體拗律更是杜詩之後的罕
　　見之作，杜荀鶴則以近體表現樂府精神，也是杜詩寫實風
　　格之佼佼者，杜詩在晚唐後期的接受情形，無疑地，仍是
　　受到時代風氣和社會現實的左右，因之讀者作出了和中唐
　　及晚唐前期極不相同的反映與接受態度。〔註12〕

蔡振念這裡所說的晚唐後期，即是指杜牧（803～852）、李商隱兩位
晚唐重要詩人死後，從宣宗大中十三年（859）到哀帝天佑四年（907）
的近五十年時間，根據蔡振念的觀點，晚唐後期的詩人有兩種類型，
一種是以皮日休、陸龜蒙爲代表的寫實詩風，另一種是走上了姚合（？
～？）、賈島（779～843）一派的苦吟詩風，蔡振念認爲前者的影響
較小，晚唐後期的詩人主流是姚賈一派的苦吟詩風，蔡振念指出，這
些苦吟詩人投注全身新力專研字句工對，有了形式主義的雛型。

　　儘管蔡振念承認姚合與賈島都在某種程度上繼承了杜甫的詩
風，但他卻不認爲一樣是苦吟詩派的唐末詩人間跟杜甫詩風的繼承關
係，他說道：

　　　　今日影響研究之難，便在於不能捕風捉影，一典一
　　辭之相同，便謂出自某人，或以一人爲宗，無限擴大其
　　影響。〔註13〕

蔡振念認爲，確實有前代文人指出，晚唐後期的詩人與杜詩間有某些承
繼關係，但他覺得必須要批判性的吸收，基於對晚唐後期詩人流於形式
主義的弊病，他理解爲這與杜甫的苦吟已經有了相當大的差別。他說道：

　　　　老杜苦吟只是作詩態度，其精神生命固在詩藝，但終
　　極關懷是國事民生。賈島的苦吟則已衍出另一層意義，作
　　詩是苦吟，也是吟苦，即吟詠生命中的愁苦，其終極關懷
　　只在自身。晚唐詩人學賈島，實包含了苦吟和吟苦這兩層
　　意義，所以我們便不能說晚唐詩的苦吟是受杜甫影響。就

〔註12〕蔡振念：《杜詩唐宋接受史》，頁234。
〔註13〕蔡振念：《杜詩唐宋接受史》，頁216～217。

此而言，杜甫對晚唐派的影響應是極微的。〔註14〕

但這一點卻是有待商量，我們必須要承認，一位詩人的性格實是十分矛盾化與複雜化的。即使是被稱作爲「詩聖」的杜甫，在他的詩歌中，吟詠生命愁苦的句子也所在多有，如〈奉贈韋左丞丈〉「殘杯與冷炙，到處潛悲辛」〔註15〕、〈樂遊園歌〉「聖朝亦知賤士醜，一物自荷皇天慈。此身飲罷無歸處，獨立蒼茫自詠詩」〔註16〕，甚至亦曾在詩中透露出對儒家思想的悲觀迷惘，如〈醉時歌〉「儒術於我何有哉，孔丘盜跖俱塵埃」。〔註17〕從這些詩句透露出的內容來看，這很難不說是杜甫在「吟苦」一面的表現。而唐末苦吟詩人中，如蔡振念提到的唐末詩人李洞（？～？），極爲崇拜賈島，《唐才子傳》說他「常持數珠念賈島佛，一日千遍」〔註18〕，在苦吟與字句中下了很大的功夫，屢屢爲久試不第所苦，與賈島的生平際遇十分相似。然而在他的詩中，卻不能說完全沒有對國事民生的關懷，如看他的〈繡嶺宮詞〉：

　　　　春日遲遲春草綠，野棠開盡飄香玉。繡嶺宮前鶴髮翁，
　　猶唱開元太平曲。〔註19〕

繡嶺宮爲唐朝皇帝行宮，位置約爲長安驪山附近，歷史記載唐明皇常在此處遊玩。作者描寫著如今的驪山上，雖然美麗依舊，卻有一白髮蒼蒼的老人，在前面高聲著唐明皇時期的清平之樂。這種今昔盛衰對比，其實就是黍離之悲、家國之痛的一種體現。杜甫的〈憶昔〉中，亦有「憶昔開元全盛日，小邑猶藏萬家室」之語。〔註20〕假若說李洞〈繡嶺宮詞〉關懷的是國事民生，是完全說得通的。

〔註14〕蔡振念：《杜詩唐宋接受史》，頁222～223。

〔註15〕清·浦起龍：《讀杜心解》（北京：中華書局，2010年11月），卷一之一，頁4。

〔註16〕清·浦起龍：《讀杜心解》，卷二之一，頁229。

〔註17〕清·浦起龍：《讀杜心解》，卷二之一，頁234。

〔註18〕元·辛文房著、戴揚本校注：《新譯唐才子傳》（台北：三民書局，2005年9月），卷九，頁567。

〔註19〕清·彭定求等編：《全唐詩》，第二十一冊，卷七百二十三，頁8302。

〔註20〕清·浦起龍：《讀杜心解》，卷二之二，頁287。

　　再看蔡振念所舉的另一位唐末苦吟詩人張喬（？～？），他的〈河湟舊卒〉亦是唐末時期的重要寫實之作：

　　　　少年隨將討河湟，頭白時清返故鄉。十萬漢軍零落盡，
　　獨吹邊曲向殘陽。〔註21〕

清代沈濤（1792？～1855）的《瓠廬詩話》，對張喬詩歌就有這樣的一段讚賞之語：

　　　　張喬〈宴邊將〉云：「一曲梁州金石清，邊風蕭颯動江
　　城。座中有老沙場客，橫笛休吹塞上聲。」〈河湟舊卒〉云：
　　「少年隨將討河湟，頭白時清返故鄉。十萬漢軍零落盡，
　　獨吹邊曲向殘陽。」試掩其名，讀者鮮不以為右丞、龍標，
　　然則初盛中晚之分，其亦可以已乎？〔註22〕

不論是從〈河湟舊卒〉抑或是沈濤這段話來看，我們都必須承認，要將張喬歸類為純粹的苦吟詩人，是有相當問題的。

　　當然，李洞與張喬，他們大部分的詩作確實有蔡振念所說的雕琢字句、走上形式主義的詩風之弊，然而若是就此判定他們與杜甫之間的人文關懷截然不同、毫無關係，恐怕就仍有探討之處。

　　筆者此篇論文，即是欲就唐末時期的詩人詩作來作為探討杜詩接受現象的對象，筆者認為，唐末詩壇對於杜詩接受史研究的重要性，有以下三點不可忽略：

一、時代背景的部分相似

　　當我們研讀一位詩人作品時，最先須理解的，必然是作者的生平與思想。我們都知道，杜甫一生，經歷過了使鼎盛強大的唐朝帝國逐漸衰亡的安史之亂，並因此寫出了許多悲痛家國的血淚之作，可以說杜甫後期的詩歌，是在整個動盪離別的戰亂時代所完成的。

　　但是，若我們反過來看，影響唐末時期十分巨大的黃巢之亂，它

〔註21〕清・彭定求等編：《全唐詩》，第十九冊，卷六百三十九，頁7326。
〔註22〕清・沈濤：《瓠廬詩話》（北京：北京圖書館出版社，2004年），第十八冊，卷中，頁358。

對於整個唐朝歷史的影響與走向，竟與安史之亂十分相似：

	安史之亂	黃巢之亂
總共時間	七年二月（755年12月～763年2月）	十年（875～884）
叛亂地點	薊城（今日北京）	山東曹州
皇帝動向	（玄宗）逃向四川	（僖宗）逃向四川
借用外援	回紇	沙陀
首都長安	失陷	失陷
影響	由盛轉衰	終至覆滅

　　首先是安史之亂與黃巢之亂從叛亂到結束的時間相近，一爲七年、一爲十年。叛亂開始的地點也十分接近，安史之亂安祿山叛亂的地點在現今河北北京，而黃巢叛亂的地點在山東曹州，在中國的地理位置相差不遠，都在華北地區，並且兩場叛亂都攻陷了唐朝首都長安，歷經戰亂的兩位皇帝唐玄宗與唐僖宗，亦都倉皇地躲入四川成都避難去。

　　必須注意的是，這兩場戰亂唐朝爲了平定戰事，都選擇引用外援，安史之亂中，唐肅宗爲了扭轉戰局，將次女寧國公主嫁給回紇的葛勒可汗，換取回紇的軍隊收復洛陽，並且擊退了史朝義的軍隊。但帶來的負面影響是，依靠和親政策與外族來平定內患，使得唐朝由唐太宗所帶來的天可汗威望徹底掃地，回紇對於唐朝不像以往的尊崇，屢屢侵犯邊境，甚至強擄唐朝許多錢財馬匹，造成了唐朝的許多損失。

　　黃巢之亂時，僖宗亦借用了曾經叛亂的沙陀軍隊，其首領李克用甚至賜姓李，表示唐朝皇室的拉攏之意。然而李克用擊潰黃巢有功，與後來滅唐的宣武節度使朱溫，並列爲唐末時期最大的兩個藩鎮集團，加速了唐朝的滅亡速度，唐朝政權實際上已經成了朱、李爭鬥間的傀儡政權。

　　從結果來論，安史之亂與黃巢之亂兩場戰亂，對於整個唐朝的國運有著毀滅性的絕對影響，前者將唐朝最鼎盛的黃金時期劃上了一個段落，後者則使苟延殘息的唐朝，再度承受致命創傷，黃巢之亂結束後，唐朝政權實際上已經名存實亡。

　　因此，我們可以發現，安史之亂與黃巢之亂，是有著相當的雷同之處的。亦必須注意的是，杜甫經歷安史之亂時，是四十四歲的中年時期，在安史之亂爆發的前一個月，他正結束滯留長安十餘年、懷才不遇的無奈遭遇，前往奉先與妻子會面。百年之後，黃巢之亂爆發之時，當時幾位享有盛名的詩人，時年四十三歲的羅隱正從長安落第而歸，韋莊則約四十歲，這段時間的事蹟不詳，然而我們從韋莊的詩歌中，可以得知五年後黃巢攻陷長安時，韋莊正在長安應舉，被困滯長安達兩年之久。皮日休與陸龜蒙的出生年目目前學界還沒有準確的共識，但大致能判斷乾符二年（875）黃巢之亂開始時，兩人都在四十歲左右。而杜荀鶴與韓偓年紀較小，杜荀鶴（846～904）為三十歲，韓偓為三十四歲，兩人此時事蹟亦不詳，只能確定仍未有功名在身。

　　我們看到韋莊、羅隱、皮日休與陸龜蒙等唐末重要詩人，他們都是在與杜甫相仿的年紀中，遇到了影響唐朝十分劇烈的動盪。更必須指出的是韋莊與羅隱二人，兩人在此時間都曾因應試的因由滯留過長安，並且目睹了黃巢之禍中，戰亂對於人民所造成的嚴重迫害與流離失所。這與杜甫在安史之亂的遭遇是十分相似的。

　　在這種相似的背景下，唐末詩人對於杜甫所作的戰亂詩歌，絕對有切身體會的悲痛感悟，如韋莊描寫黃巢軍隊攻破長安的七言古詩〈秦婦吟〉〔註23〕，裡頭不僅描寫了黃巢賊軍的殘暴不堪，對於唐朝官軍的趁亂姦殺放火、搶劫販人的醜陋面目，亦有深刻譏諷的描寫。而杜甫的〈三絕句〉中，亦有著相似的描寫：

　　　　殿前兵馬雖驍雄，縱暴略與羌渾同。聞道殺人漢水上，

　　婦女多在官軍中。〔註24〕

韋莊因此詩被稱為秦婦吟秀才，從秀才兩字可知，韋莊寫這首詩時，是還沒有功名在身的。也因此當韋莊日後做官時，為了避禍懼讒，不得不將這首具備著詩史精神的〈秦婦吟〉諱言不談。

〔註23〕唐・韋莊著、聶安福注：《韋莊集箋注》（上海：上海古籍出版社，2013年3月），補遺卷，頁315～319。
〔註24〕清・浦起龍：《讀杜心解》，卷六之下，頁848。

　　然而關於這首詩與杜甫之間的繼承關係，卻是我們不能忽略之處。周嘯天先生對此有精闢的析論：

> 韋莊能寫出如此具有現實主義傾向的巨作，誠非偶然。他早歲即與老詩人白居易同居下邽，可能受到白氏濡染；又心儀杜甫，寓蜀時重建草堂，且以浣花命集。〈秦婦吟〉一詩正體現了杜甫、白居易兩大現實主義詩人對作者的影響，在藝術上且有青出於藍之處。〔註25〕

而更必須指出的是，韋莊之所以會崇慕杜甫，其最重要的原因，實在於他對杜甫在安史之亂困頓流離生活中的感同身受。杜甫晚年因爲戰亂而避入蜀地，而韋莊晚年亦因投奔王建，而被迫在蜀地度過晚年餘生，加上兩人都經歷過戰火的摧殘與煎熬，韋莊自然很容易對杜甫產生了共鳴感。我們今天看韋莊所編輯的《又玄集》，所挑選的七首杜詩〔註26〕，除了〈春望〉以外，其他六首都是杜甫居住在蜀地所寫的作品，韋莊之所以會心儀杜甫，實在是有天時與地利的關係。

　　另一位詩人羅隱亦然，黃巢起兵時，他亦與杜甫在安史之亂初期一樣，剛從長安鬱鬱不得志而離開。在躲避戰火中，他同樣選擇了前往唐朝皇室所在的成都之地，並在此寓居了一段時間。羅隱面對了唐朝皇室的腐敗以及亂世百姓的苦難時，亦寫出了許多沉痛至極的詩作，《四庫全書總目提要》在評價《羅昭諫集》時，曾有一段描述說道：

> 隱不得志於唐，迨唐之亡也，梁主以諫議大夫召之，拒不應。又力勸錢鏐討梁，事雖不成，君子韙之，其詩如〈徐寇南逼感事獻江南知己〉一首、〈卽事中元甲子〉一首、〈中元甲子以辛丑駕幸蜀〉四首，皆忠憤之氣溢於言表。〔註27〕

四庫全書所舉的這幾首詩，都是羅隱慷慨激昂的愛國詩作，而這些詩

〔註25〕俞平伯等著：《唐詩鑑賞辭典》（上海：上海辭書出版社，2013 年 7月 2 版），頁 1328。

〔註26〕韋莊《又玄集》挑選的七首杜詩，依其次序分別爲〈西郊〉、〈春望〉、〈禹廟〉、〈山寺〉、〈遣興〉、〈送韓十四東歸覲省〉及〈南鄰〉，見唐‧韋莊：《又玄集》，收錄於傅璇琮：《唐人選唐詩新編》，頁 573～684。

〔註27〕清‧紀昀等編：《四庫全書總目提要》（石家莊：河北人民出版社，2000 年 3 月），卷一百五十一，集部四，別集類四，頁 3915～3916。

作，其實都有產生的必然原因，就是黃巢之亂對於人民的傷痛迫害。

　　我們亦可以舉南宋末年詩人文天祥的例子來說，面對國家的衰落與覆亡，讓文天祥十分仰慕杜甫，甚至創作了兩百篇集杜詩五言詩句而成的《集杜詩》、亦名爲《文山詩史》。文天祥七律〈讀杜詩〉更是清楚述說他爲何喜愛杜詩的因由：

　　　　平生蹤跡只奔波，偏是文章被折磨。耳想杜鵑心事苦，
　　眼看胡馬淚痕多。

　　　　千年夔峽有詩在，一夜耒江如酒何，黃土一丘隨處是，
　　故鄉歸骨任蹉跎。〔註28〕

「耳想杜鵑心事苦，眼看胡馬淚痕多」，表面說的是胡人安祿山大舉侵犯唐朝的事情，但實際上亦是文天祥當時蒙古鐵騎在中國肆虐的現實寫照。就是因爲時代背景、國家戰亂的感同身受，才會讓文天祥對杜詩極爲喜愛，並且深刻地繼承了杜詩的風格。

　　若看在太平年間學習杜詩的文人，如黃庭堅爲首地江西詩派，他們對杜詩的看法，是「無一字無來處」，學習的方法是煉字、奪胎換骨……等字句錘鍊的方式，對於詩史的繼承關係是很貧乏的。尤其到了明朝中期的楊愼，甚至對於詩史之說大力貶斥，認爲詩、史之間是不可合而稱之。〔註29〕這固然是楊愼詩學觀點的因素，然而潛在的原

〔註28〕宋・文天祥：《文山先生全集》（上海商務印書館縮印烏程許氏藏明本），卷十四，頁 317。

〔註29〕「宋人以杜子美能以韻語紀時事，謂之『詩史』。鄙哉宋人之見，不足以論詩也。夫六經各有體，《易》以道陰陽，《書》以道政事，《詩》以道性情，《春秋》以道名分。後世之所謂史者，左記言，右記事，古之《尚書春秋》也。若詩者，其體其旨，與《易書春秋》判然矣。《三百篇》皆約情合性而歸之道德也，然未嘗有道德字也，未嘗有道德性情句也。二南者，修身齊家其旨也，然其言琴瑟鐘鼓，荇菜芣苢，天桃穠李，雀角鼠牙，何嘗有修身齊家字耶？皆意在言外，使人自悟。至於變風變雅，尤其含蓄，言之者無罪，聞之者足以戒。如刺淫亂，則曰『雝雝鳴雁，旭日始旦』，不必曰『愼莫近前丞相嗔』也；憫流民，則曰『鴻雁於飛，哀鳴嗷嗷』，不必曰『千家今有百家存』也；傷暴斂，則曰『維南有箕，載翕其舌』，不必曰『哀哀寡婦誅求盡』也；敘饑荒，則曰『牂羊羵首，三星在罶』，不必曰『但有牙齒存，

因，亦不乏清平時代與戰亂時代的背景差異。

我們甚至可以說，在清平時代的詩人學杜情況，多是著重於杜詩文字架構的藝術性，而在戰亂流離的詩人學杜情況，則是表現在時代動盪的無奈悲歌之中。也因此，在安史之亂與黃巢之亂，兩場影響唐朝國勢的極為相似動亂之中來討論杜甫與唐末詩人的繼承關係，實是有其重要性。

二、詩壇尊杜的確立

關於杜甫在唐朝時候的詩壇地位變化，雖然眾說紛紜，但大致上，杜甫生前的地位不但不如死後相提並論的李白（701～762），甚至連王維（692～761）、孟浩然（689～740）等一流詩人也比不上。

中唐的韓愈是最先將李杜並論的重要文人，然而我們看他評論李杜最重要的文獻〈調張籍〉一詩中，在開頭讚揚「李杜文章在，光焰萬丈長」後，話題立刻一轉，變成「不知群兒愚，那用故謗傷。蚍蜉撼大樹，可笑不自量」〔註30〕，從「群兒」與「蚍蜉」來看，李杜的詩歌地位，在當時至少還沒有得到一致的認可。而比杜甫稍晚的大曆文人樊晃，曾收集了杜甫詩歌二百九十首，命名為《杜工部小集》，在其序中，他亦記載了當時杜詩地流傳情況：

> 文集六十卷，行於江漢之南。常蓄東遊之志，竟不就。屬時方用武，斯文將墜，故不為東人所知。江左詞人所傳誦者，皆公之戲題劇論耳。曾不知君有大雅之作，當今一人而已。〔註31〕

可堪皮骨乾』也。杜詩之含蓄蘊藉者，蓋亦多矣，宋人不能學之。至於直陳時事，類於訕訐，乃其下乘末腳，而宋人拾以為己寶，又撰出『詩史』二字以誤後人。如詩可兼史，則《尚書》、《春秋》可以並省。又如今俗卦氣歌、納甲歌，兼陰陽而道之，謂之『詩《易》』，可乎？」見明‧楊慎：《升庵詩話》，收錄於清‧丁福保輯：《歷代詩話續編》（台北：木鐸出版社，1988 年 7 月），第二冊，卷十一，頁 868。

〔註30〕清‧彭定求等編：《全唐詩》，第十冊，卷三百四十，頁 3714。

〔註31〕清‧錢謙益：《錢注杜詩》（上海：上海古籍出版社，1979 年 10 月），附錄，頁 709。

從這篇序中，我們可以知道，樊晃認爲杜甫的詩歌是流傳於江漢地區。江漢，筆者根據杜甫自己的詩句「嗟我江漢人，生成復何有」〔註 32〕來判斷，江漢應指四川蜀地，也就是說，樊晃認爲杜甫的詩作只在四川之南的區域流行，在四川以東，也就是江南的地區，是比較沒有名氣的。這可以做爲大歷時期杜甫詩歌名聲仍然沒有一致評價的例證。

而蒐集唐宋詩人評論杜甫資料的《古典文學研究資料彙編・杜甫卷》一書，亦可作爲一個推論標準。〔註 33〕根據裡頭所記載在蒐集的唐人評杜甫資料，從盛唐到中唐、王維到沈傳師，共有二十二人。晚唐到唐末，卻有三十六人，可以看出是成倍數的增加，而更必須注意的是，中盛唐評論杜詩的詩人，如岑參與高適等人，與杜甫有所來往，其詩作都帶有應酬上的性質，假如扣除掉這些與杜甫有過交集的親朋好友話，大約只有十五人左右。這都證明了晚唐至唐末時期，對於杜詩的評論才逐漸成爲流行。

而如今的唐人選唐詩選本中，只有唐末五代的韋莊《又玄集》，選了杜詩七首，現今唯一考證出有選杜詩卻亡佚的唐詩選本《唐詩類選》，亦是晚唐顧陶（？～？）所編輯。〔註 34〕這至少可以證明出，在晚唐以前，對於杜甫的評價仍然沒有定論。

而晚唐時期的兩位最重要詩人——李商隱與杜牧，他們與杜甫詩歌間的繼承關係，學界中考證的文章與專著不少，自不需言。但是比他們稍晚的唐末詩人，對於杜詩影響與接受的文章，相比之下卻過於稀少，這不可不說是一件極爲遺憾的事情。

三、久試不上、懷才不遇的苦悶

這一點亦是杜詩接受常被忽略的地方，在歷代以來，學杜聞名的

〔註 32〕杜甫〈枯棕〉詩，見清・浦起龍：《讀杜心解》，卷一之三，頁 93。

〔註 33〕華文軒編：《古典文學研究資料彙編・杜甫卷》（北京：中華書局，1982 年 1 月），頁 1～53。

〔註 34〕唐・顧陶〈唐詩類選序〉，見華文軒編：《古典文學研究資料彙編・杜甫卷》，頁 25。

詩人，如韓愈、白居易、李商隱、蘇軾、黃庭堅等人，他們雖然仕途上亦有十分坎坷的情況，但是都考上進士、在某個時期有過飛黃騰達的際遇。即使是晚年飽受牛李黨爭迫害的李商隱，早年亦曾受到權臣令狐楚提拔，靠著其人脈關係，二十五歲就考上了進士，對比於晚唐至唐末許多詩人窮終身之力都名落孫山的悲慘遭遇，已經算的上是十分幸運了。而蘇軾、黃庭堅二人，雖然晚年也遭到流放，但他們在元祐時期時，亦曾經被當時朝廷所重用過。

這與杜甫本身的遭遇實際上是有所出入的。杜甫從一生未考上進士，靠著獻賦得到了兵曹參軍的小職位。在安史之亂時，因爲投奔肅宗，被賜予左拾遺的官位，但卻只是八品的小官，並且在很短的時間內，由於爲好友房琯辯護，就被貶官逐去。可以說杜甫一生，與仕途亨通幾乎是徹底絕緣。

而我們看唐末的著名詩人，幾乎都與進士及第絕緣，韋莊的〈乞追賜李賀皇甫松等進士及第奏〉一文中，列出了李賀、皇甫松、李群玉、陸龜蒙、趙光遠、溫庭筠、劉德仁、陸逵、傅錫、平曾、賈島、劉稚珪、羅鄴、方干、羅隱等從晚唐以來久試不上的著名詩人。〔註35〕

在唐末時期中少數中舉的詩人，韋莊五十九歲及第、韓偓四十六歲及第、鄭谷三十九歲及第，在唐末時期的眾多詩人中已經算是十分迅速了。另一位應試及第的皮日休，根據蕭滌非《皮子文藪》考證，其應舉及第的原因，很有可能是他的姓氏十分稀少、被列爲少數民族的保障名額所致。〔註36〕

〔註35〕清・董誥等奉敕編輯：《全唐文》（台北：大通書局，1979 年 7 月 4 版），第 18 冊，卷八百八十九，頁 11716。

〔註36〕「……我最初頗不解，後見《南部新書》丙載：『大中（宣宗年號，西元八四七至八五九）以來，禮部放榜，歲取三二人姓氏稀僻者，謂之色目人，亦謂曰榜花。』這才恍然大悟，皮日休之得以榜末掛名，在很大程度上叨光了他的尊姓……」引自唐・皮日休著、蕭滌非、鄭慶篤編：《皮子文藪》（上海：上海古籍出版社，1981 年 11 月），頁 251。

　　在這種情況下，詩人懷才不遇的悲傷書寫是十分濃厚的。應試不上，滯留在長安的杜甫，在其詩歌中有「朝扣富兒門，暮隨肥馬塵。殘杯與冷炙，到處潛悲辛」〔註37〕的辛酸字句，在唐末時期是十分頻繁的，如羅隱「進乏梯媒退又難，強隨豪貴殢長安」〔註38〕，羅鄴「莫道還家便容易，人間多少事勘愁」〔註39〕……等，都是與杜甫有著相似的遭遇。

　　而將這一點與前面兩點合而看之的話，我們不難發現，未有一個朝代的時期，與唐末一樣與杜甫所經歷的背景遭遇如此驚人的相似了。唐末不像中晚唐一樣，詩人仍可以苟安於一地，詩歌的吟詠多是仕途上的悲喜。唐末的詩人，既要受到久試不第的辛酸、更受到黃巢之亂到唐朝覆滅的時代動盪，因此比起中晚唐詩人來說，唐末時期的詩人遭遇，是與杜甫更為貼近的。

第二節　研究範圍

　　在本篇論文中，筆者想要先論述唐末杜詩接受的時間與範圍，首先必須界定的，是關於本文「唐末」時期的分類。

一、唐末時間定義

　　在古代唐詩分類中，唐末常常是被分類到晚唐時期，時間約為文宗開成元年（836）到朱溫亡唐（907）。但這種分法卻有一種問題，就是被認為晚唐最重要的兩位詩人李商隱、杜牧，都在宣宗大中年間逝世，他們並未經歷過唐末時期的極端黑暗與社會亂象。如李商隱在大中十二年（858）逝世後，大中十三年（859）爆發了唐末首次民間叛亂，以裘甫為首的農民在浙東暴動，雖然旋即被血腥鎮壓。唐末至此卻開始

〔註37〕杜甫〈奉贈韋左丞丈〉，見清・浦起龍：《讀杜心解》，卷一之一，頁4。

〔註38〕羅隱〈西京崇德里居〉，見李定廣：《羅隱集繫年校箋》（北京：人民文學出版社，2013年6月），卷一，頁14。

〔註39〕羅鄴〈落第東歸〉，見清・彭定求等編：《全唐詩》，第十九冊，卷六百五十四，頁7525。

民變不斷，懿宗咸通九年（868）的龐勛之亂，僖宗乾符元年（874）的王仙芝起兵、乾符二年（875）的黃巢之亂，徹底地重創了唐末政權，從而導致唐末藩鎮坐大的不可收拾、以及唐末文人爲此所引發的扭曲矛盾與悲劇心態，這都是李商隱與杜牧、甚至溫庭筠等文人未曾經歷過的。

　　以盛唐（716～766）爲例，李白（701～762）與杜甫（712～770）都生活其中，目睹了盛唐的極盛轉衰。中唐（766～836）的兩大詩人韓愈（768～824）與白居易（772～846），亦活躍在這時期，對於此時的詩壇有著重要的貢獻。但必須指出的是，晚唐時期（836～907）被公認爲晚唐最偉大的詩人李商隱於大中十二年（858）過世後，唐祚仍有將近五十年的時間，這是我們不應該忽略的，更不能輕率地以李商隱、杜牧來總論此時的詩壇風格

　　將唐末與晚唐詩壇分隔開來，其實不少現代學者已經提及過。根據現今的資料顯示，最早開始的，應是蘇雪林的《唐詩概論》，用來表示李商隱與杜牧死後到唐朝滅亡的中國詩壇情況，時間約從唐懿宗即位開始（860）到唐朝滅亡（907）年的五十年左右。〔註40〕而劉大杰的《中國文學發展史》，在第十五章〈杜甫與中晚唐詩人〉中，亦將唐末時期的詩壇現象獨立出來。〔註41〕而研究專書之中，劉寧的《唐宋之際詩歌演變》〔註42〕，李定廣的《唐末五代亂世文學研究》〔註43〕、黃致遠的《唐末五代諷刺詩研究》〔註44〕，都將唐末時期，視爲與李

〔註40〕「自李商隱時代，到哀宗天祐三年（906）唐室之亡滅還有四五十年……唐末詩壇的混亂也和政局差不多……」見蘇雪林：《唐詩概論》（台北：台灣商務印書館，1988 年 4 月 5 版），頁 173。

〔註41〕「唐代末年，由於統治階級的極度腐化，階級矛盾尖銳深刻，終於爆發了以黃巢爲首的農民大起義。這一時期的詩歌，雖有華艷的傾向，但現實主義的創作，仍是有力的一面。」見劉大杰：《中國文學發展史》（台北：華正書局，2008 年 8 月），頁 578。

〔註42〕劉寧：《唐宋之際詩歌演變研究》（北京：北京師範大學出版社，2002 年 9 月），頁 3。

〔註43〕李定廣：《唐末五代亂世文學研究》（北京：中國社會科學出版社，2006 年 7 月），頁 1。

〔註44〕黃致遠：《唐末五代諷刺詩研究》（台北：花木蘭文化出版社，2010

商隱、杜牧的晚唐詩壇對立的一個重要時期。

　　另外可以作為參考的，在西方漢學界影響頗大、由孫康宜、宇文所安所編寫的《劍橋中國文學史》，亦將此唐末時期的文學情況單獨列出來，稱為「唐朝的沒落與地方政權時期（861～907）」。〔註45〕代表了西方漢學界亦有共識將唐末從晚唐時期中獨立出來。

　　而這些學者大致上，都以懿宗即位作為唐末詩壇的開端，到朱溫滅唐為結束。約有四十八年的時間。以皇帝的即位作為詩壇時期的轉換，確實是簡易方便的分期，然而筆者想要將唐末詩壇提前一年，也即是宣宗大中十三年（859）為開始，因為這段時間，對於後代的研究者來說，唐朝發生了兩件憾事，一是晚唐大詩人李商隱在大中十二年的逝世，二是唐末民變裘甫之亂的爆發，都能更恰當地表示出詩壇的轉期。

二、研究內容範圍

　　唐末時期，由大中十三年（859）到天祐四年（907），這段將近五十年的唐末詩壇，著名的詩人有陸龜蒙、皮日休、羅隱、杜荀鶴、韋莊、韓偓、鄭谷……等人，從嚴羽《滄浪詩話》「晚唐之下者亦墮野狐外道鬼窟中」〔註46〕的嚴厲批評以來，歷代對於此段時間詩歌的評價，大都不高。但是，若要研究杜詩的接受史，筆者認為這段時間，卻是不可忽略的重要時段。

　　不選擇從唐末整體而論，一是因為已有前人學者郭麗娜的《杜詩的唐末接受》碩論論及〔註47〕，二是唐末文人寫詩風氣極盛，詩歌流派多樣化，呈現著複雜的面貌，若是從整體的詩人與風格全面來論，

　　　　年 3 月），頁 8～9。

〔註45〕宇文所安等注、劉倩等譯：《劍橋中國文學史》（北京：新華書局，2013 年 6 月），頁 403～411。

〔註46〕宋‧嚴羽著、郭紹虞校注：《滄浪詩話校譯》（台北：里仁書局，1987 年 4 月），頁 146～147。

〔註47〕郭麗娜：《杜詩的唐末接受》（保定：河北大學中文所碩士論文，2009 年）。

容易變成疏而不切、泛泛空談，難以精確地抓住重點。並且許多詩人對杜甫接受的層面上有所不同，有較傾向藝術地，亦有較傾向思想的，有著重視杜甫沉鬱悲痛的愛國詩，有的則喜歡他頗有意蘊的詠物詩，甚或是對於杜甫險奇拗律的吳體詩。若是將唐末詩壇整體一概而論，以筆者目前的筆力來說，恐有未能周到之處。

也因此，若是從幾位唐末詩人對杜詩地接受的特點來談的話，不僅範圍縮小許多，也容易抓住詩人間學習杜甫的不同處與特點，並且這種專研數位唐末詩人杜詩接受的研究，亦是如今杜詩接受史的空缺地帶。而本篇碩論，在筆者的思考及目前資料的顯示下，選擇羅隱、韋莊、韓偓三位唐末詩人來談杜詩的接受與繼承。

將這三位詩人並列而論的，最早可推之於清人鄭方坤為《五代詩話》所寫的例言：

> 韓致光為玉溪之別子，韋端己乃香山之替人，羅昭諫感事傷時，激昂排奡，以追配杜紫微，庶幾無愧。三公競爽，可稱華嶽三峰……三公不獨以詩鳴也，其大節固自可觀。當朱三飛揚跋扈時，致光以一詞臣，觸虎狼之怒而去……昭諫說錢武肅舉兵討梁，事見《通鑑》……端己為王蜀作書，所云「墨詔之中，淚痕猶在，枕戈待旦，思為主上報仇」者，大義凜然，自天復、天祐以還，未聞斯語。〔註48〕

對於羅隱、韋莊、韓偓三人推崇備至，認為可稱為唐末的「華嶽三峰」。並且他指出了三人的共同處——「其大節固自可觀」，對於唐室的忠君思想與清廉志向，這都與杜甫的忠君愛國思想遙相呼應。

而近代以羅隱、韋莊、韓偓三人作研究的，有武漢大學陳鵬《唐末文學研究——以羅隱、韋莊、韓偓為中心》的碩士論文，他引言所論述的寫作動機亦值得一論：

> 他們主要生活在唐末時期，從他們身上可以看出在王朝衰亡之際唐末文人總體的思想心態。再者，是因為他們

〔註48〕清‧王士禎著、清‧鄭方坤刪補、戴鴻森點校：《五代詩話‧例言》（北京：人民文學出版社，1998年2月），頁2。

　　　　三人的人生經歷和悲劇命運，具有很強的代表性，在某種
　　　程度上可算得是唐末文人生平遭遇的縮影。〔註49〕

這段評論可說是公允。羅隱、韋莊與韓偓三人在唐末的身分經歷，具
有相當大的相似與相異處。相似的地方在於他們三人都經歷過懷才不
遇、戰亂流離，能與杜甫異時共鳴的悲憤痛苦。相異的地方則在於他
們的身世與晚年仕途際遇。羅隱爲寒素子弟，終身未第，最後選擇了
作爲杭州刺史錢鏐的幕僚結束一生。韋莊、韓偓都有世家的背景，在
其生前卻已家道中落，這從他們四五十歲才考中進士可以推論而知。
而在中第之後，兩人際遇又有所不同，韋莊避開了當時政局險惡的長
安，選擇了投奔佔據四川的節度使王建，晚年王建前蜀立國後，位極
尊榮。韓偓入仕則受到昭宗的信任重用，因觸怒朱溫而被貶謫流放，
晚年避居閩地，以遺民自居，都可以看出他們三人的不同處。大致而
論，以他們三人的際遇作區分，羅隱的際遇，陸龜蒙、皮日休甚至杜
荀鶴等寒素文人都頗爲相似。而與韓偓類似的，則有唐彥謙（？～
893？）、吳融（？～？）這些早年書寫艷情詩歌、晚年作品沉痛悲哀
的文人。而韋莊則又與花間派爲主，如張泌（？～？）、牛嶠（？～？）、
毛文錫（？～？）等唐末五代文人相似，都是在唐末即有詩名，在五
代時期都有官位的文人相似。

　　簡要而論，羅隱象徵了當時大多數因爲科舉腐敗而始終無法考上
進士的寒門子弟，儘管對於朝廷的昏庸十分失望，卻始終對國家抱持著
一份奉獻之意。他最後選擇投靠藩鎮，也是當時許多知識分子爲了生計
與展現才華最無奈的選擇。然而從他在唐朝覆滅後，泣勸錢鏐起義伐
賊，對於篡唐的朱溫官祿賄賂無動於衷，嚴詞拒絕，都表示出他是位有
骨氣的詩人。他最後選擇投靠了藩鎮，在一定程度上也展示出其心中的
矛盾性格，對於功名的執著與求生的委屈，這都是必須注意的。

　　家道中落的韋莊，早年亦像羅隱一樣，浮沉於科舉考試之中，在

───────────────

〔註49〕陳鵬：《唐末文學研究——羅隱、韋莊、韓偓爲中心》（武漢：武漢
　　　　大學中國古代文學碩士論文，2004 年 5 月），頁 1～2。

黃巢之亂時，他寫出了唐末最爲優異的長篇史詩〈秦婦吟〉，然而在五十九歲考上進士後，爲了避禍諱言不談，這是他早年寫實詩風的衰退轉折關鍵。並且比起羅隱來說，韋莊對於仕途官位的渴望明顯濃厚許多。從韋莊在唐朝滅亡後，提議他投靠的藩鎮王建稱帝來看，他對於唐室的忠誠，並未像羅隱那般地堅定，而且他對於杜甫詩歌的吸收，筆者認爲有著兩個必須區分的階段，第一個階段是前期黃巢之亂時，對於杜甫詩史精神的繼承。第二個階段是投靠王建後，滯留蜀地，對杜甫在蜀作品的感同身受以及對往事的緬懷，這時候的思鄉情懷成爲了他作品的主軸思想。

最後談到的韓偓，他不僅是三人中最年輕的，亦是三人之中唯一受到昭宗信任重用的詩人、因爲直言得罪藩鎮朱溫，流放在外，輾轉入閩隱居不出，具有十分高潔的儒家情懷。但是歷代詩評家對他詩歌的評價十分兩極，有人說他的詩歌沉痛悲壯、具有杜甫對國家關懷的亂世悲歌。更有人說他的詩歌香豔膚淺、是不堪一讀的香奩體。而由於他在操守上的幾近完人，讓許多文人對於他所創的香奩體有著眾多的困惑與不解，並衍伸出許多討論辨僞的文章。這些因素，能不能從他對杜甫的學習來得到新的觀點與方向呢？筆者欲探討之。

羅隱、韋莊、韓偓三人，他們之間的年紀相差不大。經歷黃巢之亂的年齡亦與杜甫安史之亂的歲數十分接近。並且在一定程度上，都繼承了杜甫的寫實與苦吟詩風，然而有終身隱居的、有投靠黃巢的、有一心爲國的，這些不同的抉擇，是否也代表他們對杜甫吸收上的態度與區分呢？本篇論文，想要闡述的是，唐末詩人，以羅隱、韋莊、韓偓三人爲代表，對於杜甫接受上的原因、各自詩風的不同特色及唐末詩歌評價低落之因素。

第三節　前人研究

唐末詩人在詩壇的地位向來不高，研究的亦少，加上接受史觀點又是較爲新穎的研究方向。對於唐末詩人的杜甫詩歌接受史觀點，除

了台灣蔡振念的《杜甫唐宋詩人接受史》以外，其他目前可見的資料，大多來自於大陸學者的研究。

在大陸研究方面，筆者所能查到的學位論文與專書，與筆者題目與內容較有相近者，首推河北大學郭麗娜的碩士論文《杜詩的唐末接受》〔註50〕，郭麗娜的論文，從儒家精神、詩史、詩歌藝術來探討唐末詩人的繼承關係，並且在第五章中總結杜詩唐末接受的原因，是在時代背景與詩人遭遇個性上的相似所致。然而此論文最需商榷的地方，是在於篇幅實在過於短小，常常有大略式的論述，如講述唐末與杜甫間的背景相似的章節，竟只有一頁半的篇幅，只提到戰亂頻仍與科舉腐敗，並且對於黃巢之亂與安史之亂異常相似的比較毫無論及，這都是十分可惜的地方。

而北京師範大學黃桂鳳的博士論文《唐代杜詩接受研究》，在有關唐末詩人的杜詩接受，她提出了唐末對於杜詩的四點接受：

> 一是接受杜詩現實主義的史詩精神，並確立其"史詩"地位；二是接受杜詩的諷諭手法；三是接受杜詩的"於敘事中議論"的手法，四是接受杜詩通俗化的影響。〔註51〕

黃桂鳳的說法有其見地，然而她的觀點顯然是偏重於杜詩有關寫實方面的影響，筆者認為，杜詩在唐末的影響，起碼還要包括苦吟詩風的演變、而懷才不遇、落魄流離的個人遭遇吟苦書寫，亦是不能忽略的地方。

另外安徽大學陸效東的碩士論文《杜甫在唐代的接受》〔註52〕雖然作於郭麗娜、黃桂鳳兩人論文之前，然而有關唐末詩人的杜詩接受討論，篇幅只有四頁，對於杜詩的接受只提出了現實批判方面的論述，並未有超出郭、黃等人的見解，姑且不論。

〔註50〕郭麗娜：《杜詩的唐末接受》（保定：河北大學中文所碩士論文，2009年）。

〔註51〕黃桂鳳：《唐代杜詩接受研究》（北京：北京師範大學中文所博士論文，2006年），頁156～165。

〔註52〕陸效東：《杜甫在唐代的接受》（合肥：安徽大學中文所碩士論文，2005年）。

　　前面所提的陳鵬《唐末文學研究──羅隱、韋莊、韓偓爲中心》，儘管是對羅隱、韋莊、韓偓三人詩風作探討，在談到詩歌風尚時，他也指出了杜甫對於羅隱、韋莊、韓偓三人的繼承關係。〔註53〕然而此篇碩論的問題與陸效東類似，對於杜詩的影響因由並未多談，只是從國家戰亂與懷才不遇的方面，提出了羅隱、韋莊、韓偓數首與杜甫詩風類似的詩作。

　　而西南大學徐麗麗的碩士論文《韋莊對杜甫的接受研究》〔註54〕，是目前唯一一本從單一唐末詩人對杜甫間接受關係的研究。但是這本的問題，亦是在於篇幅不多，共六十頁。儘管闡述了各種觀點，卻給人草草帶過的空疏感覺。〔註55〕而筆者認爲最重要的，即在對於韋莊評價最高的唐末史詩、亦是唐朝字數最多的七言古詩〈秦婦吟〉，作者並未給它有專門的篇幅介紹，只在介紹韋莊的詩史風格中簡略提到，都是極爲可惜的地方。

　　而在台灣，目前可見的論文專書只有蔡振念的《杜詩唐宋接受史》一本有提到唐末詩人的杜詩接受，但是蔡振念對於唐末詩人的杜詩接受關係，是採取否認多於承認的態度，蔡振念認爲唐末詩人有苦吟與寫實兩派，佔大多數的是苦吟一派，對於追求工對、講求字句的唐末苦吟詩人，蔡振念認爲與杜甫的苦吟詩風，已有了極大的不同，其原

〔註53〕「唐末詩人都或多或少地受到杜甫的影響，其中羅隱、韋莊、韓偓等人受杜甫的影響較大。」見陳鵬：《唐末文學研究──羅隱、韋莊、韓偓爲中心》，頁29～32。

〔註54〕徐麗麗：《韋莊對杜甫的接受研究》（重慶：西南大學中國古代文學碩士論文，2013年）

〔註55〕最主要原因在於篇幅不多，並且各章篇幅分配不均，例如第二章〈喜杜學詩：從詩歌創作看韋莊對杜甫的接受〉有26頁，然而第三章〈韋莊尊杜、學杜的原因〉卻只有7頁，這是筆者認爲的大問題，並且第三章〈韋莊尊杜、學杜的原因〉的順序應當提前，否則難以引出第二章的要旨。但最重要的問題，仍然在於作者本身的篇幅遺憾，例如他第三章第一節的〈異世同軌的知音感〉，實際上與本篇論文第二章第三節〈論杜甫生平經歷在唐末的普遍性〉類似，然而其篇幅只有1頁，所提的例證不多，導致了說服力貧弱，這都是其缺陷地方。

因前面已經提過，就是他認爲杜甫與唐末詩人關懷的對象並不一致，這點實有再商量的空間。

　　蔡振念認爲唐末繼承了杜詩的是寫實詩風，他的說法卻十分的曖昧與模糊：

> 嚴格來說，晚唐的寫實詩人並沒有如元、白新樂府一樣有明顯的理論作爲創作指導，從而有意識地標榜杜甫即事名篇的新樂府，這是因爲新樂府從杜甫中經張、王到元、白，已經完成了其理論與實際的創作，無須刻意拈出。而從杜甫以下，新題樂府或舊題寫新意，甚至承襲舊題之作均並行不廢，晚唐詩人也大都是新舊題皆有，其繼承的創作精神，是漢樂府的傳統，不能說受杜詩影響，但就其創作新樂府而言，則確是對杜詩的繼承。〔註56〕

這種說法中，蔡振念認爲他們所繼承的創作精神，是漢樂府的傳統，他的觀點是在於樂府新題與舊題之間的討論，但筆者認爲若從這裡推敲，實有走上形式主義的問題所在，光從題目上來判定是否受到杜詩的影響怕未是妥當。並且，就寫實風格來說，唐末時期的寫實詩風，律詩、尤其是七律的地位其實比古詩更加重要，晚唐以來七律的形式幾乎完全確立，相對於中唐孟郊、賈島常寫的五律，唐末的詩人，如羅隱、韋莊、韓偓、杜荀鶴等人，其詩作以七律爲大宗。〔註57〕而七律對於平仄押韻的要求，更是與苦吟詩風相輔相成。在七律的大量創作下，不少有關詩史的作品都是以七律爲題材，蔡振念在唐末的寫實詩風只提新樂府，實是頗有遺憾之處。

　　綜其上述，這些前人的研究對於唐末的杜詩接受都各有創見與闡發，也有其所不足的地方，故本篇論文擬集中於羅隱、韋莊、韓偓三人，先從唐末杜詩接受興盛的原因談起，再從三人的生平與詩歌成果與杜甫詩歌的比較，來探究唐末杜詩傳承的脈絡與現象。

〔註56〕蔡振念：《杜詩唐宋接受史》，頁225～226。

〔註57〕根據劉寧《唐宋之際詩歌演變研究》依《全唐詩》所載詩數作統計，羅隱七律佔全部詩作的60%，韋莊占47%，韓偓占51%，杜荀鶴占43%，爲相當高的比例。見劉寧：《唐宋之際詩歌演變研究》頁150～151。

第四節　論文架構

本部論文《唐末杜甫詩歌接受研究——以羅隱、韋莊、韓偓三人爲探討》，論述唐末詩人學杜的狀況，並集中處理羅隱、韋莊、韓偓三人，在緒論之中，關於筆者研究動機、研究範疇、以及前人研究闡述已明，然而唐末杜詩接受研究畢竟是較爲冷門的科目，前人研究並不多，並多集中於整個時代的詩人闡述，常常依據某位詩人詩中與杜甫相似之處作爲判斷，難有清晰的追尋脈絡。

因此，在此章節中，筆者想要說明本論文的章節架構，好讓之後閱讀者，能夠對此部論文，有著循序漸進的認知。

第二章　唐朝杜詩接受的地位演變與社會背景

既然我們要談論唐末詩人的杜詩接受情況，那麼，就有必要突出研究唐末杜詩的必要性。在此章節中，筆者透過對於杜甫生前至唐末的地位分析，並且以杜甫生平經歷，以仕途坎坷、遭遇戰亂、濟世思想的興起三點，來佐證杜甫在盛唐的「獨特性」、以及在唐末的「普遍性」，以及根據許多文獻的顯示，得證杜甫在詩壇上的崇高地位，是到唐末時期才被眞正確立，從而論證了本篇論文研究的必要性。

第三章　「窮而爲昭諫」——論羅隱對杜甫詩歌的繼承與轉變

在這章節中，筆者試圖闡述唐末極具代表性的詩人——羅隱，以及他與杜甫詩歌之間的關係。羅隱不論是身世微寒、抑或是終身不第，都是唐末時期貧寒子弟的象徵詩人，而他與杜甫的詩歌傳承，古代文人不少都有注意到，然而現今學者少有論及，這都是十分可惜的地方。筆者透過他的一些詩歌，以及他生平與杜甫的相似處，闡述他之所以傳承杜詩的原因以及轉變，最後試圖解讀他爲何如今詩名不顯的因由。

第四章　詩史與閒適——論韋莊學杜的雙重性

韋莊乃是唐末與杜甫關係十分密切的詩人。他對杜甫的崇拜十分明顯，甚至可說是引人注目。現存的唐人選唐詩選集中，韋莊的《又玄集》是唯一一本選錄杜詩。位於成都的杜甫草堂，在韋莊入蜀後，

不斷重新修建入居，甚至連自己的《浣花集》，其命名也密切相關。在死前甚至吟詠杜甫詩句不絕。

當我們理解韋莊那麼熱烈崇拜杜甫的詩歌時，從現今的學者評價，卻幾乎都把他當作香豔纖細的花間詞風開創者——這引申到一個極為重要的問題，那麼崇拜杜詩的韋莊，他對於杜甫詩歌的吸收，究竟是呈現哪種方面呢？

筆者此篇章節，以韋莊五十九歲考上進士作為分歧點，來論述韋莊在不同時期中，對於杜甫詩歌兩種層面的吸收及轉變。

第五章　「唐末完人」——論韓偓的似杜傾向與儒臣立場

韓偓是唐末必須被提及的重要詩人。他不僅是少數唐末時期能夠自始自終保持氣節的儒家詩人，更曾經得到昭宗的信任重用，儘管當時朝政早已被宦官藩鎮所把持，然而他在跟隨昭宗時間所寫下的諸多血淚之作，是唐末詩史的重要作品，更是他與杜甫的相似之處。

韓偓的姨夫李商隱，是被後世公認、學杜最力的唐朝詩人。那與李商隱有親屬關係，甚至詩風十分接近的韓偓，對杜詩又有如何的相似處呢？他在唐末腐敗政治中展露的忠烈氣節與儒者風骨，又會與被稱為「詩聖」的杜甫有怎樣的聯繫，這都是本章想要闡述的地方。

第六章　論唐末詩人評價低落的因由

在第二章論述了唐末時期的杜詩重要性、第三、四、五章分別論述羅隱、韋莊、韓偓三人對杜甫詩歌的接受與傳承。那麼，筆者就必須面對一個問題——為何學杜如此踴躍的唐末，其詩歌評價在後世卻是低落不堪。在此章節中，筆者分別從科場弊端、亡國之音、雅俗之爭來做論述，闡明唐末詩人的評價衰弱之因由。

第七章　結論

本章節對前面的篇章做最後的總結，論述了現今研究唐末詩人學杜的重要性，以及對唐末詩人的評價，必須有著新的修正與調整，才能得出更公正的評價。

第二章　唐朝杜詩接受的地位演變與社會背景

第一節　盛唐至晚唐的杜詩接受概論

　　杜甫（712～770）身爲中國最著名的詩人之一，他受後世文人廣泛推崇的現象是無可置疑的。然而，若從整個盛唐以後的唐朝文壇來看，杜甫詩歌被接受的情況，卻有頗多可以探究的地方。

　　其中，最受爭論的，就是杜甫生前，從杜甫壯年在盛唐詩壇活躍的玄宗開元、天寶年間直到死時的代宗大曆五年（770），杜甫究竟是不是一位廣爲人知的一流詩人？這個議題，至今尚未有公認的確切定論。

　　其中，最常證明杜甫生前並未有名的證據，在於唐人殷璠（？～？）的《河嶽英靈集》，收錄了唐朝開元二年至天寶十二年（714～753）的著名詩人與詩作[註1]、以及高仲武（？～？）的《中興間氣集》收錄了至德到大曆年間（756～779）的詩人詩作。[註2] 兩本

〔註1〕唐・殷璠：《河嶽英靈集》，收錄於傅璇琮：《唐人選唐詩新編》（北京：陝西人民教育出版社。1996 年），頁 101～205。
〔註2〕唐・高仲武：《中興間氣集》，收錄於傅璇琮：《唐人選唐詩新編》，頁 451～523。

選集選錄年分，正好分別代表杜甫一生的壯年與晚年時期，令後人訝異的是，這兩本書俱未選擇杜甫詩作，這似乎代表了杜甫在年代稍晚的唐朝文人殷璠、高仲武的眼中，並未算得上是一流詩人。並且有關杜詩選錄自唐人唐詩選集的情況，除了早已亡佚的顧陶（？～？）《唐詩類選》以外，現存可見，就只有唐末的韋莊（836～910）所編輯的《又玄集》七首。〔註3〕

　　而根據《古典文學研究資料彙編‧杜甫卷》一書所蒐集的盛唐文人有關杜甫的評論，只有李白（701～762）、岑參（715～770）、高適（706～765）、嚴武（726～765）、韋迢（？～？）、郭受（？～？）、任華（？～？）等七人。〔註4〕然而其中後世名聲較爲顯著的李白、高適、岑參三人寫給杜甫詩作，是否爲應酬之作尚且不論，卻顯然沒有提及到杜甫的詩歌評價與讚賞，只是敘述彼此間的交情與各據一方的懷念。

　　而真正提到杜甫詩歌評價的有嚴武、韋迢、郭受、任華四人。亦是主張杜甫生前即是一流詩人常舉出的證明。其中又以任華的〈寄杜拾遺〉將杜詩推崇備至：

　　　　……曹劉俯仰慚大敵，沈謝逡巡稱小兒。昔在帝城中，盛名君一個。諸人見所作，無不心膽破。郎官叢裏作狂歌，丞相閣中常醉臥……〔註5〕

將杜甫的詩歌推崇到比曹植、劉楨、沈約、謝靈運還要高的地位，這可說是盛唐時期對杜甫詩歌最高的評價。

〔註3〕 唐‧韋莊：《又玄集》，收錄於傅璇琮：《唐人選唐詩新編》，頁573～684。

〔註4〕 《古典文學研究資料彙編‧杜甫卷》所選的盛唐的十人中，共有王維、李白、賈至、岑參、高適、錢起、嚴武、韋迢、郭受、任華十人。然而王維與賈至只有與杜甫同時同題的和作，詩中亦未透露出與杜甫的往來或評價，故不列入。而錢起所選的有關杜甫詩歌評語的〈江行無題一百首‧其十八〉，目前已經考證是晚唐錢珝所作，所以盛唐實際有提及杜甫的詩文，實際上只有七人。見華文軒編：《古典文學研究資料彙編‧杜甫卷》（北京：中華書局，1982年1月），頁33。

〔註5〕 清‧彭定求等編：《全唐詩》（北京：中華書局，1979年8月），第八冊，卷二百九十一，頁2903。

杜甫好友嚴武亦評價其詩歌道：

　　臥向巴山落月時，兩鄉千里夢相思。可但步兵偏愛酒，也知光祿最能詩。

　　江頭赤葉楓愁客，籬外黃花菊對誰。跋馬望君非一度，冷猨秋鴈不勝悲。〔註6〕

韋迢〈潭州留別杜員外院長〉道杜甫詩云：

　　江畔長沙驛，相逢纜客船。大名詩獨步，小郡海西偏。

　　地濕愁飛鵩，天炎畏跕鳶。去留俱失意，把臂共潸然。〔註7〕

郭受〈杜員外兄垂示詩因作此寄上〉亦言：

　　新詩海內流傳久，舊德朝中屬望勞。郡邑地卑饒霧雨，江湖天闊足風濤。

　　松花酒熟傍看醉，蓮葉舟輕自學操。春興不知凡幾首，衡陽紙價頓能高。〔註8〕

嚴武將杜甫的詩歌評價成魏晉的詩人謝莊，韋迢說杜甫「大名詩獨步」，郭受更說杜甫「新詩海內流傳久」，用魏晉左思「洛陽紙貴」的典故，說杜甫名聲隆重與詩歌傳唱的程度，甚至到了讓衡陽城內的紙價為之一高的程度。

　　這些文人的評價，都是許多文人與學者舉證杜甫在生前有名的例證。然而筆者認為這些說法，卻未能足夠證明杜甫是否生前有名，在此舉出幾點試辨：一是在杜甫生前，真正讚賞其詩歌的文人，現存的資料中只有上述四位，不論這四位對於杜甫詩歌是如何的推崇備至，對於整個唐朝千萬的人口來說，這比率無疑是過低的。二是不能排除應酬唱和的可能，嚴武是杜甫的好友、韋迢、郭受、任華從詩歌中的字句來看，與杜甫都有一定的交情，誇大杜甫在當時的名聲是有可能的。三是嚴武、韋迢、郭受、任華等人，俱非當時詩壇的知名人物，韋迢《全唐詩》存詩兩首、郭受存詩一首，俱是與杜甫唱和之作。任

〔註6〕　清・彭定求等編：《全唐詩》，第八冊，卷二百九十一，頁2907。

〔註7〕　清・彭定求等編：《全唐詩》，第八冊，卷二百九十一，頁2908。

〔註8〕　清・彭定求等編：《全唐詩》，第八冊，卷二百九十一，頁2908。

華存詩三首，分別是〈懷素上人草書歌〉、〈寄李白〉、〈寄杜拾遺〉。
而四人中官位與名聲較高的嚴武，也只留詩五首，其中的三首與杜甫
有關。從這些雷同處中，我們可以大膽的推測，他們生前並不以詩名
存世，這幾首詩歌會流傳下來的原因，應與他們寫詩的對象有極大關
連。而《全唐詩》把他們詩作集中於第二百九十一卷，更可以看出編
寫《全唐詩》的文人有目的地集中盛唐文人評論杜甫的詩作。

　　不妨拿從中唐以後開始與杜甫齊名的李白做對比，唐末孟棨（？
～？）《本事詩・高逸第三》云：

　　　　李太白初自蜀至京師，舍於逆旅。賀監知章聞其名，
　　首訪之。既奇其姿，復請所爲文。出〈蜀道難〉以示之。
　　讀未竟，稱歎者數四，號爲「謫仙」。〔註9〕

賀知章（659～744）在當時已經是文壇和政壇上舉足輕重的重要文人，
然而他第一次與李白相遇之時，先是「聞其名，首訪之」，把自己置於
與李白相等的地位，而後「奇其姿，復請所爲文」，表示出爲李白儀態
折服之感，最後讀李白的〈蜀道難〉，未完便有「謫仙」之嘆。

　　以賀知章生前的地位來說，他對李白的高度評價，絕對比嚴武、
韋迢、郭受、任華等人對杜甫的讚譽來得有力的多了。並且李白的文
采曾深受玄宗賞識，有著脫鞋磨墨的民間傳說，並爲楊貴妃寫下了著
名的〈清平調〉，這都可以作爲李白生前詩名鼎盛的證據。

　　反觀杜甫，生前眞正讚美他詩歌的只有嚴武四人，此四人在當
時文壇又非具有相當影響的人士，因此筆者認爲，若沒有更多的文
獻或出土資料來佐證的話，杜甫在生前的詩名，應當是較爲低落的
二流詩人之屬。

　　但當杜甫在中唐以後，他的詩歌逐漸爲當時詩人所重視與推崇，
其中最有力的推廣者，當屬韓愈（768～824）、元稹（779～831）、白
居易（772～846）三人。

〔註9〕唐・孟棨：《本事詩》，收錄於清・丁福保輯：《歷代詩話續編》（台
　　北：木鐸出版社，1988年7月），高逸第三，頁14。

　　一位詩人的作品能流傳不朽，生前與後世名人的推舉與讚譽是不可或缺的，如晚唐李商隱（813～858）生前詩歌亦非十分有名，但到了北宋初年的政壇高官楊億（974～1020）、劉筠（971～1031）、錢惟演（962～1034）「西崑體」的大力模仿與推崇，並且有目的蒐集李商隱詩歌後，李商隱的詩歌才逐漸爲後人所重視。而韓愈、元稹、白居易等人對杜詩的推崇，無疑也是起到了一樣的作用。

　　韓愈爲中唐最爲重要的文學家，是古文運動的提倡者，他的好友柳宗元（773～819）、孟郊（751～814）、張籍（767？～830？），以及他的徒弟李翱（774～836）、李漢（？～？）、皇甫湜（777～835）都爲當時著名文士，在當時的影響力十分巨大，可以說是元和時期的文壇領袖之一。也因爲如此，他對於杜甫的推崇，在當時是起到了一定的作用。

　　從如今韓愈所留下的詩文中，有提及對杜甫詩歌的評語，就有詩七首，文一篇。〔註10〕皆是讚譽之詞，顯示出在他的心中，杜甫的詩歌已經成爲了一種必須遵循的典範。

　　如他的〈醉留東野〉：

　　　　昔年因讀李白杜甫詩，長恨二人不相從。吾與東野生並世，如何復躡二子蹤……〔註11〕

在這首寄給孟郊的詩歌中，韓愈對於李白、杜甫詩歌十分仰慕，甚至到了「如何復躡二子蹤」的追隨程度。這種景仰，或許也影響了他的好友孟郊，孟郊的〈戲贈無本二首·其一〉「可惜李杜死，不見此狂癡」〔註12〕，明顯也是李白、杜甫當成一個前人的精神楷模來看待。

　　而韓愈的〈調張籍〉亦是必須注意的重要資料：

〔註10〕韓愈提及杜甫的，詩有〈薦士〉、〈感春四首·其二〉、〈醉留東野〉、〈石鼓歌〉、〈調張籍〉、〈酬司門盧四兄雲夫院長望秋作〉、〈題杜工部墳〉七首。文有〈送孟東野序〉一篇。見華文軒編：《古典文學研究資料彙編·杜甫卷》，頁6～12。

〔註11〕清·彭定求等編：《全唐詩》，第十冊，卷三百四十，頁3708。

〔註12〕清·彭定求等編：《全唐詩》，第十二冊，卷三百七十七，頁4235。

> 李杜文章在，光燄萬丈長。不知羣兒愚，那用故謗傷。
> 蚍蜉撼大樹，可笑不自量。〔註13〕

在這首詩歌中，韓愈依然將李杜的詩歌地位給予讚賞推崇，與他的其他幾首評價李杜詩歌的思想一致。然而他接下來的轉折，就很值得注意，「不知羣兒愚，那用故謗傷。蚍蜉撼大樹，可笑不自量」，這四句顯然是說當時有人對於韓愈「李杜文章在，光燄萬丈長」的評價不以爲然，才會讓韓愈在此意有所指。

從這幾句詩中，我們可以得出一個重要事實：在韓愈的生前，李杜並稱的詩歌地位，似乎仍然沒有得到公認，甚至多有毀謗之語，所以韓愈才會說是「羣兒愚」，代表對於「李杜文章在，光燄萬丈長」不以爲然的文士，並非只是少數幾位，甚至可能是當時的一個潮流。

而與韓愈、孟郊等奇險古拗詩風相抗衡的，在中唐元和時期還有白居易、元稹以平淡白俗爲主的元白詩派，他們對於杜甫的重視也是必須注意的。

元稹〈酬孝甫見贈十首・其二〉：

> 杜甫天材頗絕倫，每尋詩卷似情親。憐渠直道當時語，
> 不著心源傍古人。〔註14〕

〈敘詩寄樂天書〉：

> ……又久之，得杜甫詩數百首，愛其浩蕩津涯，處處臻
> 到，使病沈宋之不存寄興，而訝子昂之未暇旁備矣。〔註15〕

白居易〈讀李杜詩集因題卷後〉：

> 翰林江左日，員外劍南時。不得高官職，仍逢苦亂離。
> 暮年逋客恨，浮世謫仙悲。吟詠留千古，聲名動四夷。文
> 場供秀句，樂府待新詞。天意君須會，人間要好詩。〔註16〕

這些動人的詩篇文章中，在在表現出元稹與白居易對於杜甫詩歌的喜

〔註13〕清・彭定求等編：《全唐詩》，第十冊，卷三百四十，頁3714。
〔註14〕清・彭定求等編：《全唐詩》，第十二冊，卷四百一十三，頁4575。
〔註15〕清・董誥等編：《全唐文》（北京：中華書局，1983年11月），卷六百五十三，頁6634。
〔註16〕清・彭定求等編：《全唐詩》，第十三冊，卷四百三十八，頁4875。

愛，當他們與中唐另一主流的韓孟詩派，都如此的推崇杜甫時，杜甫詩歌地位的提升是可想而知的。

　　而元稹與白居易最值得注意的，是在於他們相對於韓愈「李杜並稱」的說法，提出了「杜優於李」的見解，元稹〈唐檢校工部員外郎杜君墓係銘并序〉云：

　　　　……則詩人以來，未有如杜子美者。是時山東人李白，亦以奇文取稱，時人謂之李杜。余觀其壯浪縱恣、擺去拘束、模寫物象、及樂府歌詩，誠亦差肩於子美矣。至若鋪陳終始，排比聲韻，大或千言，次猶數百，詞氣奮邁，而風調清深，屬對律切，而脫棄凡近，則李尚不能歷其藩籬，況堂奧乎！〔註17〕

明顯的認為在鋪陳終始，排比聲韻的方面，李白詩歌是不如杜甫。而李白最為優異的樂府詩歌，也只能「差肩於子美矣」，「杜優於李」的傾向顯然可見。而與元稹關係密切的白居易，也有著類似想法，〈與元九書〉云：

　　　　又詩之豪者，世稱李杜之作。才矣奇矣，人不逮矣。索其風雅比興，十無一焉。杜詩最多，可傳者千餘首，至於貫穿古今，覼縷格律，盡工盡善，又過於李。〔註18〕

白居易所提倡的新樂府，是為了反映民生疾苦與社會現實所作，自然對於傳統儒家的風雅比興極為重視，杜甫在這方面的偏重是勝過於李白。而白居易所提到的「覼縷格律，盡工盡善」，明顯是指律詩創作，這又是李白詩歌的短處，在這種考量之下，白居易會有「杜優於李」的見解也就不足以為奇。

　　以韓愈、孟郊為主的韓孟詩派，以及白居易、元稹為主的元白詩派，基本上可以代表中唐時期主流詩人對於杜甫詩歌的看法，大致而言，在韓愈等人的眼中，杜甫的詩歌此時已經與李白齊名，而如元稹、白居易等人，由於繼承自杜甫的現實主義與新樂府運動，更是認為「杜

〔註17〕清・董誥等編：《全唐文》，卷六百五十四，頁6649。
〔註18〕清・董誥等編：《全唐文》，卷六百七十五，頁6889。

優於李」，這都是中唐時期杜甫評價逐漸抬升的證據。

　　但是，從韓愈「不知羣兒愚，那用故謗傷」之語，杜詩在中唐時的評價，明顯的還未得到一致的認同，中唐時期高仲武的《中興間氣集》與姚合的《極玄集》〔註19〕等唐詩選集皆未選錄杜甫詩歌，亦可作爲此時的文人對於杜甫的評價仍然搖擺不定的證據。並且筆者根據《古典文學研究資料彙編・杜甫卷》中所統計的，唐朝五代有對杜甫作出評論的文人，總共有七十五人，而其中，盛唐有七人〔註20〕，中唐有十五人，晚唐至五代卻有五十人，可以看出隨著時代的演變，對於杜甫作出評語的文人越來越多。中唐時期儘管有韓愈、白居易等一流詩人的讚揚，然而杜詩達到公認的崇高地位，仍要到晚唐晚期，也即是唐末時期才眞正奠立，並且具有相當複雜的因素所致。

　　而晚唐時期，依本文緒論的分類，以李商隱逝去的年份（858）作劃分，爲晚唐（836～858）和唐末（859～907），在晚唐短短的二十四年中，杜甫的接受地位受到中唐文豪韓愈、孟郊、白居易、元稹等人的影響，是處於評價上升的變化，雖然受困於資料的短缺，我們無法評斷出杜詩的崇高地位是否已經得到了大眾一致的公認。然而晚唐最重要的兩位詩人李商隱、杜牧（803～852）均受到杜甫的影響，卻是不容否認的重要事實。

　　李商隱實爲唐朝學杜最力的詩人，這已得後世多數文人的公認，《蔡寬夫詩話》云：

　　　　王荊公晚年亦喜稱義山詩，以爲唐人知學老杜而得其藩籬者，惟義山一人而已。〔註21〕

王荊公即是王安石（1021～1086），爲北宋的重要文學家，他的說法實際上表示著北宋詩壇對於義山學杜的一種見解。我們看李商隱的

〔註19〕唐・姚合：《極玄集》，收錄於傅璇琮：《唐人選唐詩新編》，頁 527 ～569。

〔註20〕華文軒編：《古典文學研究資料彙編・杜甫卷》，頁33～34。

〔註21〕宋・蔡啓：《蔡寬夫詩話》，收錄於郭紹虞輯：《宋詩話輯佚》（北京：中華書局，1980年9月），下冊，第44則，頁399。

〈杜工部蜀中離席〉：

> 人生何處不離羣，世路干戈惜暫分。雪嶺未歸天外使，
> 松州猶駐殿前軍。
>
> 座中醉客延醒客，江上晴雲雜雨雲。美酒成都堪送老，
> 當壚仍是卓文君。〔註22〕

雖然早從中唐的韓愈、白居易起，一些詩人開始吸收杜甫詩歌的精神與長處，但在詩題上公開承認效仿杜詩的，首推李商隱的七律〈杜工部蜀中離席〉，不論是從內容精神、詩律結構上對於杜甫詩歌都有顯著的吸收，此方面前人著述甚豐，在此筆者不再重述。

　　儘管晚唐出現了李商隱這樣著名的學杜詩人，晚唐、或說晚唐前期（836～858）的時間卻過於短暫，與中唐去時未久，杜詩的接受也仍集中於李商隱、杜牧等幾位晚唐個別詩人。杜詩在唐朝的普遍接受，並成爲一種士人之間的共識時，筆者認爲仍要等到晚唐晚期，也即是唐末詩壇的時候。

第二節　論杜甫生平經歷在盛唐的獨特性

　　如緒論所提過，在古人的唐詩分法中，一般都將晚唐與唐末合併而論，統稱爲晚唐（836～907），然而在晚唐詩人中，最爲人所熟知的無疑是李商隱、杜牧，杜牧死於大中六年（852）、李商隱死於大中十二年（858），對於整個唐朝晚期詩歌來說，實在難以完全概括唐末（859～907）的詩壇風格。

　　而從大中十三年（859）開始的唐末民變、乾符二年（875）的黃巢之亂，到中和四年（884）黃巢之亂結束後，因爲藩鎭鬥爭、挾持天子而走向頹唐末象的二十餘年動盪歲月，這時候的詩人不論是思想抑或是經歷，與晚唐時期的小李杜都有很大的不同。

　　並且筆者在閱讀相關資料發現，這將近五十年的唐末時期，許多

〔註22〕劉學鍇：《李商隱詩歌集解》（北京：中華書局，2004 年 11 月 2 版），
第三冊，頁 1278。

詩人的遭遇與詩歌，竟與百年前的杜甫有著驚人的部分相似。關於唐末詩壇背景與詩歌流派，近年來如劉寧《唐宋之際詩歌演變研究》〔註23〕、李定廣《唐末五代亂世文學研究》〔註24〕等都作出了詳細的分析，筆者在此想從另一角度——盛唐杜甫與唐末詩人的相似特質，來作專門的闡釋。

眾所皆知，不論是哪個朝代，很少詩人只是閉門造車、個體創作，當詩人與詩人之間擁有著相似的特質與經歷時，可能是政治團體的組成、相同故鄉的情感、文學思想的共鳴、又或是同遊交往的友誼，常常會形成所謂的詩人群體，如曹魏時期，因政治力量而集結在二曹兄弟的建安七子，盛唐時期來往的王維（692～761）、孟浩然（689～740），抑或是中唐以後韓孟、元白，以至宋朝的江西詩派、明朝的前後七子等，都可算的上是各朝詩人團體的重要例證。這種團體的組成，依賴於組成的詩人之間必須有著一兩點相似的特質。

然而杜甫，在盛唐卻處於一種極為十分尷尬的位置，他活躍的時代以及詩歌的風格，正好處於盛唐與中唐的過渡地帶。在盛唐著名詩人中，杜甫的年紀實際已算是偏小，王維早杜甫二十一年出生，孟浩然年長杜甫二十四歲，後世與杜甫並稱的李白也大他十二歲，與杜甫有所來往的高適亦比他稍早七年出生，著名的盛唐詩人中，比杜甫出生稍晚的只有岑參。

因此儘管同樣以盛唐詩人著稱，杜甫與大他二十餘歲的王維、孟浩然可說是幾無交集，即使是常與並稱的李白，杜甫在初見時亦尊稱為「李侯」，表示出自己的仰慕之情與謙卑之意，而從現存的李杜互贈詩作中，杜甫贈送李白的詩作數量多於李白送給杜甫的詩作，情感方面也較為沉摯感人，這恐怕也與杜甫的後輩身分有關。真正與杜甫處於相近年齡的，只有岑參與高適兩人。

〔註23〕 劉寧：《唐宋之際詩歌演變研究》（北京：北京師範大學出版社，2002年9月）。
〔註24〕 李定廣：《唐末五代亂世文學研究》（北京：中國社會科學出版社，2006年7月）。

　　但是，若對比杜甫與岑參、高適，他們之間又存在著極大的差異，相比杜甫一生的坎坷仕途，岑參、高適在仕途上可說是相當順利。岑參官至嘉州刺史，世稱為岑嘉州，高適更是官至封侯，死後追贈禮部尚書，可說享盡尊榮。比起杜甫曾任的左拾遺、工部員外郎來說差距極大。

　　而若以仕途來論，其他的盛唐著名詩人也與杜甫有著不小差異，早於杜甫的王維官至尚書右丞，世稱「王右丞」，李白所任的翰林供奉雖無實權，然而在當時名滿天下，又曾受玄宗賞識，比起杜甫來說在仕途上亦是優越不少。

　　在仕途不順、懷才不遇的處境方面，盛唐與杜甫同病相憐的詩人應屬孟浩然最為著名，然而孟浩然除了年紀以外，又有一個和杜甫生平完全不同的重大歧異──並未經歷過影響唐朝國運深遠的安史之亂──孟浩然在開元二十八年（740）去世，此時距離安史之亂的開始，仍然有十六年的時間醞釀。

　　也就是說，杜甫的生平經歷，在盛唐著名詩人之中可說是獨樹一幟的。他是同時期許多詩人的晚輩，仕途不順，流離坎坷，並且以布衣的身分，親身經歷了整個安史之亂的劇烈動盪──同時期仍存活的盛唐詩人，除了李白因永王李璘之亂被流放外，岑參、高適、王維仍任朝廷官職、衣食無憂，與杜甫「漂泊西南天地間」的輾轉流離是完全不同，這也是岑、高、王等人在安史之亂時期的詩歌中，也少有對民生疾苦書寫的詩作原因所在。

　　因為如此，在為後人熟知的盛唐詩人與詩派分類中，田園詩派有孟浩然與王維，邊塞詩派有岑參與高適，但在社會詩派中，除了杜甫以外，我們很難找到盛唐的其他詩人，也跟杜甫一樣被歸類為社會詩派，這不可不說是杜甫生平在盛唐的獨特性。

　　對於盛唐著名詩人來說，杜甫的遭遇確實是十分特別的，而接下來的中唐與晚唐詩人，由於朝廷偏安，儘管內憂外患不斷，卻沒有如安史之亂一樣影響國家氣運的戰爭浩劫，這也使當時的詩人缺少了組成杜甫詩歌的重要經歷──戰亂流離。如我們讀白居易的〈新樂府〉、

〈秦中吟〉、〈賣炭翁〉等較爲貼近社會現實的詩作，不難發現白居易的立場是站在上層官員對於平民百姓的憐憫，並未眞正對於百姓的困苦生活感同身受。即使是李商隱，他的政治詩歌充滿對國家黨爭宦害的不滿，卻缺乏了如同杜甫一樣記載國家動盪的戰爭史詩，這實是中晚唐詩人在學杜上的必然缺失。然而杜甫生平的獨特性，在唐末卻出現了極大的轉折與共鳴——黃巢之亂與安史之亂的契合與相似。而考場的險惡更讓此時的文人對於杜甫的仕途際遇有著同病相憐的感傷，這都是我們必須注意的。

對於形成杜甫詩歌風格的背景特色，筆者認爲大略可以分成三點：一、仕途坎坷。二、遭逢戰亂，流離失所。三、儒者濟世理念。如前面所說，第一點與杜甫相類的盛唐著名詩人只有孟浩然一人，其他著名詩人如李白、王維或多或少都曾受到當權者賞識。孟浩然本人卻又缺乏第二點——遭逢戰亂、流離失所的處境，這導致了孟浩然的詩歌，常常侷限於對個人境遇的愁懷感嘆，「不才明主棄，多病故人疏」、「欲濟無舟楫，端居恥聖明」，缺乏如杜甫「三吏」、「三別」這樣驚心動魄的國家史詩，這並非說孟浩然不如杜甫，而是兩人的遭遇有別罷了。

第三點亦是杜甫與盛唐一些詩人的歧異處，盛唐詩人都受過儒家思想薰陶，這是毫無疑問的。但是唐朝國風由於相對開放，佛教興盛，道教又因皇帝李姓的關係受到重視，是時士人的思想是呈現多元開放。加上玄宗開元、天寶年間，正是唐朝國力鼎盛之時，讓許多士人不需憂心國家大事，透露出一種安逸自由的心理情懷。如「詩佛」王維虔誠齋戒，「詩仙」李白煉丹求道，都是爲人所知的事情。而杜甫則以儒者自居，「江漢思歸客，乾坤一腐儒」，詩歌之中充滿對大眾人民苦難的同情，被後人譽爲「詩聖」，其「聖」字，就是讚譽杜甫爲儒家理念的理想典範。

這三點分開而論，盛唐都有詩人符合，但當它們結合起來，卻很難找到另一位詩人完全符合，這形成杜甫在盛唐時期的獨特性。

第三節　論杜甫生平經歷在唐末的普遍性

　　但是，當我們轉頭看唐末的詩人遭遇時，杜甫這種在盛唐時期的「獨特性」，在當時社會卻幾乎成爲了詩人的普遍境遇。以下，筆者以仕途坎坷、遭逢戰亂與儒者濟世思想這三點分析唐末詩人遭遇：

一、仕途坎坷

　　杜甫的懷才不遇，在盛唐著名詩人中，唯有他與孟浩然終身仕途不順。但是若從唐末時候來看，仕途坎坷的現象卻幾乎成爲唐末詩人的普遍情況，原因就在於屬於寒門入仕的科舉之路，逐漸爲世家權貴所把持。

　　唐朝世家子弟的入仕，原本多以門蔭途徑，然而隨著世家子弟進士出身的人數越來越多以及社會中進士地位的提升，進士逐漸變成唐朝中晚期的重要入仕門徑，不妨從唐朝最高官職的宰相出身作統計，根據金瀅坤《唐五代科舉的世界》圖表統計，從晚唐至唐末（836～907）的這段時間，宰相世家與寒門的比例可做成以下表格：〔註25〕

	宰相人數	進士出身
武宗	15	12
宣宗	23	21
懿宗	21	20
僖宗	23	22
昭宗	25	20
哀宗	6	5
統計人數	113	100（88%）

可以看出，唐朝晚期宰相的進士出身比率相當高，幾乎到達了九成（88%）。對比初唐時期的太宗宰相 29 人只 1 人進士出身（3%），盛唐時期的玄宗宰相 34 人有 8 人進士出身（24%），中唐時期的德

〔註25〕金瀅坤：《唐五代科舉的世界》（上海：復旦大學出版社，2014 年 8 月），頁 149。

宗宰相 35 人有 13 人進士出身（37%），可以看出宰相進士出身的比例是不斷上升的，然而這種進士地位的抬升並未給寒門布衣帶來好處，反而迫使世家子弟放棄門蔭之路選擇科舉，根據金澄坤的統計，唐朝晚期從武宗到哀宗的宰相有 113 人，其中有 100 人是進士出身，而這一百人中，世家子弟就佔有 67 人，而寒門子弟只有 8 人，這種懸殊的比例，實際上就側面點出了晚唐至唐末時期世家權貴對於科舉名額的掌握。

　　通常被當作牛李黨爭開端的穆宗長慶元年（821）科舉弊案亦可作爲唐朝晚期科舉被世家掌控的例證之一，《資治通鑑》卷二四一記載：

> 右補闕楊汝士與禮部侍郎錢徽掌貢舉，西川節度使段文昌、翰林學士李紳各以書屬所善進士於徽；及榜出，文昌、紳所屬皆不預焉，及第者，鄭朗，覃之弟；裴譔，度之子；蘇巢，宗閔之婿；楊殷士，汝士之弟也。文昌言於上曰：「今歲禮部殊不公，所取進士皆子弟無藝，以關節得之。」上以問諸學士，德裕、積、紳皆曰：「誠如文昌言。」上乃命中書舍人王起等覆試。〔註26〕

段文昌所言的「今歲禮部殊不公，所取進士皆子弟無藝，以關節得之」，點出當時的請託之風，而他雖然說出了事實，然而其動機也不過是「文昌、紳所屬皆不預焉」——自己請託及第的對象未能上榜而挾怨報復。從「所取進士皆子弟無藝，以關節得之」這段話來看，當年的進士上榜者，恐怕都是世家子弟爲主，其寒門子弟的情況可想而知。

　　觀察著晚唐的科場情況，儘管世家子弟逐漸把持科舉，寒門仍然佔據了一些名額，而當時的對於世家科舉入仕的不良觀感，或多或少地給世家科舉入仕帶來了一些阻礙，晚唐詩人、同時亦是世家子弟的杜牧曾云：

> 執事者上言，云科第之選，宜與寒士，凡爲子弟，議不可進。熟於上耳，固於上心，上持下執，堅如金石。爲

〔註26〕北宋·司馬光著、南宋·胡三省注：《資治通鑑》（台北：天工書局，1988 年 9 月），卷二百四十一，頁 7790。

子弟者，魚潛鼠遁，無入仕路，某竊惑之。科第之設，聖
祖神宗所以選賢才也，豈計子弟與寒士也！〔註27〕

「執事者上言，云科第之選，宜與寒士，凡爲子弟，議不可進」，杜
牧的說法當能反映晚唐時期掌政者對於科舉的一些看法，至少在表面
上，寒士子弟應能分配到些許名額。

　　然而從大中年間開始，由於宣宗雅好科舉，對進士地位的提升提
到了相當的作用，《唐語林》卷四對此有三則詳細記載：

　　　　宣宗好儒，多與學士小殿從容議論，殿柱自題曰：「鄉
貢進士李某。」或宰臣出鎮，賦詩以贈之。凡對宰臣及上
言者，必先整容貌，易衣盥手，然後召見。語及政事，即
終日忘倦。

　　　　宣宗愛羨進士，每對朝臣，問「登第否」？有以科名
對者，必有喜，便問所賦詩賦題，並主司姓名。或有人物
優而不中第者，必嘆息久之。嘗於禁中題「鄉貢進士李道
龍」。宦官知書，自文、宣二宗始。

　　　　宣宗尚文學，尤重科名。大中十年，鄭顥知舉，宣宗
索《登科記》。顥表曰：「自武德以後，便有進士諸科。所
傳前代姓名，皆是私家記錄。臣尋委當行祠部員外郎趙璘，
采訪諸科目記，撰成十三卷。自武德元年至於聖朝，敕翰
林自今放榜後，仰寫及第人姓名及所試詩賦題目進入，仰
所司逐年編次。」〔註28〕

宣宗在位十三年，史稱大中之治。從《唐語林》的記載中我們可以了
解，宣宗對於儒術與進士十分愛好，不但常問朝臣「登第否」，向下
屬索要記載上榜進士名錄的《登科記》，並自稱爲「鄉貢進士李道龍」，
以君王之尊對於進士的喜好與儒術的推進，必然會對科舉進士的地位
造成重要的抬升，甚至使初唐時多由門蔭入仕的世家子弟，也受到這

〔註27〕杜牧〈上宣州高大夫書〉，見清・董誥等編：《全唐文》，卷七百五十
二，頁7793。
〔註28〕宋・王讜注、周勛初校：《唐語林校證》（北京：中華書局，1997年
12月），卷四，頁370～371。

種風氣的影響,《唐摭言》云:

> 進士科始於隋大業中,盛於貞觀、永徽之際;縉紳雖位極人臣,不由進士者,終不爲美,以至歲貢常不減八九百人。〔註29〕

這是基於這種時代背景所產生的面貌。

爲了抬升進士地位,宣宗甚至鼓勵世家子弟以此途徑入仕,並且放寬錄取限制:

> 二月丁酉,禮部侍郎魏扶奏:「臣今年所放進士三十三人,其封彥卿、崔琢、鄭延休等三人,實有詞藝,爲時所稱,皆以父兄見居重位,不令中選。」

> 詔令翰林學士承旨、戶部侍郎韋琮重考覆,敕曰:「彥卿等所試文字,併合度程,可放及第。有司考試,衹在至公,如涉請託,自有朝典。今後但依常例放榜,不別有奏聞。」〔註30〕

封彥卿、崔琢、鄭延休皆是當時的世家子弟,其親戚父兄在朝廷都有相當影響力。當時的考官爲了避嫌,「以父兄見居重位,不令中選」。這種做法是否妥當姑且不論,當宣宗宣布廢除此條慣例,讓世家子弟錄取進士的標準更加寬鬆時,對於一般的寒門子弟,卻造成相當殘酷的後果,《冊府元龜》記載宣宗大中十四年(860)科舉事云:

> 時舉子尤盛,進士過千人,然中第者皆衣冠子弟。〔註31〕

鮮明地道出宣宗放寬世家子弟錄取限制所造成的寒素子弟錄取慘狀。當世家權貴子弟與寒門布衣、甚或家道中落的世家子弟等一同競爭科舉時,少了「父兄見居重位,不令中選」的侷限,只會令請託賄賂之風大盛,《新唐書·高鍇傳》記載了一則考官被請託的無奈史實:

〔註29〕 五代·王定保:《唐摭言》(北京:中華書局,1960 年 5 月),卷一,頁 4。

〔註30〕 五代·劉昫等著,楊家駱主編:《舊唐書》(台北:鼎文書局,1985 年 3 月 4 版),卷十八,頁 617。

〔註31〕 宋·王欽若等編,周勛初等校:《冊府元龜》(南京:鳳凰出版社,2006 年 12 月),卷六百五十一,貢舉部謬濫篇,頁 7512。

> 子湜，字澄之，第進士，累官右諫議大夫。咸通末，
> 爲禮部侍郎。時士多緣權要干請，湜不能裁，既而抵帽於
> 地曰：「吾決以至公取之，得譴固吾分！」乃取公乘億、許
> 棠、聶夷中等。〔註32〕

這則故事，表面上似乎說當時的主考官高湜「以至公取之」，其背面所
隱含的意思卻是，每年的進士名額只有三十名左右，在「時士多緣權要
干請」的情況下，請託高湜的人恐怕遠遠多於此數字，才會讓高湜在左
右爲難下，選擇了「以至公取之」的折衷方案。而他錄取的公乘億（？
～？）、許棠（？～？）、聶夷中（837～884）三人，皆是浮沉考場數十
年的落魄子弟，《唐詩紀事》記載了公乘億在考場上的一則悲喜劇：

> 億以詞賦著名。咸通十三年，別家十餘年矣。嘗大病，
> 鄉人傳以死，其妻自河北迎喪。會億送客，馬上見婦人，
> 粗縗類其妻也，睇眄不已，妻亦如之。詰之，則是也。相
> 持而哭，路人異之。後旬日登第。億嘗有詩云：「十上十年
> 皆落第，一家一半已成塵。」可知其屈矣。〔註33〕

公乘億爲當時的詩人之一，然而科舉考試三十年皆未入第，甚至因爲
遠離家鄉赴試，連結髮之妻都幾乎不認得了，這種科舉考試給士人帶
來的身心折磨，是可想而知的，儘管最後的結局以登第爲終，看似喜
劇。但花費了數十年在考場上，「十上十年皆落第，一家一半已成塵」，
公乘億此時的年紀估計也有五、六十歲以上，以唐朝士人的平均壽命
來說，恐怕也沒有多少時日可活。宣宗開放世家與寒門子弟共同競爭
進士名額的舉動，看似公平，然而在沒有作好有效的限制措施時，已
對唐末的科舉制度造成了重大的傷害。

因此，公乘億的科舉悲劇，在當時實際上已經成爲了寒門士人的
科舉常態，晚唐以來的寒素詩人、又或是家道中落的貴族子弟，除非
選擇投靠世家權貴或地方藩鎮，否則赴試十數年至數十年才金榜題名

〔註32〕宋・歐陽修、宋祁等著，楊家駱主編：《新唐書》（台北：鼎文書局，
　　　　1985年2月4版），卷一百七十七，頁5276。
〔註33〕宋・計有功：《唐詩紀事》（上海：上海古籍出版社，1987年7月），
　　　　卷六十八，頁1022。

又或依然名落孫山都是十分常見之事。鄭谷因其父爲永州刺史，三十九歲方能中第，羅隱、陸龜蒙終身不第，韓偓四十六歲中第，韋莊五十九歲中第，杜荀鶴四十六歲中第，原因是投奔於當時藩鎮朱溫，秦韜玉依附宦官田令孜而中第，而出身貧賤又無投奔權貴的皮日休可說是唐末寒士應舉最快，約在二十八歲至三十四歲左右中第，但是根據今人蕭滌非的考證，皮日休能如此順利地錄取科舉，恐怕與他的姓氏冷僻有關。〔註34〕

　　而唐末劉允章上言懿宗的〈直諫書〉，其所痛陳的「八入」之說，更是道出了當時官僚取士的腐敗現象：

> 今天下食祿之家，凡有八入，臣請爲陛下數之。節度使奏改，一入也。用錢買官，二入也。諸色功優，三入也。從武入文，四入也。虛銜入仕，五入也。改僞爲眞，六入也。媚道求進，七入也。無功受賞，八入也……〔註35〕

不論是「節度使奏改」、「用錢買官」、「諸色功優」……等，都是投機請託的入仕手段，而他最後所疾呼的「官有八入而無一出」，說明當時朝廷已經喪失篩選官員的機能，導致了貪官污吏的年年增加、唐朝政府卻缺乏淘汰冗吏的手段。從這些情況來看，唐末寒門文人的入仕之路是多麼艱險，也就能可想而知了。這種仕途艱困的情況，就是他們與杜甫遭遇相似的共通點之一。我們讀唐末鄭谷的〈送田光〉就是個很好例子：

> 九陌低迷誰問我，五湖流浪可悲君。著書笑破蘇司業，
> 賦詠思齊鄭廣文。
>
> 理棹好攜三百首，阻風須飲幾千分。耒陽江口春山綠，
> 慟哭應尋杜甫墳。〔註36〕

〔註34〕「……我最初頗不解，後見《南部新書》丙載：『大中（宣宗年號，西元八四七至八五九）以來，禮部放榜，歲取三二人姓氏稀僻者，謂之色目人，亦謂曰榜花。』這才恍然大悟，皮日休之得以榜末掛名，在很大程度上叨光了他的尊姓……」引自唐・皮日休著、蕭滌非、鄭慶篤編：《皮子文藪》（上海：上海古籍出版社，1981 年 11 月），頁 251。

〔註35〕清・董誥等編：《全唐文》，卷八百零四，頁 8449。

〔註36〕清・彭定求等編：《全唐詩》，第二十冊，卷六百七十六，頁 7743。

「九陌」泛指唐朝長安的九條大道，從開頭來判斷，此詩爲鄭谷（849～911）送其友田光出長安所作，觀首聯之意，鄭谷跟田光應是當年落第，才會在送別之時說出「九陌低迷誰問我，五湖流浪可悲君」的傷感，爲自己與田光的懷才不遇作感傷，而這首詩值得注意的是，它的頷聯與尾聯，明顯都與杜甫有相當的關連，頷聯的典故來自杜甫〈戲簡鄭廣文兼呈蘇司業源明〉，是杜甫天寶年間在長安滯居之作。〔註37〕鄭谷明顯是拿杜甫在長安的求仕際遇自比，所以最後才會得到感傷的結論——「耒陽江口春山綠，慟哭應尋杜甫墳」，鄭谷、田光兩人的懷才不遇，讓他們與上百年前困頓長安的杜甫，無形之間產生了共鳴之感。

二、遭遇戰亂

　　杜甫詩歌與安史之亂的關係可說是十分密切，不論安史之亂對唐朝國運甚或杜甫身心造成怎樣的巨大創傷，我們都無法否認，沒有安史之亂對杜甫詩歌的錘鍊，杜甫很難形成後世所稱譽的「詩史」地位，孟棨《本事詩·高逸第三》就點出了安史之亂對杜詩的影響：

　　　　杜逢祿山之難，流離隴蜀，畢陳於詩，推見至隱，殆
　　無遺事，故當時號爲詩史。〔註38〕

杜甫著名的「三吏」、「三別」、「北征」等詩史之作，全都是對於安史之亂時，唐朝的國事紛亂有感而發，連綿不斷的戰亂，迫使當時身卑位微的杜甫，不得不攜家帶眷流離失所，「支離東北風塵際、漂泊西南天地間」，就是有這樣的經歷，杜甫才能寫出如此貼近人心的罹亂詩作。

　　前面已經敘說過，在安史之亂中，盛唐的著名詩人除了早已死去的孟浩然和被流放的李白以外，王維、岑參、高適皆身居官職，他們

〔註37〕杜甫〈戲簡鄭廣文兼呈蘇司業源明〉詩：「廣文到官舍，繫馬堂階下。醉則騎馬歸，頗遭官長罵。才名四十年，坐客寒無氈。賴有蘇司業，時時與酒錢。」見清·浦起龍：《杜詩心解》（北京：中華書局，2010年11月），卷一之一，頁14。

〔註38〕唐·孟棨《本事詩·高逸第三》，收錄於丁福保輯：《歷代詩話續編》，頁15。

並未有如杜甫流落天涯的境遇，也因此在其詩歌中就自然難以呈現出杜甫憂國敘亂的社會篇章。

中唐、晚唐時期亦是如此，儘管吐蕃、回紇在邊境時有侵略的行爲，唐朝內部也經歷了牛李黨爭與宦官擅權的情況，然而當時的詩人如韓愈、白居易、元稹、李賀、李商隱、杜牧……等，都沒有經歷過戰爭的險惡，這在一定的程度上侷限了這些中唐至晚唐詩人詩歌的多樣性。

對於這些中晚唐詩人少有體驗的戰亂經歷，唐末的詩人卻不一樣了。從宣宗大中十三年（859）裘甫〔註39〕在浙東爆發民亂開始，開始了唐末民亂的序章，其最高潮處，莫過於接連爆發的僖宗乾符元年（874）王仙芝起兵與乾符二年（875）黃巢之亂，徹底地重創了唐朝的國力，在黃巢之亂於中和四年（884）平定後，唐朝政府再也無力壓制地方坐大的藩鎮勢力，從僖宗中和四年（884）開始，直至哀帝天祐四年（907）唐亡結束，唐朝實際上已是名存實亡的藩鎮割據時期。

在這樣的背景下，從宣宗大中十三年（859）到哀帝天祐四年（907）的四十九年，唐朝完全處於一個動盪的戰亂處境，農民叛變、軍閥爭霸連綿不休，當時的詩人對於戰爭的痛苦多感同身受，加上唐末詩人普遍仕途不順，遊歷或隱居民間的比比皆是。杜甫「逢祿山之難，流離隴蜀」的處境，在唐末詩人之中，絕對是處於普遍現象，甚至是更爲艱困。

並且安史之亂與黃巢之亂具有高度的相似性，不論是僖宗的奔走四川，又或黃巢軍隊的佔據長安，都讓當時詩人很難不聯想百多年前的安史之亂，當時的詩人，多以安史之亂的事蹟來暗諷朝廷腐敗，如安史之亂時著名的馬嵬驛之變，唐玄宗含淚賜死楊貴妃，就是唐末詩人常借古諷今的一個題材：

〔註39〕「浙東賊帥裘甫攻陷象山，官軍屢敗，明州城門晝閉，進逼剡縣，有眾百人，浙東騷動。觀察使鄭祇德遣討擊副使劉勍、副將范居植將兵三百，合台州軍共討之。」見北宋・司馬光著、南宋・胡三省注：《資治通鑑》（台北：天工書局，1988年9月），卷二百四十九，頁8077。

徐夤〈馬嵬〉

二百年來事遠聞，從龍誰解盡如雲。張均兄弟皆何在，卻是楊妃死報君。〔註40〕

高駢〈馬嵬驛〉

玉顏雖掩馬嵬塵，冤氣和煙鎖渭津。蟬鬢不隨鑾駕去，至今空感往來人。〔註41〕

崔道融〈鑾駕東回〉

兩川花捧御衣香，萬歲山呼輦路長。天子還從馬嵬過，別無惆悵似明皇。〔註42〕

黃滔〈馬嵬〉

鐵馬嘶風一渡河，淚珠零便作驚波。鳴泉亦感上皇意，流下隴頭嗚咽多。〔註43〕

韋莊〈立春日作〉

九重天子去蒙塵，御柳無情依舊春。今日不關妃妾事，始知辜負馬嵬人。〔註44〕

鄭畋〈馬嵬坡〉

玄宗回馬楊妃死，雲雨雖亡日月新。終是聖明天子事，景陽宮井又何人。〔註45〕

羅虬〈比紅兒詩〉

姓字看侵尺五天，芳菲占斷百花鮮。馬嵬好笑當時事，虛賺明皇幸蜀川。〔註46〕

羅隱〈帝幸蜀〉

馬嵬山色翠依依，又見鑾輿幸蜀歸。泉下阿蠻應有語，這迴休更怨楊妃。〔註47〕

〔註40〕清・彭定求等編：《全唐詩》，第二十一冊，卷七百一十一，頁8188。
〔註41〕清・彭定求等編：《全唐詩》，第十八冊，卷五百九十八，頁6920。
〔註42〕清・彭定求等編：《全唐詩》，第二十一冊，卷七百一十四，頁8207。
〔註43〕清・彭定求等編：《全唐詩》，第二十一冊，卷七百零六，頁8131。
〔註44〕唐・韋莊著、聶安福注：《韋莊集箋注》（上海：上海古籍出版社，2013年3月），卷二，頁71。
〔註45〕清・彭定求等編：《全唐詩》，第十七冊，卷五百五十七，頁6464。
〔註46〕清・彭定求等編：《全唐詩》，第十九冊，卷六百六十六，頁7625。
〔註47〕李定廣：《羅隱集繫年校箋》（北京：人民文學出版社，2013年6

這種唐末詩人頻繁地書寫安史之亂的馬嵬史事，表面上是寫唐玄宗與楊貴妃，實際上卻是暗諷黃巢之亂中倉促避蜀，昏庸無能的唐僖宗，從上述的詩歌中，「今日不關妃妾事，始知辜負馬嵬人」、「泉下阿蠻應有語，這迴休更怨楊妃」、「張均兄弟皆何在，卻是楊妃死報君」，不難發現唐末詩人多對於楊貴妃的描寫帶有同情意味，這種同情恐怕是指桑罵槐，暗示國家動盪，不在於紅顏誤國，而是玄宗（僖宗）的昏庸無能。

在此用表格比較安史之亂與黃巢之亂的相似點：

	安史之亂	黃巢之亂
持續時間	7 年 2 月（755 年 12 月～763 年 2 月）	10 年（875～884）
叛亂地點	華北地區（今北京）	華北地區（今山東菏澤）
叛軍戰績	東都洛陽、首都長安均遭淪陷，唐玄宗入蜀避難	東都洛陽、首都長安均遭淪陷，唐僖宗入蜀避難
外援平亂	回紇	沙陀（李克用）
造成結果	藩鎮割據，中央政府權力萎縮	藩鎮坐大，中央政府名存實亡

從這張圖可以看出，安史之亂與黃巢之亂的相似處，而在黃巢之亂爆發的時候，唐末的詩人多處於中壯年歲月，與杜甫在安史之亂爆發的四十四歲是相當接近的，用一表格顯示：

唐末詩人	黃巢之亂（875）爆發時的年紀	唐末詩人	黃巢之亂（875）爆發時的年紀
僧貫休（832～912）	44 歲	聶夷中（837～884）	39 歲
羅隱（833～910）	43 歲	皮日休（838？～883？）	約 38 歲
陸龜蒙（836？～881）	約 40 歲	韓偓（842～923）	約 33 歲
韋莊（836？～910）	約 40 歲	杜荀鶴（846～904）	30 歲
司空圖（837～908）	39 歲	鄭谷（851？～911）	約 25 歲

月），頁 516。

這些詩人大致上可說是唐末詩壇的中流砥柱，他們此時都處於三、四十歲，正是唐末文人的科舉求仕之時，當他們追求科舉功名而應試遊歷時，自然而然地就會接觸到當時社會的戰亂現象。如韋莊的〈秦婦吟〉，就是寫他在長安應試時，恰逢黃巢破城，困居長安二年逃出的真實經歷，藉由秦婦的女子口吻，敘述出「家家流血如泉沸，處處冤聲聲動地」的城破慘狀，可說是唐末記載黃巢之亂的詩史之作，施蟄存對〈秦婦吟〉的評價應稱公允：「它是反映唐代政治現實的最後一首史詩。正如杜甫的〈北征〉是盛唐最後一首史詩。」〔註48〕，肖瑞峰等人所著的《晚唐政治與文學》亦明白指出：

> 唐末很多文士都有關於黃巢之亂實況的詩作，乃唐末詩史的重要組成部分。這些作品反映出當時士人對現實的關注和積極的政治情懷。〔註49〕

而黃巢之亂結束後，整個唐朝的戰亂並未就此結束，鳳翔節度使李茂貞、宣武節度使朱溫、河東節度使李克用等藩鎮爭權奪利，此時的僖宗、昭宗已成了藩鎮的傀儡。在藩鎮的彼此征伐下，唐末的戰亂，不但沒有因黃巢之亂的結束而平息，反而愈演越烈，是當時所有文人都必須經歷的悲慘局面。我們可以斷定說，唐末詩人的生活，中晚年幾乎都是在戰火連綿的歲月中渡過。與杜甫天寶十四年（755）後的生活十分相似。並且由於長時戰火與連年不第的關係，不少詩人都居無定所、奔波避難，這也導致了他們對杜甫的遭遇產生深刻的同情。

三、濟世思想的興起

　　唐朝初期由於國勢強大，唐太宗既為天可汗，又有胡人血統，對於宗教文化頗能包容並蓄，如東漢末年從天竺傳來的佛教，在經過魏晉南北朝的玄學醞釀後，在初盛唐時期達到了頂峰，發展出了天台宗、華嚴宗、法相宗、淨土宗⋯⋯等佛教教派。另外，由於唐朝皇帝

〔註48〕施蟄存：《唐詩百話》（上海：上海古籍出版社，1988 年 8 月），頁 699。
〔註49〕肖瑞峰、方堅銘、彭萬隆：《晚唐政治與文學》（北京：中國社會科學出版社，2011 年 3 月），頁 169

李姓的關係，尊稱李耳爲始祖，對於道教十分優待，高宗在乾封元年（666）追封老子爲「太上玄元皇帝」，玄宗甚至親注《道德經》，在這情況下，佛、道在唐朝初、盛期的繁榮發展是可想而知的。如盛唐時期的王維、李白，就分別爲唐朝佛、道詩人的重要代表。

但自安史之亂開始，由於起兵造反的安祿山、史思明皆爲胡人，使得不少鎮定思痛的文人，對於外來文化的看法逐漸趨於保守，佛教開始受到一些儒者的批評，如元和十四年（819），韓愈所上奏的〈諫迎佛骨表〉，對於憲宗信佛的行爲表示不滿，所代表的意義，暗示著當時儒人之中逐漸形成排佛思潮。而這種思潮，導致了晚唐武宗會昌五年（845）毀佛事件的推動，武宗令大量僧人還俗，並沒收寺廟財產，對於晚唐的佛教發展造成重大的打擊。天台宗、華嚴宗至此逐漸衰微。

並且，唐朝初期由於國勢強大，詩人所關注的多是風花雪月的描述、建功立業的嚮往、抑或個人離鄉的愁思，劉大杰《中國文學發展史》道：

> 盛唐產生了許多重要的詩人，作品的內容非常充實，風格也是多樣性的。但在這複雜的現象中，可以看出兩個主要傾向。一個是描寫邊塞風光、戰爭生活的岑、高詩派，一個是描寫退隱生活、田園山水的王孟詩派，李白是集其大成，包羅萬象，成爲這一時代詩人的代表。〔註50〕

對於國家的未來，這時候的詩人是抱持著強烈的自信心，甚至有著開疆拓土、報效國家的志願，結合當時佛、道思想的興旺，展現出盛唐詩人的獨特面貌：

> 我們還要注意的，是當代儒、道、佛三教的自由發展，形成一些知識分子思想上的解放，追求曠達的生活，結果是流於放縱與佯狂，輕視一切的禮法與規律，狎妓飲酒，避世逃禪，使氣任俠，修仙訪道，在他們的生活與思想上，呈現濃厚的清狂放誕的氣質。〔註51〕

〔註50〕劉大杰：《中國文學發展史》（台北：華正書局，2008年8月），頁479。
〔註51〕劉大杰：《中國文學發展史》，頁481。

這種清狂放誕的氣質，很大的因素在於他們不必擔心國家的未來，對
於人生多有美好的想像與進取精神，即使是杜甫，在他早期的詩歌也
充滿著浪漫主義的內容與形象，〈壯遊〉「性豪業嗜酒，嫉惡懷剛腸」、
〈望嶽〉「會當凌絕頂，一覽眾山小」，與他中晚期描寫家國苦痛的詩
歌有著不小差異。

　　從中唐開始、經過安史之亂的重創，藩鎮割據、宦官擅權的問題
就逐漸浮現，許多詩人不能不面對殘酷的現實，白居易、元稹的新樂
府運動，提倡「文章合為時而著，歌詩合為事而作」，就是有感國家
衰疲而欲以詩歌做出改革，而晚唐李商隱的政治、詠史詩，對於社會
亂象亦針砭時弊。這種與盛唐詩風內容的差異，來自於唐朝晚期的衰
落，文人對於國家逐漸失去希望，佔有相當大的比重。

　　唐末詩壇的情況則十分複雜，從咸通元年（860）開始，唐朝的
社會實際上已經十分腐敗，除了前面所述官員甄選的「八入」之弊外，
劉允章上呈懿宗的〈直諫書〉還提出了「九破」、「八苦」、「五去」的
唐末社會弊病：

> 國有九破，陛下知之乎？終年聚兵，一破也。蠻夷熾
> 興，二破也。權豪奢僭，三破也。大將不朝，四破也。廣
> 造佛寺，五破也。賂賄公行，六破也。長吏殘暴，七破也。
> 賦役不等，八破也。食祿人多，輸稅人少，九破也。
>
> 今天下蒼生，凡有八苦，陛下知之乎？官吏苛刻，一
> 苦也。私債徵奪，二苦也。賦稅繁多，三苦也。所由乞斂，
> 四苦也。替逃人差科，五苦也。冤不得理，屈不得伸，六
> 苦也。凍無衣，饑無食，七苦也。病不得醫，死不得葬，
> 八苦也。
>
> 仍有五去，勢力侵奪，一去也。奸吏隱欺，二去也。
> 破丁作兵，三去也。降人為客，四去也。避役出家，五去
> 也。〔註52〕

〔註52〕清・董誥等編：《全唐文》，卷八百零四，頁 8449～8550。

「九破」痛陳賦稅不均，「八苦」述說民生困境、「五去」道出人才流失，都是當時唐末的種種社會亂象，這時期的詩人身心情況亦因此走向極端，難以一概而論。有沉溺於感官聲色作詩詠唱、有埋頭於個人世界苦吟煉詩、有退隱田園不問世事者，亦有對國家時事感傷激憤者，詩壇呈現一種混亂多元的局面。並且詩人的詩歌往往也呈現著複雜面向，如據傳爲韓偓早年所作的《香奩集》被認爲是唐末艷詩的代表作，然而他作於中晚年的《韓翰林集》，又充滿對國家苦難的悲憤感傷。韋莊晚年在蜀的詞作被奉爲花間派的始祖，但他《浣花集》中的〈秦婦吟〉、〈和鄭拾遺秋日感事一百韻〉卻又是寫實主義的血淚之作。足可看出此時詩人的種種複雜與矛盾層面。

這實與唐末時期的困境有關，文人對於唐朝即將滅亡的事實有隱晦的認知，從小接受培養陶冶的儒家濟世思想，卻又使他們無法放下家國社稷，仕與隱之間的掙扎乃是當時文人的重要議題。即使是唐末的隱士陸龜蒙、司空圖，他們一些詩歌也仍然存在著對於社會時事的感嘆不滿，許多史料的記載都能證明他們的隱居很可能是出於政治險惡局勢所迫。

在唐末時期的詩人，只要不是徹底逃避於聲色犬馬或田園風光，他們的詩歌中，無可避免地會面對到當時的社會亂象。所以這時期的社會詩人，反而是唐朝人數與詩作最多的一個階段，唐末諷刺小品文的旺盛發展，實際上也反映到詩歌層面，唐末重要的小品文作家如羅隱、陸龜蒙、皮日休，同時也是當時著名的詩人，而詩人杜荀鶴、韋莊、秦韜玉、曹松、胡曾、聶夷中、鄭谷、韓偓、吳融、唐彥謙、司空圖等詩人，或多或少都在詩歌中揭露對於當時社會現狀的不滿，與杜甫詩歌中所展現的社會精神是一脈相傳的。如被後世視爲艷情詩人的韓偓、唐彥謙，在一些詩歌中都有濃厚的社會主義傾向：

　　韓偓〈辛酉歲冬十一月隨駕幸岐下作〉
　　　曳裾談笑殿西頭，忽聽征鏡從晃旒。鳳蓋行時移紫氣，
　鷺旗駐處認皇州。

　　　　曉題御服頒羣吏，夜發宮嬪詔列侯。雨露涵濡三百載，
不知誰擬殺身酬。〔註53〕

　　唐彥謙〈長陵〉

　　　　長安高闕此安劉，祔葬纍纍盡列侯。豐上舊居無故里，
沛中原廟對荒丘。

　　　　耳聞明主提三尺，眼見愚民盜一抔。千載腐儒騎瘦馬，
渭城斜月重回頭。〔註54〕

可以發現在這些七律中，韓偓、唐彥謙在感時傷事的詩歌寫法上，實
際上與杜甫的社會思想是貫通的，並且儘管在詩歌中呈現著唐朝的末
世景象，詩人心中依然有著報效國家的心思，這都在在呈現著詩人的
複雜心思。韓偓在之後的章節會詳細述及與杜甫的關聯姑且不論，我
們不妨看元人辛文房（？～？）《唐才子傳》對唐彥謙的評語：

　　　　初師溫庭筠，調度逼似，故多纖麗之詞，後變淳雅，
尊崇工部。唐人效甫者，惟彥謙一人而已。〔註55〕

說唐彥謙「初師溫庭筠」，即是指他早年的艷情風格學自溫庭筠，而
晚年充滿沉鬱的詩作，辛文房認為「唐人效甫者，惟彥謙一人而已」，
這種讚譽頗有誇大疑慮，然而唐彥謙與杜甫詩歌的傳承，應是毫無疑
問的。這種詩歌內容變化的關鍵，實際上就來自於當時的家國動亂，
唐彥謙生年不詳，約卒於昭宗景福二年（892）左右，他於咸通年間
（860～874）累試不第，可以推測他與羅隱、韋莊是活躍同一時期，
而黃巢之亂的爆發時間（875～884），唐彥謙此時應是中年，並且很
可能如羅隱、韋莊等人在長安赴試滯居，對於他詩歌的影響必然是十
分巨大，這種國亂家離的慘痛，導致了他的詩歌從艷情轉向沉鬱的發
展，與韓偓、吳融等人相當類似。

　　大致而言，儒家的濟世思想在唐末是呈現上升的情況。田耕宇《中

〔註53〕唐・韓偓著、陳繼龍注：《韓偓詩註》（上海：學林出版社，2011 年
　　　4 月），頁 24。

〔註54〕清・彭定求等編：《全唐詩》，第二十冊，卷六百七十一，頁 7673。

〔註55〕元・辛文房著、戴揚本校注：《新譯唐才子傳》（台北：三民書局，
　　　2005 年 9 月），卷九，頁 529。

唐至北宋文學轉型研究》云：

> 世俗生活在晚唐時期對文人的影響十分巨大，儒家思
> 想面臨巨大的挑戰，時人或淡出儒家禮教，出之以狂放不
> 羈，或者激於世亂而發抨擊時政的憂患之音。〔註56〕

另外，前人所常談的唐末艷情宮體、苦吟煉字亦是這時期的詩人普遍
風格，呈現出混亂多元的局面。但是並不能因爲豔情、苦吟詩歌的興
起，就忽略了這時期詩壇的社會詩風，它是有多面向的背景組成，是
當時國勢險惡所導致的必然趨勢，這是我們不能忽略的現象。

　　從這三點要素來看，杜詩在唐末時期的流傳與推廣實有天時地
利之便，唐末詩人與杜甫有著相似的遭遇，長年的戰亂，而由於國
家的衰疲老朽，此時的詩人無法如盛唐時期的文人有著樂觀的率性
與自信，他們往往在詩歌中呈現對國家未來的思索與戰亂荒蕪的描
述，這是他們比起中晚唐時期，對於杜甫詩歌思想更爲接近與共鳴
的地方。

第四節　小結——唐末「崇杜」群體詩人意識的產生

　　就前面的論點分析，筆者在此想提出一個新的見解——唐末時期
才是真正形成「崇杜」群體意識的開端。

　　關於杜甫在歷朝的接受程度，從宋朝至今都是文人學者的熱門研
究對象，評價也一直高高在上，這是毫無疑問的。然而在唐朝，杜甫
詩歌究竟什麼時期才被大多數文人公認爲超越其他詩人、與李白並稱
的榮耀地位，卻頗有疑問。杜甫生前的盛唐，在目前的資訊下是可以
排除的，杜甫生前或許在一些文人心中有不小詩名，卻遠遠不到能說
詩壇上獨一無二的崇高地位。

　　那麼，杜甫與李白並稱的「李杜」地位，究竟在什麼時候得到公
認呢，是中唐、還是晚唐、抑或唐末？

〔註56〕田耕宇：《中唐至北宋文學轉型研究》（北京：中華書店，2009 年 6
　　　　月），頁 330。

　　如前面所提，中唐殷璠的《河嶽英靈集》、高仲武的《中興間氣集》及姚合的《極玄集》皆未選錄杜詩，筆者認為這是評斷杜甫詩歌在中唐評價的重要指標，加上韓愈「不知羣兒愚，那用故謗傷」之句，杜詩在中唐時期儘管有韓愈、白居易等人的鼓吹，其地位恐怕還遠遠說不上是毫無爭論，或者說，至少還存在著一定爭議。

　　而筆者從目前收錄編輯唐朝有關對杜甫評論的《古典文學研究資料彙編・杜甫卷》一書統計，發現可以作出如下的表格：

《古典文學研究資料彙編・杜甫卷》輯錄唐人談論杜甫人數	盛唐（713〜766）	中唐（766〜836）	晚唐（836〜858）	唐末（859〜907）
58人	7人	15人	10人	26人

　　從這圖表可以看出，唐人評論杜甫詩歌的熱烈程度，是隨著時間過去而遞增。盛唐時期評論杜甫詩歌的有李白、高適、岑參、嚴武、郭受、任華、韋迢七人，公允而論，李白、高適、岑參與杜甫的詩歌多是來往應酬之語，盛唐真正談到杜甫詩歌價值的只有四人——嚴武、郭受、任華、韋迢。而這個數字，到了中唐變成十五人，增加三倍之餘，而筆者此處所論的晚唐（836〜858）只有二十三年，比中唐時期的七十一年少去大半，但評論杜詩的文人依然有十位，可想見當時杜詩的地位仍然逐漸抬升，而後到了唐末，將近五十年的時間，前前後後總共有二十六位文人評價過杜詩，總數約占唐朝評論杜甫詩歌人數的四成。這可以證明，在唐末時期，對於杜詩的接受程度，是勝於唐朝盛、中、晚期。

　　並且唐末評論杜甫的詩人在身分階層、詩歌流派上是相當全面的，我們看中唐評論杜甫的重要詩人有韓愈、孟郊、白居易、元稹等人，然而如柳宗元、賈島、李賀、姚合等中唐詩人卻未提及杜甫，晚唐除了李商隱、杜牧外，另一位重要詩人溫庭筠，對於杜甫亦是隻字未提，這都可以作為晚唐以前杜甫未廣泛為詩人接受的證據。

　　我們看唐末對杜詩作出評論的文人，有身居宰相的薛能、有隱逸田園的陸龜蒙，有被後世稱爲愛國詩人與詩論家的司空圖，有針砭時弊的羅隱與皮日休、有書寫豔情的吳融，有開花間詞風先聲的韋莊、牛嶠，有佛教詩僧的釋貫休、釋可朋等，這些評論詩人涵蓋的詩歌風格與身分範圍十分廣闊，是杜甫詩歌評價在唐末時期已非特定階級或是某個詩人團體所特有、成爲整個社會詩人所共識的評價證明。

　　還有一些可以做爲佐證的：最先提出杜甫「詩史」之名的，是唐末孟棨《本事詩》，目前唯一流傳的唐人選錄杜詩唐詩選本，亦是唐末韋莊的《又玄集》，唐末羅隱的〈題杜甫集〉「不見時人說用兵」句，是首先注重杜甫詩歌軍事思想的詩人，表示著杜甫詩歌內容的多元化已經開始受到重視，而不再純是排比鋪張、懷才不遇的評價，而唐末陸龜蒙、皮日休的唱和之作，有八首在詩題中表明是用「吳體」創作，是唐朝自杜甫以來，惟二表明以「吳體」格律寫詩的兩位詩人，顯示著這時候的詩人，在格律上也開始追隨著杜甫的腳步。而本論文所專門談論的羅隱、韓偓、韋莊三位詩人，更是對於杜甫詩歌的學習模仿有著明顯的痕跡。

　　就這些跡象，筆者以爲，唐末時期應可說是目前所能確定的，最早形成群體詩人「崇杜」現象的時期，不同於中、晚唐個別詩人的推崇與模仿，此時的杜甫詩歌的崇高地位，乃是受到大眾所普遍承認，雖然這時期的詩人成就與後世評價遠不如中唐的韓愈、白居易，晚唐的李商隱，然而在「崇杜」的方面，由於多方面的社會因素與影響，在經過中晚唐詩人對杜詩的拉抬讚譽下，直至唐末已可說成爲定論，是我們在研究杜甫詩歌的接受評價中，所不能忽略的一個重要時期。

第三章 「窮而爲昭諫」——論羅隱對杜甫詩歌的繼承與轉變

第一節 羅隱學杜概論

一、羅隱其人 [註1]

　　羅隱（833～910）出生於唐文宗大和七年，卒於梁太祖開平四年，原名橫，字昭諫，自號江東生，唐末詩人。由於性格孤傲，喜諷刺權貴，雖在當代負有才名，考進士卻十次不第，晚年爲杭州刺史錢鏐（852～932）幕僚，於錢塘逝世，享年78歲。著述甚豐，今存有《甲乙集》、《讒書》、《兩同書》等著作。

　　根據李定廣先生《羅隱集繫年校箋》中的年譜記載，我們可以得知他出生於杭州新城縣，並在金城、東陽等地方隱居讀書。從二十歲開始到他五十五歲，羅隱不斷地前往長安參加科舉，並不斷地落榜。四十二歲黃巢之亂爆發，對唐朝的國運影響深遠。羅隱在其間，或赴試、或避難、或出遊，足跡遍布中國大半，長安、四川、洛陽、長安、閩粵⋯⋯等，五十五歲赴長安第十次科舉失敗後，徹底地對科舉之路

〔註1〕有關羅隱生平，筆者參考李定廣：《羅隱集繫年校箋》、黃致遠：《羅隱及其詩研究》，中國文化大學中文所在職碩士論文、潘慧惠著：《羅隱集校注》（杭州：浙江古籍出版社，1995年6月）之羅隱生平附注。

心灰意冷，投奔於當時的杭州刺史錢鏐幕僚下，並從此開始擔任從
事、錢塘令、司勳郎中、給事中……等官職。七十五歲時朱溫（852
～912）篡唐自立，國號大梁。羅隱慟哭勸錢鏐起義討賊，錢鏐不從，
然而感其忠義，益加敬重。朱溫聞其才名，招以爲諫議大夫，羅隱堅
辭不就。並作〈小松〉詩「陵遷谷變須高節，莫向人間做大夫」明志。
故王夫之（1619～1692）評曰：「隱固詼諧之士，而危言正色，千古
爲昭。鏐雖不用，隱已伸矣。」兩年後，羅隱去世。享壽七十七歲。

　　大致而言，羅隱的詩風被公認爲通俗直白，然而婉約詞麗之作亦
不少有，尤好諷刺，對唐末藩鎮割據、世衰道微的現況，做出辛辣的
批判。故《舊五代史》云：「羅隱，餘杭人。詩名於天下，尤長於詠
史，然多所譏諷，以故不中第，大爲唐宰相鄭畋、李蔚所知。」〔註2〕

　　而值得注意的是，相比於杜甫生前的詩名不顯，羅隱在唐末時期
卻爲十分著名的詩人，五代孫光憲（900～968）的《北夢瑣言》言道，
當時羅隱與李商隱（813～858）、溫庭筠（812～870）等大詩人俱受宰
相令狐綯（？～？）提拔，故被稱爲「三才子」。〔註3〕在唐末爲節度
使、後梁時期奉爲太師的羅紹威（877～910），甚至有「羅隱名震天下」
之言，就連自己詩集名稱，也因爲羅隱詩集叫《江東集》，而命名爲《偷
江東集》。〔註4〕昭宗亦曾聽過羅隱詩名，想給予其進士功名，卻被臣
下勸阻才作罷。都可證明羅隱在唐末詩壇是具有相當高的地位。〔註5〕

〔註2〕 宋・薛居正等撰：《舊五代史》（北京：中華書局，1976年5月），卷
　　　二十四，頁326。

〔註3〕 「江東羅隱亦受知於綯，畢竟無成。有詩哭相國云：『深恩無以報，
　　　底事是柴荊。』以三才子怨望，即知綯之遺賢也。」見五代・孫光
　　　憲：《北夢瑣言》（北京：中華書局，2002年6月），卷二，頁33。

〔註4〕 「鄴都王紹威學隱爲詩，自號其文爲《偷江東集》。青州王師範遣使
　　　齎禮幣，求一篇，隱以詩寄之曰：『盛業傳家有寶刀，況閒餘力更揮
　　　毫。腰間印綬黃金貴，卷內文章白雪高。宴罷佳賓吟鳳藻，獵回諸
　　　將問龍韜。登壇甲子才三十，猶擬回頭奪錦標。』王得詩大喜。」
　　　見宋・計有功：《唐詩紀事》（上海：上海古籍出版社，1987年7月
　　　新版），卷六十九，頁1033。

〔註5〕 「昭宗欲以甲科處之，有大臣奏曰：『隱雖有才，然多輕易。明皇聖

二、與杜甫詩歌的傳承概論

自從民國初年魯迅〈小品文的危機〉一文發表，對於唐末時期以羅隱爲主的諷刺小品文作出讚揚後〔註6〕，羅隱的文學價值因此逐漸在現代受到重視。亦由於小品文的關係，連帶著使羅隱的詩歌在近代也越來越多學者與期刊論文討論。近代討論羅隱的詩歌內容，多從諷刺寫實的社會情景、落魄流離的個人遭遇來作描述。然而關於盛唐詩人杜甫對於羅隱的詩歌影響，卻很少人提及到。

歷代對於羅隱詩歌的評價，除了「鄙俗」、「直露」等特色外，對羅隱詩歌常有的認知，就在於他沉鬱雄壯的詩風，如元人辛文房（1284？～1350？）評價羅隱「雄麗而坦率。」〔註7〕明人胡震亨（1569～1645）表示「羅昭諫隱酣情飽墨。」〔註8〕清人錢良擇（？～？）亦說羅隱「今體詩氣雄調響，罕與爲匹。」〔註9〕洪亮吉（1746～1809）《北江詩話》則言：「七律至唐末造，爲羅昭諫最感慨蒼涼，沉鬱頓挫。」〔註10〕這些評價，與杜甫所公認「抑揚頓挫」的詩歌風格，是極爲相近的。

而首先拿羅隱與杜甫對比的，爲清人錢謙益（1582～1664），他在〈周元亮賴古堂合刻序〉一文中對於李杜的風格評價表示「唐

德，猶橫遭讒，將相臣僚，豈能免乎凌轢。』帝問讒謗之詞，對曰：『隱有《華清詩》曰：『樓殿層層佳氣多，開元時節好笙歌。也知道德勝堯舜，爭奈楊妃解笑何。』』其事遂寢。」見宋·計有功：《唐詩紀事》，卷六十九，頁1033～1034。

〔註6〕「唐末詩風衰落，而小品放了光輝。但羅隱的《讒書》，幾乎全部是抗爭和憤激之談；皮日休和陸龜蒙自以爲隱士，別人也稱之爲隱士，而看他們在《皮子文藪》和《笠澤叢書》中的小品文，並沒有忘記天下，正是一榻胡塗的泥塘裡的光彩和鋒鋩。」魯迅：〈小品文的危機〉，收錄於《魯迅全集》第四冊《南腔北調集》，（北京：人民文學出版社，2005年11月），頁591。

〔註7〕元·辛文房著、戴揚本校注：《新譯唐才子傳》（台北：三民書局，2005年9月），頁493。

〔註8〕明·胡震亨：《唐音癸籤》（台北：木鐸出版社，1982年7月），頁81。

〔註9〕轉引自李定廣：〈歷代評論資料〉《羅隱集繫年校箋》（北京：人民文學出版社，2013年6月），頁1121。

〔註10〕清·洪亮吉：《北江詩話》（北京：人民文學出版社，1998年5月），頁99。

之李杜，光燄萬丈，人皆知之。放而爲昌黎，達而爲樂天，麗而爲義山，譎而爲長吉，窮而爲昭諫，詭灰昇兀而爲盧仝、劉叉，莫不有物焉」〔註11〕，認爲李杜的詩歌在窮困際遇的風格爲後來的羅隱所繼承，而羅隱的詩歌，又以七律創作最多，佔其詩歌總數一半以上，數量在唐朝僅次於白居易（772～846）。〔註12〕也因爲如此，身爲七律大成者的杜甫，對羅隱的詩歌創作必然有其影響。李調元（1734～1803）就說：「其詩堅渾雄博，亦自老杜得來，而絕不似江西詩派等貌襲。」〔註13〕惲毓鼎（1862～1917）亦言羅隱「各句開合動盪、沉深痛摯、何減少陵。」〔註14〕這些評價都可以明白地認知到，從錢謙益開始，清朝文士對於杜甫與羅隱的詩歌相似之處，是有一定的共識。

而值得一提的是，清代對於羅隱的批評，著重於他直接的影響了宋詩的風格，如吳喬（1611～1695）《圍爐詩話》中對此嚴厲批判：「樂天之後，又有羅昭諫，安得不成宋人詩。」〔註15〕錢良擇雖然讚揚羅隱的詩歌，卻也不得不承認「唐人蘊藉婉約之風，至昭諫而盡。宋人淺露叫囂之習，至昭諫而開。」〔註16〕這種批判，與清初王夫之對於杜甫「風雅罪魁，非杜其誰邪」的看法完全一致〔註17〕。而被清代文人公認爲「排杜」最力的清初文壇領袖王士禛（1634～1711），他的甥婿趙執信（1662～1744）《談龍錄》曾這麼評價他說：「阮翁酷不喜少

〔註11〕清‧錢謙益著、〔清〕錢曾注、錢仲聯校：《牧齋有學集》，收錄於《錢牧齋全集》（上海：上海古籍出版社，2003 年 8 月），第五冊，卷十七，頁 767。

〔註12〕「尤其羅隱，所作七律共二百八十首，數量僅次於白居易……若從唐代重要詩人七律詩所占詩集比重來看，惟羅隱超過百分之五十。」見李定廣：《羅隱集繫年校箋》，頁 19。

〔註13〕清‧李調元：《雨村詩話》（台北：廣文書局，1971 年 9 月），卷下，頁 39。

〔註14〕清‧惲毓鼎：《澄齋日記》（杭州：浙江古籍出版社，2002 年 10 月），宣統二年，頁 512～513。

〔註15〕清‧吳喬著：《圍爐詩話》（台北：廣文書局，1969 年 9 月），卷五，頁 323。

〔註16〕轉引自李定廣著：〈歷代評論資料〉《羅隱集繫年校箋》，頁 1121。

〔註17〕明‧王夫之著、陳新校點：《明詩評選》（北京：文化藝術出版社，1997 年，3 月），卷五，頁 243。評徐渭〈嚴先生祠〉。

陵，特不敢顯攻之。每舉楊大年村夫子之目以與客。又薄樂天而深惡羅昭諫。」〔註18〕可以得知王士禎對於自杜甫開始、白居易、羅隱繼承的鋪陳直露、諷刺寫實風格，很是不滿。

　　從這些前人的評語中，我們可以得知杜甫與羅隱之間的詩歌繼承與影響，其實是十分密切的。但從南宋嚴羽《滄浪詩話》貶低晚唐以下詩格開始〔註19〕，歷代詩人對於唐末詩人的作品不甚重視，直至清代才漸有改觀。

　　杜甫與羅隱的繼承關係，清朝雖有論及，但現今著述極少，如黃致遠《羅隱及其詩研究》雖有提及，然而篇幅短小，論點不多。〔註20〕因此本章節欲就杜甫與羅隱之間的詩歌關係，探討其詩歌的傳承、風格及其轉變之處。

第二節　杜甫、羅隱生平之共通處〔註21〕

　　錢謙益指羅隱的詩歌繼承自李杜──「窮而爲昭諫」，窮字在此應有兩種含意，一是指個人之窮苦、二則指社稷之窮困，然而不論是個人還是社稷，都是對於羅隱生平的「窮」來論，杜甫與羅隱，一盛唐、一末唐，學者很少將他們拿來做對比，但假如將杜、羅二人生平對照，卻可以發覺相當程度上的一致。列表如下：

〔註18〕清‧趙執信著、陳邇東校：《談龍錄》（台北：木鐸出版社，1982年5月），頁10～11。
〔註19〕嚴羽《滄浪詩話》中對晚唐詩屢有批判，如「大歷之詩，高者尚未失盛唐，下者漸入晚唐矣。晚唐之下者，亦墮野狐外道鬼窟中。」宋‧嚴羽著、郭紹虞校注：《滄浪詩話校譯》（台北：里仁書局，1987年4月），頁146～147。
〔註20〕黃致遠著：《羅隱及其詩研究》（台北：國立文化大學中文所在職碩士論文，2003年12月），頁90～94。
〔註21〕有關杜甫生平，筆者參考莫礪鋒：《杜甫評傳》（南京：南京大學出版社，1993年10月）、清‧仇兆鰲：〈杜工部年譜〉《杜詩詳註》（北京：中華書局，1999年5刷），頁11～19。而關於羅隱生平，筆者參考李定廣：《羅隱集繫年校箋》（北京：人民文學出版社，2013年6月）、黃致遠：《羅隱及其詩研究》，中國文化大學中文所在職碩士論文、潘慧惠：《羅隱集校注》（杭州：浙江古籍出版社，1995年6月）之羅隱生平附注。

	杜甫		羅隱
7 歲	展露才華,「七齡思即壯,開口詠鳳凰」。〔註22〕	8 歲	年少聰慧。「爰念齠年,即偕時輩。胸中馬駿,握內蛇靈」。〔註23〕
19 歲	出遊吳、越之地。	20 歲	隱居池州、江西等地方讀書,並在此年首次舉進士不第。
24 歲	首次參加進士考試,不第。	21～29歲	出遊揚州、成都、嶺南等地,並其中曾往長安赴試。
36～44歲	赴長安應試、困居將近十年。	29～32歲	赴長安應試、困居長安四年。
44 歲	離開長安,年末安史之亂爆發。	42 歲	年末王仙芝(?～878)河南起兵,為黃巢之亂之始。
48 歲	史思明(703～761)殺安慶緒(?～759)自立,號大燕皇帝。	48 歲	黃巢(835～884)自立為帝。國號大齊。
52 歲	史思明之子史朝義(?～763)自縊,安史之亂結束。	52 歲	黃巢被殺,黃巢之亂結束。
59 歲	杜甫去世。	55 歲	十第不中,心灰意冷,就此放棄科舉之路,投靠杭州刺史錢鏐。

　　大致而言,杜甫、羅隱兩人都是少年早慧,杜甫七歲即能作詠嘆鳳凰的詩作,而羅隱根據其自述,在八歲的時候就「胸中馬駿,握內蛇靈」,傲視於當時同儕。他們在年輕的時候都曾著力於科舉,亦屢屢失敗。並曾遊歷大半中國,南至吳越、北至長安、東至山東、西至四川。都是兩人曾踏足之地。他們都被當權者在短時間賞識過,如杜甫被肅宗授左拾遺、昭宗亦因詩名而欲賜羅隱進士功名。〔註24〕然而

〔註22〕杜甫〈壯遊〉詩,見清・浦起龍:《杜詩心解》(北京:中華書局,2010 年 11 月),卷一之五,頁 159～160。

〔註23〕李定廣:〈投鹽鐵裴郎中啓〉《羅隱集繫年校箋》,頁 910。

〔註24〕「昭宗欲以甲科處之,有大臣奏曰:『隱雖有才,然多輕易。明皇聖德,猶橫遭譏,將相臣僚,豈能免乎凌轢。』帝問譏謗之詞,對曰:

都因爲其性格耿直而快速告終。兩人亦在中年之時，各自遇上影響唐朝國勢重大事件──安史之亂與黃巢之亂。前者爲唐朝由盛轉衰的關鍵，唐朝從此走向藩鎮割據的局面。而後者則是敲響唐朝皇室的喪鐘，黃巢之亂結束的二十四年後，由黃巢降將朱溫廢唐自立，唐朝國祚正式告終。而他們倆人亦曾因戰亂與求仕而漂泊各處、流離失所。從這些要點就可看出杜、羅在身世遭遇上的相似性。錢謙益說杜甫詩歌「窮而爲昭諫」實是有其根據。

　　亦須說明的是，二人生平上最大的不同，即於在杜甫當時安史之亂後，唐朝的國力又逐漸恢復，故杜甫詩歌仍充滿著對國家命運的冀望心聲，而羅隱於黃巢之亂結束後，各地藩鎮割據，朱溫、李茂貞（856～924）、李克用（856～908）等地方藩鎮掌握實權，唐朝實已名存實亡，羅隱目睹了唐朝國勢日薄西山、難以挽回的絕望場景，情感不能不走向劇烈極端，這也導致了其與杜甫詩歌風格內容的歧異。

第三節　羅隱對杜甫詩歌的關聯

　　關於杜甫詩歌的學習，從韓愈（768～824）開始，到江西詩派黃庭堅（1045～1105）的宗杜，學杜已成爲一種文人學詩的法門。然而如何學習，卻有不同的途徑。如黃雅莉指出：

> 　　一般文學評論中，受杜甫衣披所及的詩人，大體分爲二類：一是學杜豐富的社會內容和與之結合的藝術技巧，即從思想性與藝術性二方結合學杜，充分地反映某一時期人民的苦難、愛國思想。二是學杜形式技巧、篇章字句的講求模仿……〔註25〕

而羅隱，由於與杜甫在生平遭遇上的相似處，則是屬於第一類。面對

　　　『隱有《華清詩》曰：『樓殿層層佳氣多，開元時節好笙歌。也知道德勝堯舜，爭奈楊妃解笑何。』』其事遂寢。」見宋・計有功：《唐詩紀事》，卷六十九，頁1033～1034。
〔註25〕黃雅莉：《江西詩風的創新與再造──陳後山對杜詩的繼承與拓展》（新北：花木蘭出版社，2012年9月），頁288。

動亂頻仍的時代，羅隱以詩歌紀錄了自己的懷才不遇、百姓的水深火熱、國家的腐敗荒亂，寄託其深沉悲痛的情感，展露出與杜甫相似的情感。因此，筆者本節先從羅隱詩歌中對杜甫的描寫，闡述其對杜甫的印象與觀點，再分別從詩史諷刺、懷才不遇、宋詩議論、結構格律等四方面，說明其對杜甫詩歌的繼承。

一、羅隱對杜甫的看法

　　唐朝時候，從中唐文壇領袖韓愈大力稱讚與提倡杜甫詩歌開始，中、晚唐文人，或多或少都受到杜甫詩風的影響，如白居易、李商隱等人。唐末的羅隱自也不例外。現存的羅隱詩集中，明確提到杜甫的詩有四首〔註26〕，探討杜甫對羅隱詩歌風格的影響前，我們有必要先了解，究竟羅隱是對杜甫抱持著什麼樣的觀感與立場：

　　　　〈經耒陽杜工部墓〉

　　　　紫菊馨香覆楚醪，奠君江畔雨蕭騷。旅魂自是才相累，
　　　　閒骨何妨塚更高。

　　　　騄驥喪來空蹇躓，芝蘭衰後長蓬蒿。屈原宋玉鄰君處，
　　　　幾駕青螭緩鬱陶。（卷八，頁 372）〔註27〕

這首詩寫於咸通十二年（781），羅隱三十八歲。此時的羅隱，正是處於連年進士不第，滿腹怨憤的時候。這首詩中，我們可以得知二點，從詩題與首聯來看，羅隱拜祭杜甫墓是有所準備的，而非是無

〔註26〕根據《古典文學研究資料彙編·杜甫卷》所繫，羅隱詩中提到杜甫的有：〈經耒陽杜工部墓〉、〈題杜甫集〉、〈寄南城韋逸人〉、〈湘南春日懷古〉四首。而筆者第二章節結語統計，唐朝談論杜甫詩歌的只有 58 人，其中最推崇杜甫的韓愈提及杜甫八次，被公認學杜最力的李商隱提杜三次，從而可推知羅隱提杜四次已算是相當高的次數。見見華文軒編：《古典文學研究資料彙編·杜甫卷》（北京：中華書局，1982 年 1 月）。

〔註27〕本章節筆者所參照的羅隱箋注本，以李定廣：《羅隱集繫年校箋》（北京：人民文學出版社，2013 年 6 月）爲主，而所參照的杜甫詩集，以清·浦起龍：《讀杜心解》（北京：中華書局，2010 年 11 月）爲主。以下所引用的羅、杜詩歌，均簡化爲《書名》，卷數，頁碼。獨立引文時只註卷數、頁碼。

意經過，表示羅隱是慕名前來。而後三聯中，羅隱表達出了對杜甫懷才不遇的悲憤和詩華絕世的仰慕，末聯以屈原和宋玉來比擬杜甫，一方面是出自杜甫詩句「竊攀屈宋宜方駕」〔註28〕，一方面亦是認爲杜甫的品行與才華，是能與屈原、宋玉相提並論的。這首詩中，可以看出羅隱因爲對「旅魂自是才相累」的感同身受，而對杜甫表示著同情與景仰。

而另一首〈題杜甫集〉，則可以看出羅隱對杜甫詩歌的著重點：

> 楚水悠悠浸楚亭，楚南天地兩無情。忍交孫武重泉下，
> 不見時人說用兵。（補編卷二，頁 604）

這首七絕，「楚亭」亦有版本做「耒亭」，指的正是位於耒陽的杜工部墓。這首詩中重點亦有二，一是從詩題〈題杜甫集〉來看，我們可以確定羅隱是讀過杜甫的詩集。二是羅隱對於杜詩的著重之處，在於「用兵」兩字。是首位以軍事思想角度闡釋杜甫詩歌的文人。其意思是指說杜甫爲知兵之人，當杜甫與孫武在九泉之下相會時，唐朝就無人懂用兵了。杜甫面臨國家動盪，寫下了許多評論民生與軍事的詩歌，如杜甫的〈前出塞・其六〉：

> 挽弓當挽強，用箭當用長。射人先射馬，擒賊先擒王。
> 殺人亦有限，列國自有疆。苟能制侵陵，豈在多殺傷。（卷
> 一之一，頁 7）

裏頭的「射人先射馬，擒賊先擒王」已經成爲了家戶皆傳的兵法名句，而關於此首詩，歷代也都給予了極高的評價，仇兆鰲云：「爲當時黷武而歎也。張綖注：『章意只在擒王一句，上三句皆引興語，下四句中明不必濫殺之故。』」〔註29〕肯定了杜甫的軍事思想。

另外如杜甫的〈洗兵馬〉表達非戰的和平思想、〈東狩行〉號招各地諸侯勤王、〈龍門鎮〉痛斥地方官員防禦不力的消極。而〈三吏〉、〈三別〉一方面反映社會百姓的流離失所，一方面亦宣傳了忠君愛國

〔註28〕杜甫〈戲爲六絕句・其五〉，見清・浦起龍：《讀杜心解》，卷六之下，頁 842。

〔註29〕清・仇兆鰲：《杜詩詳註》，頁 122～123。

的軍事思想。而其中的〈潼關吏〉〔註30〕，最後的結語：「請囑防關將，愼勿學哥舒」，更是沉痛道出了君王聽信讒言所導致的軍事潰敗。

羅隱的時代，正是唐朝國勢衰疲，各地藩鎭割據的局面，比起杜甫當時的情況亦有過之而無不及。羅隱對於杜甫詩中許多描述兵禍戰亂的內容，自然會有更深刻的體會。如〈中元甲子以辛丑駕幸蜀〉四首其一：

> 子儀不起渾瑊亡，西幸誰人從武皇。四海爲家雖未遠，九州多事竟難防。

> 已聞旰食思眞將，會待畋遊致假王。應感兩朝巡狩跡，綠槐端正驛荒涼。（卷八，頁404）

此組詩寫於中和四年（881），因黃巢攻破長安，唐僖宗爲躲避兵禍，倉皇逃離到四川成都。這與一百多年前，安祿山佔領長安，唐玄宗撤退到成都的場景，是有極高的歷史重複性，這使得羅隱不能不爲此感嘆。在此組詩的第一首，他舉了郭子儀、渾瑊兩位平定安史之亂的功臣，如今早已逝去。卻還有誰能幫助正在成都坐困無助的僖宗呢？而「四海」、「九州」句，正如同杜甫善用「乾坤」、「日月」、「萬里」等詞彙，羅隱亦多用浩大意象的字詞來譬喻，比起中晚唐的苦吟詩人侷限於自身的寫照，羅隱詩歌中是蘊含整個唐末動盪時代的悲痛，這讓他心中的情感不能不大，痛苦不能不深。「應感兩朝巡狩跡，綠槐端正驛荒涼」，唐玄宗、唐僖宗，他們逃離長安時所經過的驛站，如今早已因戰亂而十分荒涼。這首詩是羅隱十分出色的七言律詩作品。如《瀛奎律髓彙評》引何焯評語曰：「八句中有無限起伏曲折，豈貌爲少陵者所知？」〔註31〕認爲此首詩比起在字句章節模仿杜甫的詩作，在其感時傷事、起伏曲折上，是更爲接近杜甫的。

從這幾首詩歌來看，羅隱對杜甫的觀感，在於對杜甫仕途坎坷的

〔註30〕　清·浦起龍：《讀杜心解》，卷一之二，頁53。

〔註31〕　元·方回選，李慶甲校注：《瀛奎律髓彙評》（上海：上海古籍出版社，2008年5月），頁1363～1364。

同病相憐、還有同樣面對戰亂時代的感同身受，這都在有意無意之中，比那些刻意模仿杜甫字句的詩人，更爲貼近杜甫的心聲與內容。

二、羅隱對杜甫詩歌的繼承

有關於羅隱對於杜甫詩歌的接受，筆者認爲可從四個方面探討：

（一）詩史諷刺

杜甫的「詩史」之稱，最早是源由唐末五代孟棨（？～？）的說法：「杜逢祿山之難，流離隴蜀，畢陳於詩，推見至隱，殆無遺事，故當時號稱詩史。」〔註32〕因爲遭逢安史之亂、唐朝由盛轉衰的國難時，當杜甫面對「朱門酒肉臭、路有凍死骨」、「人生無家別，何以爲蒸黎」種種悲慘畫面，不能不使其心有所感，敘情寫景於詩中。而羅隱同樣在兵禍連綿的黃巢之亂中，甚至最後目睹了整個大唐帝國的崩毀，其心中的哀痛，更是不下於杜甫。如其〈塞外〉詩：

> 塞外偷兒塞內兵，聖君宵旰望升平。碧幢未作朝廷計，
> 白梃猶驅婦女行。

> 可使禦戎無上策，只應憂國是虛聲。漢王第宅秦田土，
> 今日將軍已自榮。（卷八，頁385～386）

偷兒意爲盜賊，指塞外奸擄燒殺、虎視眈眈的蠻夷。這裡用了極爲尖銳的語氣，敘說了唐末藩鎮軍閥「塞內兵」的本質，實際上和「塞外偷兒」是一致的。他們不爲朝廷打算、只知道以武力逼迫人民勞動。抵禦外侮又毫無對策，只知道口口聲聲說憂心國家。這種種醜惡的現象，讓羅隱直白地說，「今日將軍已自榮」，諷刺意味毫不遮掩。

再看杜甫的〈三絕句‧其三〉來對照：

> 殿前兵馬雖驍雄，縱暴略與羌渾同。聞道殺人漢水上，
> 婦女多在官軍中。（卷六之下，頁848）

杜甫這裡諷刺唐朝禁軍的兵力強盛，就連暴虐也略與羌、渾等外族一

〔註32〕唐‧孟棨：《本事詩》，收錄於清‧丁福保輯：《歷代詩話續編》（台北：木鐸出版社，1988年7月），高逸第三，頁15。

樣。漢水許多百姓被殺，卻聽聞他們的妻女後來都在軍隊裏面啊。浦起龍注云：「注意尤在此章。刺中人典軍也。禁軍之害，等於山賊羌、渾，可以鑒矣。」這與羅隱所描寫的「塞外偷兒塞內兵」情況是何其相似。因此李定廣評羅隱〈塞外〉云：

> 詩中憂國之情極為沉痛，諷刺、譴責藩鎮極為冷峻有力，深刻揭露了唐末藩鎮口頭憂國、實際擁兵自強，到處掠奪婦女財物的醜惡本質。深得老杜精髓，堪稱唐末「詩史」。〔註33〕

而復看羅隱的〈即事中元甲子〉：

> 三秦流血已成川，塞上黃雲戰馬閒。只有羸兵填渭水，終無奇事出商山。

> 田園已沒紅塵內，弟姪相逢白刃間。惆悵翠華猶未返，淚痕空滴劍文斑。（卷六，頁309）

此詩寫於中和三年（883），此時已是黃巢之亂的第九年，此年四月，被黃巢軍隊大肆掠奪的長安，終於被唐軍收復，然而已是破敗不堪、斷土殘垣。此詩正是在這種背景下，羅隱目睹了長安蕭瑟荒涼、血流成河的情況下寫出。以黃巢為首的百姓叛亂，國家兄弟子姪之間互相殘殺，而皇帝避蜀遲遲不歸、塞外藩鎮冷眼旁觀，在在都令羅隱心中感到痛苦與無奈。而同看杜甫安史之亂中，亦在長安附近的華州所寫下的〈三吏〉〈三別〉，其中的〈垂老別〉結尾：「萬國盡徵戍，烽火被岡巒。積尸草木腥，流血川原丹。何鄉為樂土？安敢尚盤桓！棄絕蓬室居，塌然摧肺肝。」〔註34〕（卷一之二，頁56）描寫的屍積如山、戰火連綿場景。正與羅隱詩中情感內容是極為類似的。故《全書四庫總目提要》評《羅昭諫集》就云：

> 隱不得志於唐，迨唐之亡也，梁主以諫議大夫召之，拒不應。又力勸錢鏐討梁，事雖不成，君子韙之，其詩如〈徐寇南逼感事獻江南知已〉一首、〈即事中元甲子〉一首、〈中

〔註33〕李定廣：《羅隱集繫年校箋》，頁386。

〔註34〕清·浦起龍：《讀杜心解》，卷一之二，頁56。

元甲子以辛丑駕幸蜀〉四首，皆忠憤之氣溢於言表……〔註35〕

羅隱「不得志於唐」、「忠憤之氣溢於言表」的遭遇與性格，正與杜甫相與呼應，他們對叛亂的賊臣不假辭色，對於朝廷的過錯也不粉飾其非，因爲這樣的性格，讓他們的詩風，比起後世學習杜甫遣詞用字的詩人，有著更大的一致。

（二）懷才不遇

杜甫與羅隱的仕途生涯，皆是走得十分不順。杜甫應試多次未上，在天寶六載（747）唐玄宗廣昭天下賢才時，又因李林甫「野無遺賢」的荒唐鬧劇，被迫困在長安近十年之久。之後在安史之亂，雖因千里投奔肅宗，而被封爲左拾遺，卻不過是個八品的小官，亦因耿直被黜，最終輾轉流離，窮困潦倒至死。羅隱亦如此，雖在當世享有崇高詩名，進士卻連十次不上，號稱「十上不第」。更因爲其愛好寫詩文諷刺權貴，不爲上層名流所喜，困頓流離於中國各地，直到五十五歲後依附杭州刺史、之後的吳越王錢鏐，才前後做了錢塘令、司勳郎中、給事中等官職，從中就可知道杜、羅二人的懷才不遇、窮困寡歡。錢謙益所謂的「窮而爲昭諫」評價，亦有部份是出於此。

看羅隱的〈西京崇德里居〉：

進乏梯媒退又難，強隨豪貴殢長安。風從昨夜吹銀漢，
淚擬何門落玉盤。

拋擲紅塵應有恨，思量仙桂也無端。錦鱗赬尾平生事，
卻被閒人把釣竿。（卷一，頁 14）

這首詩是羅隱連續進士不第，困居長安時所做。銀漢表示著朝廷權貴。仙桂，則指科舉功名。在唐朝詩人中，銀漢與仙桂兩名詞都爲羅隱用得最多，而末聯的意境更是悲憤。羅隱在科舉功名當作自己的畢生大事看待，但這樣的覺悟，卻是被閒人玩弄著釣竿，欲釣未釣，徒然虛度光陰，怎能不令羅隱心中感到悲憤。

〔註35〕清·紀昀等編：《四庫全書總目提要》（石家莊：河北人民出版社，2000 年 3 月），卷一百五十一，集部四，別集類四，頁 3915～3916。

　　同樣於仕途不得志，同樣困居於長安，這樣相似的處境，自然會使後世文人拿羅隱此詩來與杜甫對比。吳喬《圍爐詩話》中就以杜甫的〈冬深〉比較：

> 〈冬深〉云：「易下楊朱淚，難招楚客魂。風濤暮不穩，捨棹宿誰門。」即羅隱之「風從昨夜吹銀漢，淚擬何門落玉盤」意也。〔註36〕

指出羅隱此首詩的意境、用字是脫胎自杜甫的〈冬深〉，杜甫與羅隱雖在不同時代，然而其落魄不得志的心聲，卻跨越時空而得到共鳴。

　　而引用杜甫詩句典故的羅隱〈寄南城韋逸人〉亦有類似的特色：

> 杜甫詩中韋曲花，至今無賴尚豪家。美人曉折露沾袖，公子醉時香滿車。
>
> 萬里丹青傳不得，二年風雨恨無涯。羨他南澗高眠客，春去春來任物華。（卷三，頁141）

這是以杜甫〈奉陪鄭駙馬韋曲〉〔註37〕二首詩之意境引申來感嘆，杜甫在這兩首詩中的「城郭終何事，風塵豈駐顏」，感嘆自己為功名拘束、風塵滿面的無奈，同樣被羅隱頸聯「萬里丹青傳不得，二年風雨恨無涯」所繼承，此詩為羅隱第二次落第所寫，當他來了長安兩年，日夜的苦讀卻盡付流水之時，怎能不讓他對人世風雨的磨難有所感慨。因此他的結句──「羨他南澗高眠客，春去春來任物華」，也與杜甫有了極端的近似──「誰能共公子，薄暮欲俱還」。

　　而復看兩人不得志時描寫愁緒的七絕：

杜甫〈絕句漫興〉九首其四

> 二月已破三月來，漸老逢春能幾回。莫思身外無窮事，且盡生前有限杯。（卷六之下，頁835）

羅隱〈自遣〉

> 得即高歌失即休，多愁多恨亦悠悠。今朝有酒今朝醉，明日愁來明日愁。（卷二，頁107）

〔註36〕清·吳喬：《圍爐詩話》，卷二，頁179。
〔註37〕清·浦起龍：《讀杜心解》，卷三之一，頁346。

不論是從兩人題目〈絕句漫興〉、〈自遣〉，抑或是其著名的結句「莫思身外無窮事，且盡生前有限杯」、「今朝有酒今朝醉，明日愁來明日愁」，都可看出其一脈相傳的地方與結構。

（三）宋詩議論開端

詩中談理議論，實爲杜甫與羅隱詩中一大特色，亦是他們頗受批評的地方。如清代喬億（？～？）《劍溪論詩》引明人鄭善夫（1485～1523）之語云：

> 鄭善夫曰：「長篇沉着頓挫，指事陳情，有根節，有骨格。此老杜獨擅之能。唐人皆出其下，然詩亦不以此爲貴，但可以爲難而已。宋人往往學之，遂以詩當文，濫觴不已，詩道大壞，由老杜啓之也。」〔註38〕

「詩道大壞，由老杜啓之」已是極爲嚴屬的批評，而王夫之《明詩評選》中的對杜甫以詩爲文的斥責，更是重無再重：「自杜甫始，桎梏人情，以揜性之光輝，風雅罪魁，非杜其誰邪？」〔註39〕認爲杜甫在詩歌中談論天德、王道、事功……等儒家道理，將原本文章的寫理功能轉移到詩歌上，反而阻礙了詩歌的抒情能力。關於這點，簡恩定〈杜詩爲「風雅罪魁」評議〉指出：

> 在宋祁之時，杜甫施以賦體所作善陳時事的詩歌，已成當時文人深爲讚嘆且津津樂道的對象……杜甫詩雖因宋人的推尊而地位提升，但也因爲宋人特重杜甫以賦體所作善陳時事的詩歌而受人質疑。因此我們可以說，杜甫詩所以蒙受「風雅罪魁」的批評，正是受到宋人的牽累所致。〔註40〕

〔註38〕清・喬億：《劍溪詩話》，收錄於郭紹虞編、富壽蓀校：《清詩話續編》（上海：上海古籍出版社，1983 年 12 月）第 2 冊，卷下，頁 1092。

〔註39〕明・王夫之著、陳新校點：《明詩評選》，卷五，頁 243。徐渭〈嚴先生祠〉詩評語。

〔註40〕簡恩定：〈杜詩爲「風雅罪魁」評議〉，收錄於陳文華主編：《杜甫與唐宋詩學》（台北：里仁書局，2003 年 6 月），頁 417～418。爲 2002 年 11 月 27～28 日由淡江大學中文系主辦的〈杜甫誕生一千二百九十年國際學術研討會〉所發表的論文。

賦體，即是漢代以來，用來勸諫皇帝、述說道理的文體。王夫之對於「風雅罪魁」的批評，是站在宋人特重杜甫「以賦體所作善陳時事的詩歌」的不滿，也即是杜甫「以議論爲詩」的特色。而如從簡恩定詮釋王夫之「風雅罪魁」的源始，再結合鄭善夫的「宋人往往學之」之說，就可以歸納出鄭、王所認爲的宋人議論爲詩之特色，是由杜甫所開端的。

關於杜甫議論爲詩的例子不少，如前面所提到的「射人先射馬，擒賊先擒王。」又或其自傳詩〈自京赴奉先縣詠懷五百字〉〔註41〕：「杜陵有布衣，老大意轉拙。許身一何愚，竊比稷與契」的開頭，《蛩溪詩話》就很明白的說：「觀〈赴奉先詠懷五百言〉，乃聲律中老杜心迹論一篇也。」〔註42〕都是對杜詩以議論爲詩的觀點，由於杜甫這類型剖明心跡、論理敘事的詩歌寫得抑揚頓挫，開啓詩歌除了抒情外的別樣面貌。因此從韓愈、白居易直至宋朝蘇軾（1037～1101）、陸游（1125～1210）等人，或多或少的在這方面都受到影響。

杜甫由於才力高、思想深，在議論類型的詩歌中反而能呈現出如鄭善夫所說的「沉著頓挫，指事陳情，有根節，有骨格」之風格，然而後世不少詩人刻意爲之，才力又不及杜甫，使詩歌成爲生澀枯燥的五、七言古文，至此就不能不淪落於王夫之「桎梏人情，以揜性之光輝」的猛烈批評。

羅隱這方面的批評亦不少有，如吳喬《圍爐詩話》批評羅隱詩：「樂天之後，又有羅昭諫，安得不成宋人詩」外，亦云：

> 羅隱表啓不讓溫李，詩帶粗豪氣，絕句尤無韻度，酷類宋人，亦有佳句，但不能首尾溫麗。〔註43〕

這些都是從羅隱以議論爲詩，致使詩中「粗豪」、「尤無韻度」的批評。

而羅隱中，如其評論國家興亡道理的〈西施〉：

〔註41〕 清·浦起龍：《讀杜心解》，卷一之一，頁21。

〔註42〕 宋·黃徹：《蛩溪詩話》，收錄於清·丁福保輯：《歷代詩話續編》（台北：木鐸出版社，1988年7月），卷十，頁400。

〔註43〕 清·吳喬：《圍爐詩話》，卷三，頁248。

> 家國興亡自有時，吳人何苦怨西施。西施若解傾亡國。
> 越國亡來又是誰？（卷二，頁105）

對於女子背負傾城傾國的惡名深感不滿。羅隱由於面臨動盪環境，對於人生抱有一種消極的宿命觀，〈籌筆驛〉的「時來天地皆同力，運去英雄不自由」，認爲一切都是命運所定，不由人所抉擇。也因爲如此，他對於傳統將社稷衰亡責任推給紅顏的看法，表示了自己不滿，「西施若解傾亡國。越國亡來又是誰」，假如西施眞的是吳國滅亡的禍首，那麼，越國滅亡又要怪誰呢？

又或其〈傷人餓虎〉：

> 傷人餓虎縛休寬，董卓丁原血未乾。玄德既知能啖父，
> 爭如留取養曹瞞。（補編卷二，頁645）

這首詩將呂布譬喻爲傷人餓虎，羅隱以平易白俗的筆法，譏論劉備既知呂布會造反，爲何呂布死前不懇求曹操放過呂布，以待其兩敗俱傷。可說是極爲新穎的觀點。

即使是最擅長的七律中，羅隱這樣的特色也不少，如〈代文宣王問〉：

> 三教之中儒最尊，止戈爲武武尊文。吾今尚自披蓑笠，
> 你等何須讀典墳。
>
> 釋氏寶樓侵碧漢，道家宮殿拂青雲。若教顏閔英靈在，
> 終不羞他李老君。（卷三，頁148）

這首詩寫的並不出色，頷聯「吾今尚自披蓑笠，你等何須讀典墳」更是拗口直白。從詩題與內容來看，是敘說抑佛道揚儒家的士人思想，過於注重說理，缺少詩歌中的聲韻之美，也難怪有後世的「粗豪」、「尤無韻度」之譏。

（四）格律結構

在格律結構上，就筆者自身的觀察，杜甫、羅隱的關聯較不明顯。追根究柢，杜甫、羅隱的相似處在於個性、生平相近，使得詩歌風格有所共鳴與傳承。然而亦不是沒有，就筆者觀察，在篇章結構上，仍

然可以在一些地方看到羅隱學習杜甫詩歌結構痕跡。如下面杜甫的〈秋興〉八首其七和羅隱的〈所思〉就是明顯例證：

> 昆明池水漢時功，武帝旌旗在眼中。織女機絲虛月夜，
> 石鯨鱗甲動秋風。
>
> 波漂菰米沈雲黑，露冷蓮房墜粉紅。關塞極天唯鳥道，
> 江湖滿地一漁翁。（卷四之二，頁654）
>
> 梁王兔苑荊榛裏，煬帝雞臺夢想中。只覺惘然悲謝傅，
> 未知何以報文翁。
>
> 生靈不幸台星拆，造化無情世界空。劃盡寒灰始堪歎，
> 滿庭霜葉一窗風。（卷一，頁49）

杜甫與羅隱首聯俱用帝王往事作興起，武帝、梁王、煬帝，用古代君王的豐功偉業作比照，流露出今昔對比、對國家動盪不安的蕭瑟感。二三聯則是兩人歧異較大的地方，但所要描寫的心境大致相同，杜甫從細膩詳密的形像描寫心中的沉重。而羅隱則用人名典故與廣闊景象來闡釋哀傷。而末聯杜甫寫景從第三聯由小到極大到一漁翁「關塞極天唯鳥道，江湖滿地一漁翁」，羅隱末聯則由第三聯極大到小到一窗風「劃盡寒灰始堪歎，滿庭霜葉一窗風」，殊途同歸，各見其妙。

再看羅隱的〈曲江春感〉：

> 江頭日暖花又開，江東行客心悠哉。高陽酒徒半彫落，
> 終南山色空崔嵬。
>
> 聖代也知無棄物，侯門未必用非才。一船明月一竿竹，
> 家住五湖歸去來。（卷一，頁3）

其中前四句的第二個字，「頭」、「東」、「陽」、「南」，皆爲平聲，爲七言律詩中的四平頭詩。七律拗體自杜甫正式確立後才廣泛被後人應用，如杜甫的七律拗體〈題省中院壁〉：

> 掖垣竹埤梧十尋，洞門對雷常陰陰。落花遊絲白日靜，
> 鳴鳩乳燕青春深。
>
> 腐儒衰晚謬通籍，退食遲迴違寸心。袞職曾無一字補，
> 許身媿比雙南金。（卷四之一，頁608）

其中前四句，每句的第二個字「垣」、「門」、「花」、「鳩」皆爲平聲，與羅隱〈曲江春感〉一致。故清人李兆元《律詩拗體》云：「四聯皆平起，亦取法少陵者。」〔註44〕而羅隱〈曲江春感〉的第二句「心悠哉」與第四句「空崔嵬」，皆爲三平，爲句尾「三平調」之拗體用法。七言律詩自杜甫後逐漸成熟，杜甫七律的「三平調」亦用的十分頻繁，杜華平在〈杜甫拗體詩新議〉一文中，指出杜甫在其151首七律中，使用「三平調」的有14首。〔註45〕這數量幾乎達杜詩七律的一成，羅隱在這方面受到杜甫影響是可確認的。而杜甫有部分拗體詩自稱爲「吳體」，不少人認爲乃吳越地區的民歌聲調，如與羅隱同時的陸龜蒙、皮日休在蘇州甫里唱和，亦寫了不少吳體詩，爲唐朝除了杜甫以外，唯二在詩題自言「吳體」的兩位詩人，這種創作動機，或許與蘇州在地緣上接近吳地有關。而羅隱出生於餘杭，晚年亦終老於餘杭，與吳地亦是相鄰。這可能也是他詩歌拗律上與杜甫接近的原因。

第四節　羅隱對杜甫詩歌的改變

　　從前面章節我們可以得知，杜甫與羅隱之間的詩歌繼承脈絡，其實是很明顯的。類似的生平與遭遇、耿直的性格，自然會使羅隱對於杜甫詩歌有同病相憐的共鳴感觸，進而受到影響。然而，若是如此，爲何羅隱從唐末的詩名極盛一時，到了南宋以後，漸漸的詩名衰疲，甚至被目爲二、三流詩人呢？他的詩歌，究竟存在著什麼與杜甫詩歌風格的不同處？筆者認爲可以分爲兩個層面：

一、諷刺過露

　　前面說過，當杜甫與羅隱面對社會大眾的苦難，國家的衰疲，當詩人目睹這些慘況，與自身的遭遇結合，不能不使其痛苦反映到詩中。

〔註44〕清・李兆元：《律詩拗體》（清道光二年刻本），卷四，頁9下。
〔註45〕「然而，在杜甫151首七律中卻有多達14首出現了『三平調』，其中一半是既有三仄，又有三平，另一半僅僅出現三平。」見杜華平：〈杜詩拗體詩新議〉，《江西財經大學學報》2008年第5期，頁70。

杜甫當時，雖然唐朝飽受戰爭摧殘，但畢竟仍擁有雄厚的國力積蓄，安史之亂最終亦被平定。然而羅隱卻不同，當他出生兩年，唐朝發生了著名的甘露之變，宦官與朝廷大臣的內鬥，以宦官獲得壓倒性勝利告終，許多士人、官員慘遭屠戮，唐文宗亦因此抑鬱而死。朝廷政治陷入一片黑暗。而牛李黨爭、藩鎮割據、旱災飢荒、地方民變等重大問題亦一一浮現，直至羅隱中年時期，唐末最大的民變黃巢之亂爆發，連綿十年後平定，大唐帝國又苟延殘喘二十多年，被朱溫篡唐而結束。

　　羅隱目睹了這全部的發生。他不像杜甫一樣，「憶昔開元全盛日，小邑猶藏萬家室」〔註46〕，還能經歷與懷念大唐帝國以往的輝煌。羅隱的一生，就是唐朝從垂垂老矣的老人走向死亡的路程，及唐朝滅亡，兩年後，羅隱逝世。在這樣的經歷中，羅隱的詩歌，不能不抱有絕望的激憤。在面對種種醜惡時，無論皇帝藩鎮、官吏平民，羅隱都以失望怒罵，毫無隱晦的詩筆譏諷。這是羅隱詩中最大的特色，亦是他最為後人詬病的缺點。《唐才子傳》評價羅隱云：

> 詩文凡以譏刺為主，雖荒祠木偶，莫能免者……羅隱以褊急性成，動必嘲訕，率成謗讟，頃刻相傳。以其事業非不五鼎也，學術非不經史也，夫何齊東野人，猥巷小子，語及譏誚，必以隱為稱首。〔註47〕

《唐詩紀事》亦記載一則羅隱的譏諷事蹟：

> 昭宗欲以甲科處之，有大臣奏曰：「隱雖有才，然多輕易。明皇聖德，猶橫遭乎譏謗，將相臣僚，豈能免乎凌轢？」帝問譏謗之詞，對曰：「隱有〈華清〉詩曰：『樓殿層層佳氣多，開元時節好笙歌。也知道德勝堯舜，爭奈楊妃解笑何？』其事遂寢。」〔註48〕

唐朝在安史之亂後，國力日弱。然而多數的詩人面對這段歷史時，很少有直斥玄宗的，多半講得婉轉含蓄。如杜甫的〈冬日洛城北謁玄元

〔註46〕杜甫〈憶昔〉，見清·浦起龍：《讀杜心解》，卷二之二，頁287。
〔註47〕元·辛文房著、戴揚本校注：《新譯唐才子傳》，頁544～545。
〔註48〕宋·計有功：《唐詩紀事》，卷六十九，頁1033～1034。

皇帝廟〉〔註 49〕，以「谷神如不死，養拙更何鄉」，隱射玄宗的自身難保。而被公認唐人學杜最深的李商隱，在面對安史之亂玄宗的過錯，也只以「如何四紀爲天子，不及盧家有莫愁」婉轉指責。〔註 50〕

　　當羅隱面對這段歷史時，他的語氣卻十分地諷刺：「也知道德勝堯舜，爭奈楊妃解笑何？」是以五代何光遠（？～？）《鑑戒錄》言「隱以諷刺頗深，連年不第」就在於此。〔註 51〕

　　而羅隱另一首十分有名的諷刺絕句〈感弄猴人賜朱紱〉亦如此：

　　　　十二三年就試期，五湖煙月奈相違。何如學取孫供奉，
　　一笑君王便著緋。（補編卷二，頁 605）

根據《類說》引《幕府燕閑錄》一書記載，當唐昭宗因黃巢之亂避難時，身邊有一位弄猴者，常在逃難間供昭宗歡心娛樂，被賜予緋袍，稱爲「孫供奉」。〔註 52〕根據《宋史》記載：「宋因唐制，三品以上服紫，五品以上服朱，七品以上服綠，九品以上服青。」〔註 53〕緋袍即朱袍，是五品以上的高官才被准許穿上。唐朝末年進士考試十分艱難，名額多被藩鎮權貴所壟斷。從唐末韋莊（836～910）的〈乞追賜李賀皇甫松等進士及第奏〉一文可知，許多晚唐著名文人都仕途坎坷、抑鬱而終〔註 54〕，然而如孫供奉這樣的弄猴者，竟然

〔註 49〕清・浦起龍：《讀杜心解》，卷五之一，頁 688。

〔註 50〕李商隱〈馬嵬・其二〉，見唐・李商隱著、劉學鍇注：《李商隱詩歌集解》（北京：中華書局，2004 年 2 版），頁 336。

〔註 51〕五代・何光遠：《鑑戒錄》，收錄於傅璇琮編：《五代史書彙編》（杭州：杭州出版社，2004 年 5 月），第 10 冊，卷八，頁 5935。

〔註 52〕「唐昭宗播遷，隨駕伎藝人止有弄猴者。猴頗馴，能隨班起居。昭宗賜以緋袍，號「孫供奉」。羅隱〈下第〉詩云：「何如學取孫供奉，一笑君王便著緋。」見宋・曾慥著、王汝濤注：《類說校注》（福州：福建人民出版社，1996 年 1 月），卷十九，頁 613。

〔註 53〕元・脫脫著、楊家駱主編：《宋史》（台北：鼎文書局，1983 年 11 月 3 版），第 5 冊，卷一百五十三，志 106，輿服 5，頁 3561。

〔註 54〕唐・韋莊〈乞追賜李賀皇甫松等進士及第奏〉：「詞人才子，時有遺賢。不沾一命於聖明，沒作千年之恨骨。據臣所知，則有李賀、皇甫松、李群玉、陸龜蒙、趙光遠、溫庭筠、劉德仁、陸逵、傅錫、平曾、賈島、劉稚珪、羅鄴、方干，俱無顯遇，皆有奇才。麗句清

能輕易成爲五品以上的高官，怎能不令羅隱憤慨。《唐詩快》評說：「弄猴人乃賜朱紱，則朱紱亦不值一錢矣。唐末時事至此，安得不亡。」〔註55〕羅隱對於唐昭宗這樣把緋袍當作戲事的荒唐做法，做出了嘲謔般的諷刺。

但是，這樣露骨地諷刺皇帝的荒唐行爲，招致了許多提倡溫柔敦厚詩說的文人不滿，辛文房強烈批評羅隱這種諷刺風格：「凋喪淳才，揄颺穢德，白日能蔽於浮翳，美玉曾玷於青蠅，雖亦未必盡然，是皆闕愼微之豫。」〔註56〕認爲羅隱這樣的無物不諷、無人不譏的風格，是放棄了詩中溫柔敦厚的主旨，而去表現出攻訐汙濁的道德，他認爲羅隱的詩歌雖非全部如此，但總的來說，這是缺乏謹愼的態度。

也因爲這樣激憤的風格，羅隱的詠史詩別有特色，李定廣《唐末五代亂世文學研究》一針見血地指出：

> 羅隱的詠史詩具有獨特的個性，既不同於杜牧、李商隱、溫庭筠的或評史論人、抒發己見，或借史抒懷、諷時諭世，也不同於劉滄、胡曾、汪遵、周縣等人的無甚興寄……而是借史諷刺現實人事，具有強烈的現實針對性和戰鬥性，並寄寓對現實的憂患意識。〔註57〕

有別於杜甫的《詠懷古蹟》五首對於諸葛亮、劉備等古人的讚嘆。羅隱的詠史詩中，很少出現對過往賢人的讚美，反而是深思歷史的成敗因由，甚或對一些廣受盛譽的前人做出負面的評價，具有強烈的議論風格。例如《題潤州妙善前石羊》：

> 紫髯桑蓋此沈吟，很石猶存事可尋。漢鼎未安聊把手，楚醪雖滿肯同心。

詞，遍在詞人之口。銜冤抱恨，竟爲冥路之塵。」見清·董誥等奉敕編輯：《全唐文》（台北：大通書局，1979 年 7 月 4 版），第 18 冊，卷八百八十九，頁 11716。

〔註55〕轉引自李定廣：《羅隱集繫年校箋》，頁 606。

〔註56〕元·辛文房著、戴揚本校注：《新譯唐才子傳》，頁 545。

〔註57〕李定廣：《唐末五代亂世文學研究》（北京：中國社會科學出版社，2006 年 7 月），頁 190。

英雄已往時難問，苔蘚何知日漸深。還有市鄽沽酒客，
雀喧鳩聚話蹄涔。（卷八，頁412）

紫髯、桑蓋爲孫權與劉備的別稱，相傳兩人曾在妙善寺前商討聯合抗曹之事，歷代對於劉備、孫權二人，多半是褒多於貶，羅隱雖稱呼其爲「英雄」，然而從頷聯來看，卻是諷刺意味居多，以劉、孫兩位漢末兩大軍事領袖的不肯同心，暗喻唐末對國家危難袖手旁觀的藩鎮勢力，而末聯悲憤地指出，除了孫、劉這樣的軍閥外，更有「市鄽沽酒客」，還在爲芝麻小事爭鬧不休。全詩藉詠史以諷刺，寓意深刻，因此元代方回在《瀛奎律髓》評此詩爲「昭諫集中第一」〔註58〕。

羅隱越晚期的詩歌，在諷刺中越帶有一種對人生的絕望感。有別於杜甫〈兵馬行〉〔註59〕中「安得壯士挽天河，淨洗甲兵長不用」在兵荒馬亂結束後對國家太平的深切期望。羅隱寫於黃巢之亂結束後的〈黃河〉實是對於政治黑暗的感慨：

莫把阿膠向此傾，此中天意固難明。解通銀漢應須曲，
才出崑崙便不清。

高祖誓功衣帶小，仙人占斗客槎輕。三千年後知誰在，
何必勞君報太平。（卷一，頁11）

這首詩是寫於羅隱五十五歲再度落第，對於科舉功名心灰意冷而寫成的。以混濁的黃河之水譬喻當時險惡的政治環境。在前面章節亦提到，唐末時期的科舉，名額往往被世家權貴所掌握，沒有背景的寒門子弟如未巴結逢迎，縱有才能亦難以考上。因此羅隱在屢第不上，看到了科舉中，政治環境種種利益勾結、朝廷腐敗後，對此發出了絕望的嘲謔，「解通銀漢應須曲，才出崑崙便不清」，表示著想要做官，便只能「曲」與「不清」，這對於一生奉守儒家禮義的讀書士人，是多麼大的諷刺，而末聯更是毫無隱晦的悲憤控訴。相傳黃河三千年一清，《拾遺記》云：「黃河千年一清，聖人之大瑞也。」

〔註58〕元・方回選，李慶甲校注：《瀛奎律髓彙評》，頁119。
〔註59〕清・浦起龍：《讀杜心解》，卷二之一，頁57。

〔註60〕黃河水清自古被視爲國泰民安的象徵。可是在羅隱看來，卻是難以期待。三千年後，這世上又有誰還存在，又何必勞煩黃河來告知太平呢？藉由這首詩歌，他心中的悲憤實是溢於紙上，不吐不快。

這種詩歌之中充滿露骨諷刺的語調以及絕望怨憤的心聲，實爲羅隱詩歌的一大特色，也是他爲後人所詬病的原因。如胡震亨（1569～1645）《唐音癸籤》中對晚唐詩風格有這樣的敘述：

> 世衰而詩亦因之，氣萎語偷，聲繁調急，甚者忿目褊吻，如戟手交罵者有之。王化習俗，上下交喪，而心聲隨焉，豈獨士子罪哉！〔註61〕

雖然沒有明指那位詩人，然而無疑是羅隱的詩歌風格，也因此，羅隱詩名的漸漸衰疲是可以想見的。

二、白話直俗

歷代對於羅隱的負評，除了他「出語太激」外，最爲明顯與突出的地方，就在於羅隱好作俗語。這幾乎已經成爲古代文人的一種共識，如《野客叢書》云：

> 唐人詩句中用俗語，惟杜荀鶴、羅隱爲多……羅隱詩如曰：「西施若解亡人國，越國亡來又是誰？」……曰：「明年更有新條在，繞亂春風卒未休。」今人多用此語，往往不知誰作。〔註62〕

又或宋人洪邁（1123～1202）的《容齋詩話》：

> 士人於棋酒間，好稱引戲語以助談笑。大抵皆唐人詩，後生多不知所從出，漫識所記憶者於此……「今朝有酒今朝醉，明日愁來明日愁」……「采得百花成蜜後，不知辛苦爲誰甜」，羅隱詩也。〔註63〕

〔註60〕晉・王嘉：《拾遺記》，收錄於《百子全書》（臺北：黎明文化，1996年），第31冊，頁9434。

〔註61〕明・胡震亨：《唐音癸籤》，頁286。

〔註62〕宋・王楙著：《野客叢書》，收錄於《筆記小說大觀續編》（台北：新興書局，1962年），第6冊，卷十四，頁1390。

〔註63〕宋・洪邁：《容齋詩話》（台北：廣文書局，1971年6月）卷四，

從中可知羅隱好造俗語、戲語的觀念，自宋代以來就深入人心，而從「今人多用此語」、「好稱引戲語以助談笑」等記載，也可看出羅隱的詩歌不少句子是被廣爲流傳的。

而根據筆者自己的觀察，在明朝中晚期後民間廣爲流傳的兒童啓蒙讀物《增廣昔時賢文》﹝註64﹞，裡面蒐集從先秦到明朝萬曆年間流傳下來具有平易好懂特色的處世話語，共三百多條，其中筆者發現，出自或修改於羅隱的句子就有六條：

> 今朝有酒今朝醉，明日愁來明日憂。(出自羅隱〈自遣〉)
> 路逢險處難迴避，事到頭來不自由。(出自羅隱〈籌筆驛〉)
> 留得五湖明月在，不愁無處下金鉤。(出自羅隱〈曲江春感〉)
> 黃河尚有澄清日，豈可人無得運時。(出自羅隱〈黃河〉)
> 時來風送滕王閣，運去雷轟薦福碑。(出自羅隱〈籌筆驛〉)
> 遇飲酒時須飲酒，得高歌處且高歌。出自羅隱〈自遣〉

都可以作爲羅隱詩歌許多句子成爲民間口耳相傳俗語佐證。

也因爲如此，許多堅持儒家「溫柔敦厚」詩教的文人，對於羅隱這樣直白的詩風，就表示極大的不滿，如明代許學夷的《詩源辯體》，既承認羅隱詩歌在「鄙俗村陋」中的影響力，亦給予尖銳批判與貶低：

> 開成許渾七言律，再流而爲唐末李山甫、羅隱諸子。羅、李才力益小，風氣日衰，而造詣愈卑。故於鄙俗村陋之中，間有一二可采。然聲盡輕浮，語盡纖巧，而氣韻衰颯殊甚，唐人律詩至此乃盡散矣。﹝註65﹞

而值得指出的是，這種用字粗俗的批評，就連杜甫也不能倖免，如明代胡應麟《詩藪》云：「近體先習杜陵，未得其廣大雄深，先失之粗

頁 139～140。

﹝註64﹞ 清·佚名、何永清注：《增廣昔時賢文新解》（台北：台灣商務印書館，2008 年 8 月）。

﹝註65﹞ 明·許學夷著、杜維沫校：《詩源辯體》（北京：人民文學出版社，1998 年 2 月），卷三十二，頁 305。

疏險拗。」、「杜語太拙、太粗者，人所共知。」〔註66〕即使是對杜甫十分敬仰，並著《杜詩說》闡釋杜詩的清人黃生（1622～？），在其《唐詩矩》中也不能不提到杜詩之俗：「用字之法，俗字用來欲不覺其俗，文字用來欲不覺其文。」〔註67〕對杜詩好用俗語來進行開脫。亦是杜甫少數被後代詩家詬病之地方。

「言有盡而意無窮」，是傳統大多數的詩學家中所注重的詩歌意境。羅隱的詩歌，爲了反映現實，其諷刺太過、白俗直露的特點，自然爲後世許多文人所不喜。然而若是能拋棄傳統觀念，純從詩歌的審美內容來看，羅隱詩歌這樣的特徵，與其說是他的缺點，不如說是在大時代環境下，不得不爲之的特色。羅隱更因此，展露出不同於其他詩人的一面，爲唐朝詩歌的輝煌點綴了自己的色彩。

第五節　小結

作爲中國最偉大的詩人之一，杜甫與歷代詩人間的傳承關係一直是文人所津津樂道的話題。被認爲文風衰疲的唐末詩壇，卻少有人關注。蔡振念的《杜詩唐宋接受史》是注重杜甫詩歌在唐宋時期接受情況的專書，然而對於唐末詩壇，他所下的結論卻是「杜甫被接受的情形不如中唐甚至晚唐前期普遍」，甚至認爲唐末詩壇多是受姚合、賈島影響的苦吟詩派，而寫實詩派次之。〔註68〕

這固然說出一些詩人的傾向，然而在面對時代動盪時，更有許多愛國詩人跳脫個人悲愁，以詩歌描寫國家悲劇的無奈慟苦，唐末韋莊的〈秦婦吟〉、韓偓（842？～923）的〈八月六日作四首〉、以及本章節所注重的羅隱〈即事中元甲子〉、〈中元甲子以辛丑駕幸蜀〉……等詩作，

〔註66〕明・胡應麟著：《詩藪》（台北：正生書局，1973 年 5 月），卷四，頁57、卷五，頁86。

〔註67〕清・黃生：《唐詩矩》，收錄於諸偉奇主編：《黃生全集》（安徽大學出版，2010 年）第 4 冊，頁70。

〔註68〕蔡振念：《杜詩唐宋接受史》（台北：五南圖書出版公司，2002 年 2月），頁 213～234。

都是國家苦難的血淚之作，絕不能單純以苦吟或寫實詩人目之。這時期的詩人，由於與杜甫的遭遇相似，他們的詩歌內容反而比中晚唐詩人更爲貼近杜甫，羅隱即爲明顯之例。亦因爲他們的時代比起杜甫當時更爲黑暗絕望，許多詩人走向情感的極端，不是如羅隱般的偏激怒罵，就是如花間詞派的纏綿情慾，這又是他們之所以評價低落的原因。

然而不論如何，羅隱實爲晚唐文壇自李商隱、杜牧後的重要詩人之一。他在李唐將滅之時，對朱溫的封官堅辭不就，又力勸錢鏐起兵伐賊。可謂唐末的忠節之士。故清代鄭板橋（1693～1765）有詩句云：「羅隱終身不負唐」。〔註69〕在唐末五代「儒者皆恬然以苟生爲得，非徒不知愧，而反以其得爲榮者」的環境下〔註70〕，羅隱的言行是十分難得的。比較安史之亂的杜甫投奔肅宗、困頓流離等忠君愛國事蹟，更是毫無愧疚。

歷代學杜詩人中，我們可以發現，承平時代如江西詩派詩人，注重的多是杜詩的遣詞用字與章節架構，而當國家衰弱，杜詩中忠君愛國、諷諫時事的概念即被突顯出來。如晚唐的李商隱，南宋的陸游與文天祥（1236～1283）、明末的錢謙益等，都是著名的學杜詩人，而羅隱也屬於如此。

假如我們以此探討羅隱所面臨的窮困不堪、兵荒馬亂、政治腐敗的社會慘況，就不難瞭解爲何羅隱會對杜甫的詩歌風格有所繼承。清代戴京曾（？～？）在《羅昭諫集·序》說：

> 羅昭諫詩，言中有響，三百篇後頗寓諫諷之意。或者以其語多平易而忽之，要之勝塡詞家豔而無當於興感者什佰矣。況其精邃自然處，正復不讓唐之初盛。〔註71〕

〔註69〕鄭板橋〈羅隱〉詩：「羅隱終身不負唐，君王原自愛文章。諸臣瑣瑣憂凌轢，改面更衣卻事梁。」見清·鄭板橋著、華耀祥注：《鄭板橋詩詞箋注》（揚州：廣陵書局，2008年8月），頁127。

〔註70〕宋·歐陽修、宋祁著、楊家駱主編：《新五代史》（台北：鼎文書局，1980年11月），卷三十三，頁355。

〔註71〕潘慧惠著：《羅隱集校注》（杭州：浙江古籍出版社，1995年6月），頁647～648。

對於羅隱詩風的描述，頗為中肯。「言中有響，三百篇後頗寓諫諷之意」實是說出了杜甫與羅隱詩風的相同之處。而由於受到同樣繼承杜甫詩風的白居易新樂府運動的影響，其言語多白描直俗，故後世「以其語多平易而忽之」，其評價因此受困於儒家詩教觀念的侷限，這又是頗令人遺憾之處。

「窮而為昭諫」，天道困窮、社稷困窮、蒼生困窮、仕途困窮，羅隱因「窮」而跟杜甫的詩歌有所傳承，亦因「窮」字而益發激憤怨盪、不能自己，走出不同於杜甫的一面，在唐末詩壇中，展露出了自己獨特的地位與風骨。

第四章　詩史與閒適──論韋莊學杜的雙重性

第一節　韋莊學杜概論

一、韋莊其人 [註1]

　　韋莊（836～910），字端己。京兆杜陵（今長安）人。生於唐文宗開成元年（836），卒於前蜀武成三年（910），享壽 75 歲，為唐末著名的詩人。張唐英（1029～1071）《蜀檮杌》、計有功（？～？）《唐詩紀事》言其為玄宗時期的宰相韋見素（697～762）後代，為名門之後。然而《唐才子傳》說其「少孤貧，力學」，加上在昭宗乾寧元年（894），韋莊才以五十九歲的高齡考上進士，可想見早年應已家道中落，與一般寒門子弟無甚差別。

　　他出生於長安，童年時曾定居於華州下邽。青壯之期，困居考場，並因此遊歷中國各地，在田園山水的悠閒與險惡艱困的科舉之間不斷徘徊。而廣明元年（880），正在長安應舉的韋莊，適逢黃巢軍隊攻陷長安，滯居兩年後脫困，於奔赴洛陽的途中感時傷亂，於中和三年

〔註 1〕關於韋莊生平，本文參照夏承燾：《韋端己年譜》（台北：世界書局，2013 年 2 月）為主。輔以張美麗：《韋莊詩研究》（北京：中國社會科學出版社，2010 年 4 月）第一章〈韋莊的生平與唐末社會〉，頁 8～40。

（883）在洛陽寫下了〈秦婦吟〉的長篇史詩，爲其最著名與傑出的詩作。中和四年（884）黃巢之亂平定後繼續漂泊各地，於昭宗乾寧元年（894）中第，然而在目睹李茂貞、朱溫等藩鎭對唐室權威的蔑視與霸道，在昭宗天復元年（901）爲西川節度使王建（847－918）掌書記，頗受王建所信任。隔年天復二年（902），尋得浣花溪工部草堂舊址，重建杜甫草堂並定居於此，而此年由其弟韋藹編輯的個人詩歌全集《浣花集》，亦由此命名。自此終身仕蜀不歸。隨後哀帝天祐四年（907），朱溫稱帝，立國爲梁，而割據四川的王建以爲唐室復仇爲口號，「率吏民哭三日」，亦據蜀自立，國號大蜀。韋莊拜左散侍判中書門下事，前蜀武成三年（910），韋莊卒於成都浣花坊，葬白沙之陽，謚號文靖。今傳有《浣花集》、《又玄集》等著作。

二、與杜甫詩歌的傳承槪論

在杜甫（712～770）死後的一千多年來，中國的詩人或多或少的都有受到杜甫詩歌的影響。然而其學習的方向並非一致。大致上可分爲兩派，一派是學習臨摹杜甫的聲韻文字甚至是章節架構，最有名的即是提倡杜甫作詩「無一字無來處」的黃庭堅（1045～1105）還有祖杜尊黃的江西詩派。而另一派則是學習杜甫詩歌中悲天憫人的愛國精神以及詳細記載戰亂流離的亂世悲歌，亂世時期的詩人多屬於此。

而如前面章節所說過，經歷過安史之亂的杜甫，他顛沛流離的經歷，與唐末詩人經歷黃巢之亂、甚至是唐朝滅亡這段驚心動魄的國難歷史，絕對能產生異時同悲的共鳴。杜甫「國破山河在，城春草木深」的辛酸悲歌，又何嘗不是唐末詩人的悲苦心聲呢。大致而論，唐末時期的詩人凡是受到杜甫影響的，都是傾向於杜甫的愛國與詩史精神居多，這無疑是因爲他們有著類似的遭遇與苦痛。而唐末五代的詩人韋莊，正是其中的佼佼者。

然而，比起同時期的社會詩人杜荀鶴、羅隱……等人，韋莊學習杜甫詩歌卻有著極大的特殊性。韋莊與杜甫、甚至唐末諸多詩人最大

的不同是，他擁有著許多詩人夢寐以求的青雲之路。在唐昭宗乾寧元年（894），章莊五十九歲考上了奮鬥三十多年之久的進士後，開始了他的仕途之路。在唐昭宗天復元年（901），他六十六歲入蜀受西川節度使王建賞識，應聘爲掌書記後，他從前半生鬱鬱不得志的困頓情況徹底擺脫，官運與地位自此步步高升。在唐朝覆滅之時，章莊勸王建在四川稱帝，爲五代十國的「前蜀」，受到王建極大的重用，官至史部尚書，死後亦有諡號爲「文靖」，史書稱前蜀「凡開國制度，號令，刑政，禮樂，皆由莊所定。」〔註2〕從這些記載中，我們可從中得知章莊在前蜀的顯赫地位。我們甚至可以說，在唐末的著名詩人中，章莊是極爲少數位極人臣並且安享晚年的唐末詩人。

更重要的是，若是我們觀察章莊入蜀前六十六年的生涯歷程，對比杜甫一生的經歷遭遇，可以發現令人訝異的部分相似性。他們都有不錯的家世背景，杜甫的祖父是初唐的大詩人杜審言，獲得武則天的賞識。而章莊的祖先是盛唐宰相韋見素，在唐玄宗時期曾當作宰相，兩人都可說是名門之後，然而在他們出生時卻家道中落，過著寒門布衣的貧窮生活。杜甫奔走於長安求取官位、經歷安史之亂，足跡流離中國各地。而杜甫這些經歷，章莊完全有過相似的感觸與共鳴。

然而當章莊終於考上進士的那年──乾寧元年（894），章莊五十九歲，是他踏上青雲之處的轉折點。而杜甫本人，卻是在五十九歲的時候寂然離開人世。筆者認爲，若要討論杜甫與章莊兩人的共通性與歧異性。兩人五十九歲的轉折，實是不能不去注意的。五十九歲以前，兩人有著極爲相似的經歷與過程。五十九歲以後，杜甫過世了，章莊卻步步高升，這導致了兩人之間決定性的轉折與不同。

而關於杜甫與章莊的承襲關係，在現存的各朝詩話評論中，以清人余成教（1778～？）的《石園詩話》爲最早指出：

〔註2〕清・吳任臣：《十國春秋》（北京：中華書局，1983年12月），卷四十，頁593。

> 韋端已莊疎曠不拘小節，後仕王建爲平章。《浣花集》
> 十卷，其弟藹所編也。如「詠詩信行馬，載酒喜逢人」⋯⋯⋯
> 〈立春日作〉、〈寄江南逐客〉、〈離筵汴酒〉、〈臺城〉、〈燕來〉、
> 〈令狐亭〉、〈虎跡〉諸詩，感時懷舊，頗似老杜筆力。〔註3〕

指出韋莊在感時懷舊的方面，頗似老杜筆力。這其實就是指兩人之間
的相似際遇所帶來的共鳴感。韋莊在戰亂時中，寫下了不少記載咸通
時期的繁華生活，「咸通時代物情奢，歡殺金張許史家」〔註4〕、「昔
年曾向五陵遊，子夜歌聲月滿樓」〔註5〕，這其實就與杜甫「憶昔開
元全盛日，小邑猶藏萬家室」〔註6〕的懷舊心態類似。他們都分別見
證了國家命運的轉折與衰竭，因此詩中無可避免地會有感時懷舊的成
分在，加上杜甫、韋莊都是以儒者自居的士人，因此在他們詩中所展
露的風格，在許多情感雕琢上有著雷同之處，如韋莊所提出的「爲儒
逢世亂，吾道欲何之」〔註7〕的傷痛疑惑，很容易讓我們有看到另一
個亂世中的杜甫的感觸，因爲韋莊這句詩句，不僅在詩句上化用杜甫
「萬方聲一概，吾道竟何之」句〔註8〕，在悲涼的意境上也完全一致。
余成教所看到的二人相似處，就是著眼於此處。

　　而在民國初年〈秦婦吟〉文獻被王國維、羅振玉等人陸續校勘注
釋後〔註9〕，韋莊與杜甫的詩歌關係又環繞著〈秦婦吟〉一詩中被人
屢屢提出，如施蟄存的《唐詩百話》評價〈秦婦吟〉說：

〔註3〕清・余成教著：《石園詩話》，收入於清・郭紹虞等編：《清詩話續編》
　　　（台北：木鐸出版社，1983年12月），頁1781～1782。
〔註4〕韋莊〈咸通〉，見唐・韋莊著、轟安福注：《韋莊集箋注》（上海：上
　　　海古籍出版社，2013年3月），卷二，頁76。
〔註5〕韋莊〈憶昔〉，見唐・韋莊著、轟安福注：《韋莊集箋注》，卷二，頁87。
〔註6〕清・浦起龍：《讀杜心解》，卷二之二，頁287。
〔註7〕韋莊〈寓言〉，見唐・韋莊著、轟安福注：《韋莊集箋注》，卷四，頁168。
〔註8〕杜甫〈秦州雜詩二十首・其四〉，見清・浦起龍：《讀杜心解》，卷三
　　　之二，頁382。
〔註9〕敦煌文獻中的〈秦婦吟〉文本，最早刊登全詩文字的，是1924年羅
　　　振玉的《敦煌零拾》。此參照顏廷亮、趙以武輯：《秦婦吟研究彙錄》
　　　（上海：上海古籍出版社，1990年7月）之序。

　　　　　這一場革命畢竟加速了李唐政權的崩潰，從這意義來
　　認識〈秦婦吟〉，它是反映唐代政治現實的最後一首史詩。
　　正如杜甫的《北征》是盛唐的最後一首史詩。〔註10〕

周嘯天《唐詩鑑賞辭典》亦稱讚：

　　　　　韋莊能寫出如此具有現實主義傾向的巨作，誠非偶
　　然。他早歲即與老詩人白居易同寓下邽，可能受到白氏濡
　　染。又心儀杜甫，寓蜀時重建草堂，且以「浣花」命集。〈秦
　　婦吟〉一詩正體現了杜甫、白居易兩大現實主義詩人對作
　　者的影響，在藝術上且有青出於藍之處。〔註11〕

都點出了〈秦婦吟〉與杜甫詩歌中的傳承關係。

　　而亦有在看出杜甫、韋莊兩人生平、事蹟的相似後，反而提出了
異議的見解，王水照言道：

　　　　　在韋莊的政治活動與思想中，確實可以發現和杜甫的某
　　種類似。他的一生，前遇黃巢農民大起義，後逢藩鎮割據大
　　混戰，是在劇烈動盪的政治局勢中渡過的。他和杜甫一樣，
　　都是唐王朝的擁護者……在表面現象上，韋莊走著一條和杜
　　甫十分相似的道路。這對於評價韋莊的思想和行為，確是一
　　種歷史的迷惑。難怪有的同志把他和杜甫相提並論了。〔註12〕

王水照首先闡述杜甫與韋莊兩人在經歷上的相似，但他卻認為這樣的
相似只是一種「歷史的迷惑」，對此表示不以為然。王水照所持的論
點，就在於韋莊是反對黃巢叛亂的，是站在階級鬥爭的角度來審視著
韋莊的詩歌，王水照認為：

　　　　　但是，在今天看來，韋莊反對的是正義戰爭，杜甫反
　　對的是非正義戰爭，其實質是迥然不同的。〔註13〕

〔註10〕施蟄存：《唐詩百話》（上海：上海古籍出版社，1988 年 8 月），頁 699。

〔註11〕俞平伯等著：《唐詩鑑賞辭典》（上海：上海辭書出版社，2013 年 7
　　　　月 2 版），頁 1328。

〔註12〕王水照：〈關於韋莊〈秦婦吟〉評價的兩個問題──兼論古代作家對
　　　　農民起義的一般態度〉，收錄於顏廷亮、趙以武輯：《秦婦吟研究彙
　　　　錄》，頁 228。

〔註13〕王水照：〈關於韋莊〈秦婦吟〉評價的兩個問題──兼論古代作家對農民
　　　　起義的一般態度〉，收錄於顏廷亮、趙以武輯：《秦婦吟研究彙錄》，頁 231。

王水照譴責韋莊不支持農民起義，認爲韋莊〈秦婦吟〉中有許多對於黃巢的醜化與批判，在階級鬥爭的思想下，讓王水照得出結論——韋莊與杜甫的詩歌思想在本質上是完全不一樣的。

　　然而，這種基於馬列主義的立論實有其矛盾，王水照自己也說過，韋莊與杜甫一樣「都是唐王朝的擁護者」。那麼我們就很難想像，假若杜甫生在韋莊的年代中，會選擇支持黃巢軍隊。我們看黃巢之亂的時候，站在黃巢立場的著名詩人，在現存資料中，只有皮日休（838？～883？）一位，並且還有不少爭議。

　　而羅隱（833～910）、韓偓（842～923）、杜荀鶴（846～904）、鄭谷（851？～911）、司空圖（837～908）等詩人都毫無疑問地站在唐室一方，並寫有不少詩作對於黃巢軍隊表達痛恨之情。而以杜甫本人的儒者思想來看，他贊成黃巢叛亂的可能性是幾乎沒有的，儘管一生飽受磨難，他的晚年對於唐朝皇室仍保有熱忱的忠誠，我們看他臨死前一年，大曆四年（769）寫給裴虯的詩句，「致君堯舜付公等，早據要路思捐軀」〔註14〕，就可知道杜甫依舊對於朝廷有鞠躬盡瘁的報國心思。假若我們能肯定這點，那麼王水照的論點就實有其闕漏在。

　　而韋莊弟弟韋藹在天復三年（903）蒐集韋莊詩作所編輯成的《浣花集》，在序文中更是點明了韋莊對於杜甫本人的崇尚與熱愛：

> （韋莊）辛酉春，應聘爲西蜀奏記。明年，浣花溪尋得杜工部舊址，雖蕪沒已久，而柱砥猶存。因命芟夷，結茅爲一室。蓋欲思其人而完其廬，非敢廣其基構耳。藹便因閑日，錄兄之槀草。中或默記於吟詠者，次爲五卷，目之曰《浣花集》，亦杜陵所居之義也。餘今之所制，則俟爲別錄，用繼於右。時癸亥年六月九日藹集。〔註15〕

韋莊不僅在入蜀後，把荒蕪已久的杜甫草堂給修復完畢、定居於此。甚至連自己的詩集命名，也是因草堂附近的浣花溪名稱而得來，韋莊

〔註14〕杜甫〈暮秋枉裴道州手札率爾遣興寄近呈蘇渙侍御〉，見清·浦起龍：《讀杜心解》，卷二之三，頁327。

〔註15〕唐·韋藹：〈浣花集序〉，收錄於《韋莊集箋注》，附錄四，頁483～484。

本人對於杜甫的崇慕可想而知。

　　而韋莊自己編輯的《又玄集》〔註16〕，是目前唯一可見有選錄杜詩的唐詩選本，分上中下三卷，選唐朝詩人 142 位、詩 297 首，其中杜甫不但被放在卷上第一，選詩亦是最多的七首，韋莊崇杜、學杜之意，從《又玄集》中就明顯可見。

　　而從韋莊詩中常化用的杜甫詩句，亦可作爲韋莊學杜的重要證據。張海的〈簡論韋莊與杜甫〉一文，舉了十個例子，表示出韋莊對於杜詩的爛熟於心與深感共鳴：

　　　1. 韋莊〈劉得仁墓〉：「名有詩家業，身無戚里心。」（杜甫〈宗武生日〉：「詩是吾家事，人傳世上情。」）

　　　2. 韋莊〈曲池作〉：「細雨曲池濱，青袍草色新。」（杜甫〈渡江〉：「渚花張素錦，汀草亂青袍。」）

　　　3. 韋莊〈賊中與蕭韋二秀才同臥重疾二君尋愈餘獨加焉恍惚之中因有題〉：「弟妹不知處，兵戈殊未休。」（杜甫〈遣興〉：「干戈猶未定，弟妹各何之。」）

　　　4. 韋莊〈天井關〉：「守吏不教飛鳥過，赤眉何路到吾鄉。」（杜甫〈潼關吏〉：「連雲列戰格，飛鳥不能過。」）

　　　5. 韋莊〈中渡晚眺〉：「妖氣欲昏唐社稷，夕陽空照漢山川。」（杜甫〈舟中出江陵南浦奉寄鄭少尹審〉：「社稷纏妖氣，干戈送老儒。」）

　　　6. 韋莊〈贈薛秀才〉：「但聞哀痛詔，未睹凱旋歌。」（杜甫〈有感五首〉之五：「願聞哀痛詔，端拱問瘡痍。」）

　　　7. 韋莊〈哭麻處士〉：「百年流水盡，萬事落花空。」（杜甫〈哭孫侍卿〉：「流水生涯盡，浮雲世事空。」）

　　　8. 韋莊〈與東吳生相遇〉：「老去不知花有態，亂來唯覺酒多情。」（杜甫〈小寒食舟中作〉：「春水船如天上坐，老年花似霧中看。」）

〔註16〕唐・韋莊：《又玄集》，收錄於傅璇琮：《唐人選唐詩新編》（北京：陝西人民教育出版社。1996 年），頁 573～684。

9. 韋莊〈中酒〉：「南鄰酒熟愛相招，蘸甲傾來綠滿瓢。」

（杜甫〈客至〉：「肯與鄰翁相對飲，隔籬呼取盡餘杯。」）

10. 韋莊〈寓言〉：「為儒逢世亂，吾道欲何之。」（杜

甫〈秦州雜詩二十首〉：「萬方聲一概，吾道欲何之。」）〔註17〕

除了第八個例子或稍有牽強外，其他的九個例子都可以看出，韋莊是有刻意在仿照杜甫的遣詞用字，甚至將其意境化用於自己的詩歌之中。

也因此，從上述的論點來看，韋莊在許多方面上，都表現出了對杜甫詩歌的效仿與喜愛，韋莊與杜甫在詩歌之間的緊密聯繫是無庸置疑的。然而，韋莊畢竟不是杜甫，他在後人的評價與看法上也遠遠比不上杜甫。究竟，韋莊是如何在詩歌上學習「集大成」的詩聖杜甫呢？為何世人對他的評價與杜甫並不類似？他的詩歌，展現出杜詩的那些特色呢？

本章節即欲從韋莊的生平、思想即其詩歌文本中，探索韋莊學杜的特色及其轉變。

第二節　韋莊早期學杜的詩史精神與〈秦婦吟〉的價值地位

一、杜、韋生平的相似

關於韋莊學杜的論點，從二十世紀初韋莊七言古詩〈秦婦吟〉自敦煌石窟重見天日後，由王國維與羅振玉等學者校勘開始，逐漸為學者重視討論。直到如今，研究〈秦婦吟〉的學者不少都有雷同的觀點，就是韋莊的〈秦婦吟〉，受到杜甫詩史精神的深厚影響，在唐末歷史上有著極高的意義在。張美麗《韋莊詩研究》言道：

　　〈秦婦吟〉的價值在於，它簡直可以說是對唐末黃巢起義軍攻佔長安這一重大歷史事件的現場攝製資料，在歷

〔註17〕 張海：〈簡論韋莊與杜甫〉，《杜甫研究學刊》2012 年第 2 期，頁 31～32。

史上、文學上都有不容抹殺的意義。〔註18〕
指出了〈秦婦吟〉這一千六百六十六字的七言古詩，寫實地記錄出當時長安城破的現場，具有相當高的歷史價值。而徐麗麗《韋莊對杜甫的接受研究》中，對於韋莊學杜的思想內容，以主題來劃分成三點：一、忠君愛國思想的弘揚。二、詩史精神的傳承。三、個人情感的生動描述。〔註19〕其中的一二點其實都可以合成一點來論，就是韋莊學杜的諷刺針砭、寫實詩史的詩歌風格。

　　當然，這種風格的產生並不是無中生有的。要理解所謂的「詩史」，我們不妨從杜甫「詩史」之稱的最早出處來看：

　　　　杜逢祿山之難，流離隴蜀，畢陳於詩，推見至隱，殆
　　無遺事，故當時號爲詩史。〔註20〕

這是出自於唐末孟棨的《本事詩》記載，是目前可考察資料中所能發現，最先稱呼杜甫「詩史」的文獻。負責《新唐書》列傳著述部分的北宋文人宋祁，在講到杜甫的詩歌時，就採納了孟棨的說法，「甫又善陳時事，律切精深，至千言不少衰，世號詩史。」〔註21〕由於《新唐書》被北宋朝廷的官方史書，杜甫的「詩史」之稱，也就至此逐漸成爲定案。

　　然而，在面對孟棨的《本事詩》的說法，許多學者大多把它當作「詩史」稱呼在杜甫生前就已存在的珍貴史料，抑或是對於「畢陳於詩，推見至隱，殆無遺事」這段話來解釋詩史的內涵與意義，多少忽略了前面的「杜逢祿山之難，流離隴蜀」這段看似普通的記載。

　　筆者認爲，「杜逢祿山之難，流離隴蜀」，其實就解釋了孟棨認爲

〔註18〕張美麗著：《韋莊詩研究》（北京：中國社會科學出版社，2010 年 4 月），頁 44。
〔註19〕徐麗麗：《韋莊對杜甫的接受研究》中國西南大學中文所碩士論文，2013 年 4 月，頁 1。
〔註20〕唐・孟棨《本事詩・高逸第三》，收錄於丁福保輯：《歷代詩話續編》（台北：木鐸出版社，1988 年 7 月），頁 15。
〔註21〕宋・歐陽修、宋祁等著，楊家駱主編：《新唐書》（台北：鼎文書局，1985 年 2 月 4 版），卷兩百零一，頁 5738。

杜甫詩史精神的形成原因，在於杜甫經歷過安史之亂、又曾流離過隴、蜀地帶，深知民間因為戰亂而顛沛流離的痛苦，才會有「畢陳於詩，推見至隱，殆無遺事」的風格呈現。換句話說，杜甫之所以會成為「詩史」，在孟棨看來，是有外在的遭遇原因。

假如我們用這種邏輯思維來看待韋莊的生平，就能很輕易的理解，為何韋莊會擁有著類似於杜甫的詩史精神。原因就在於他與杜甫極為相似的戰亂遭遇——唐末連綿將近十年的黃巢之亂以及流落他鄉的苦難悲劇。

在此，筆者用杜甫與韋莊生平在中年經歷戰亂的極相似之處，簡單做一個圖表以辨識之：

	杜甫		韋莊
1 歲至 43 歲 （西元 712～754）	讀書求仕，連赴長安應舉不成，並曾漫遊中國多地	1 歲至 39 歲 （西元 836～874）	讀書求仕，連赴長安應舉不成，並曾漫遊中國多地
44 歲 （西元 755）	安史之亂爆發	40 歲 （西元 875）	黃巢之亂爆發
45 歲 （西元 756）	長安失守，玄宗避蜀	45 歲 （西元 880）	長安失守，僖宗避蜀
45 至 46 歲 （西元 756～757）	困居長安	45 至 47 歲 （西元 880～882）	困居長安
46 至 52 歲 （西元 757～763）	流離洛陽、華州、四川等地	47 至 49 歲 （西元 882～884）	流離洛陽、浙西等地
52 歲 （西元 763）	安史之亂平息	49 歲 （西元 884）	黃巢之亂平息

我們可以發現，杜甫與韋莊，在他們五十歲前的遭遇，是十分相似，都曾經應舉不第、漫遊中國各地，在中年求仕之時遇到了影響整個國家運勢的戰亂動盪。並且目睹了叛軍攻破首都，皇帝倉皇西避的經歷，也曾經為此滯留長安數年，最後在戰禍的影響下逃難至諸地去。

假如說「杜逢祿山之難，流離隴蜀」是杜甫之所以成就「詩史」

的外在原因的話，我們也就可以得出，遭遇了黃巢之亂，同樣被迫流離他鄉的韋莊，自然也擁有著繼承「詩史」精神的外在條件。

二、韋莊學杜的詩史之作

關於杜甫「詩史」的意義，首見於唐末孟棨「畢陳於詩，推見至隱，殆無遺事」的解釋，強調杜甫詩歌能夠真實地反映著唐朝當時的社會時事，具有成為史書的功能，故稱為「詩史」。

但從孟棨「詩史」之說後，許多文人對於杜甫「詩史」的說法，漸漸有著不同的詮釋解讀，如南宋文天祥《集杜詩》評杜甫的「詩史」意涵：

> 昔人評杜詩，蓋以其詠歌之辭，寓紀載之實，而抑揚褒貶之意，粲然於其中，雖謂之史可也。〔註22〕

「寓紀載之實」就是孟棨「畢陳於詩」的說法，然而文天祥卻在裡頭為杜甫「詩史」之說補上了儒家的春秋筆法——「抑揚褒貶之意，粲然於其中」，認為杜甫在這些寫實詩作中，蘊含著作者對於社會問題的道德批判。根據黃自鴻〈杜甫「詩史」定義的繁衍現象〉中對杜甫詩史從唐末至近代的考察下，就得出了「詩史」的定義在歷代文人的闡釋下，衍伸出了「敘事」、「時事」、「用事」、「律切精深」、「千言不少衰」、「史筆」、「一飯未嘗忘君」、「知人論世」、「有據」、「實錄」、「補史之闕」、「備於眾體」和「年月紀事」等涵義。〔註23〕並且常常是數種涵義結合引申而出。

〔註22〕宋・文天祥：《文山先生全集》（上海商務印書館縮印烏程許氏藏明本），卷十六，頁330。

〔註23〕「由於杜詩的多樣性、術語的含混意義、詮釋者的讀解和誤會，引致杜甫和『詩史』之間的問題愈加複雜，造成詩史內涵的『繁衍現象』，原來只是指杜甫個人事蹟的『史』，被滲入了多個子概念，較常見的包括『敘事』（『終始』）、『時事』、『用事』、『律切精深』、『千言不少衰』、『史筆』、『一飯未嘗忘君』（『忠義』）、『知人論世』、『有據』、『實錄』和『補史之闕』，此外亦有『備於眾體』和『年月紀事』等說。」參見黃自鴻：〈杜甫「詩史」定義的繁衍現象〉，《漢學研究》2007年6月第25卷第1期，頁192～193。

大致而言，杜甫的詩史，若用廣義來看，就是同時具有善陳時事、以及褒貶針砭的史書筆法，抒發著自己忠君愛國的思想，不忘揭發社會昏暗汙濁的一面，並且詳細地記載國家百姓的動盪與苦難，才擁有著「詩史」的美譽。而這一點，韋莊的詩作中，亦帶有類似的痕跡。

根據夏承燾的《韋端己年譜》以及聶安福的《韋莊集箋注》對於韋莊詩歌的編年來看，韋莊在未經歷黃巢之亂的早年作品並不多，然而可以考證出的幾篇詩作，如〈延興門外作〉〔註24〕、〈下第題青龍寺僧房〉〔註25〕、〈柳谷道中作卻寄〉〔註26〕、〈關河道中〉〔註27〕……等，一如晚唐以來許多連試不中的寒士文人，充滿著對仕途不順的悲傷、以及赴京落第後，漫遊各地的山水消愁之作，這類型的作品亦與杜甫早期詩作風格相似。

而韋莊這種連試不第的現象，在晚唐實際上來說，並不算是偶然。當時的科舉制度，實際上逐漸爲門閥氏族所把持，如《舊唐書》記唐宣宗大中元年科舉之事：

> 二月丁酉，禮部侍郎魏扶奏：「臣今年所放進士三十三人，其封彥卿、崔琢、鄭延休等三人，實有詞藝，爲時所稱，皆以父兄見居重位，不令中選。」詔令翰林學士承旨、戶部侍郎韋琮重考覆，敕曰：「彥卿等所試文字，併合度程，可放及第。有司考試，祗在至公，如涉請託，自有朝典。今後但依常例放榜，不別有奏聞。」〔註28〕

禮部侍郎魏扶向宣宗上奏，提到封彥卿、崔琢、鄭延休三名世家子弟具有才華，卻因爲親族在朝廷身居高位而無法進士及第，在唐宣宗的首肯下，不但讓封彥卿三人破例錄取，並且「今後但依常例放榜，不別有奏聞」。這種作法，看似公正，實際上卻對打開了科舉對於世家

〔註24〕唐・韋莊著、聶安福注：《韋莊集箋注》，卷一，頁4。
〔註25〕唐・韋莊著、聶安福注：《韋莊集箋注》，卷一，頁7。
〔註26〕唐・韋莊著、聶安福注：《韋莊集箋注》，卷一，頁15。
〔註27〕唐・韋莊著、聶安福注：《韋莊集箋注》，卷一，頁25。
〔註28〕五代・劉昫等著，楊家駱主編：《舊唐書》（台北：鼎文書局，1985年3月4版），卷18，頁617。

大族的限制與道路。

　　而十餘年後,《冊府元龜》所記載的宣宗大中十四年（860）科舉考試情況,就顯示出宣宗前例一開的結果:

　　　　時舉子尤盛,進士過千人,然中第者皆衣冠子弟。是處
　　有鄭義則,故戶部尚書澣之孫、裴弘,故相休之子;魏當,
　　故相扶之子;令狐滈,故相綯之子。餘不能遍舉。〔註29〕

在十餘年的時間,從原本的「父兄見居重位,不令中選」,變成了「中第者皆衣冠子弟」的情況。唐宣宗乃是晚唐時期十分愛好科舉制度的皇帝,甚至自稱為「鄉貢進士李道龍」,然而在他對於科舉制度的大力推廣下,實際上卻造成了更多的門閥子弟爭奪科舉的微薄名額,無形中扼殺了絕大部分的寒門子弟仕途之路。

　　在晚唐以來的著名詩人,除了杜牧是名族聲望子弟,李商隱入令狐楚幕僚外,如羅隱、韋莊、韓偓等這些著名詩人,他們的身分不是寒素、就是家道中落的世家子弟,都是在考場上蹉跎數十載之久。這種情況,無形中與杜甫早年流連長安求仕不遇的情況十分相似,這或許也是晚唐以後詩人「崇杜」現象形成的原因之一,就在於這時期的詩人大多與杜甫早年有著相似的經歷與痛苦。

　　然而,從僖宗乾符元年（874）左右開始,唐末的苟安假象已經越來越難以維持下去,根據《資治通鑑》紀錄,在乾符元年元月,翰林學士盧攜曾經如此向唐僖宗描述當時的社會亂象:

　　　　陛下初臨大寶,宜深念黎元。國家之有百姓,如草木
　　之有根柢,若秋冬培溉,則春夏滋榮。臣竊見關東去年旱
　　災,自虢至海,麥才半收,秋稼幾無,冬菜至少,貧者磑
　　蓬實為面,蓄槐葉為齏。或更衰羸,亦難採拾。常年不稔,
　　則散之鄰境。今所在皆饑,無所依投,坐守鄉閭,待盡溝
　　壑。其蠲免餘稅,實無可征。〔註30〕

────────────

〔註29〕宋・王欽若等編,周勛初等校:《冊府元龜》(南京:鳳凰出版社,
　　2006年12月),卷651,貢舉部謬濫篇,頁7512。

〔註30〕北宋・司馬光著、南宋・胡三省注:《資治通鑑》(台北:天工書局,
　　1988年9月),卷252,頁8168～8169。

盧攜看到了旱災以來的民不聊生，生動驚悚地記錄出大亂將臨的局面，然而僖宗面對盧攜的進言，卻僅僅是「敕從其言，而有司竟不能行，徒爲空文而己」。

而除了旱災所帶來的人民困境以外，當時的僖宗實是唐末時期著名的昏君，加上官員派系林立、內鬥貪腐，內有宦官把持大權、外有藩鎮割據勢力。國家的增稅年年增加，寒士科舉的途徑又多被世家大族給壟斷。在這種民怨沸騰的情況下，王仙芝、黃巢連續的大型民亂，已經敲響了唐末喪鐘最動盪的黃巢之亂。從這個時間點開始，韋莊的詩作，除了懷才不遇、山水寄情的詩作外，也逐漸有著許多詳細描寫社會苦難、針砭時弊的詩史之作。

這種類型的作品，大致上可以分成兩種：

（一）褒貶諷諫，痛斥朝廷藩鎮的作品

黃巢之亂，可說是給予勉強能苟安的唐末帝國，無情地撕開了最後一道遮羞布與繁榮假象。從黃巢之亂開始，唐朝陷入了無盡的戰火與動盪，即使黃巢之亂被平定，也並未給疲弊不堪的國家帶來歇息的良機，反而由於黃巢之亂對於中央軍隊的重創，不得不求援於地方軍閥勢力。而所造成的後果，導致了地方節度使紛紛擁兵自重，形成了半獨立的獨裁政體。

在這種場面下，有儒家治世思想的讀書人，在面對殘酷的社會現實，若是沒有向佛、道思想尋求解脫，自然而然就會去探索追尋著國家動盪的原因，曾經自許「平生志業匡堯舜」〔註31〕（〈關河道中〉卷一，頁25）、胸懷濟世之志的韋莊，也是其中的一位文人。

依現存的《浣花集》來看，從乾符二年黃巢之亂正式爆發開始，韋莊似乎有目的的反省唐末時期君臣肆意作樂的荒唐歲月。大約作於黃巢之亂時期的七律〈咸通〉〔註32〕，對於黃巢之亂還未爆發的咸通

〔註31〕韋莊〈關河道中〉，唐・韋莊著、聶安福注：《韋莊集箋注》，卷一，頁25。

〔註32〕唐・韋莊著、聶安福注：《韋莊集箋注》，卷二，頁76。

年間（860～874），居住於首都長安官宦權貴的奢華生活，作出了隱晦的批判與感嘆。「咸通時代物情奢，歡殺金張許史家」，金、張、許、史本為西漢著名的幾大世家，在這裡指唐朝咸通時期的貴族門閥，韋莊寫出了咸通年間上層社會頹廢縱慾的奢靡生活，並用上了「歡殺」兩字，「歡」點出了貴族的醉生夢死，而「殺」則誇張喧染著貴族的奢華生活，一方面亦隱性地點出了這些貴族世家大禍臨頭而不自知的悲哀，「生於憂患、死於安樂」。

　　而從這時期的詩歌中，亦可以看出韋莊對於少年放蕩生活的反思，在〈憶昔〉〔註33〕「昔年曾向五陵遊，子夜歌聲月滿樓」中，韋莊清楚地表示著，自己以前也曾隨著這些權貴子弟追逐著聲色犬馬，過著日以繼夜、放蕩不拘的奢華生活。而韋莊的〈貴公子〉〔註34〕、〈觀獵〉〔註35〕等早年詩歌，詳細記載的權貴子弟的言行與奢華，都可以看出韋莊必然與他們曾有過密切的接觸與往來。

　　這並非是值得訝異的事情，韋莊本人的家世，雖然沒有明確的資料可以考據，然而根據他早年四處漂泊求仕，59歲才考上進士的經歷來看，以宣宗時期以後「中第者皆衣冠子弟」的科舉情況來對照，雖然有著先祖韋見素曾任肅宗宰相的淵源，但到韋莊這代，應已是家道中落才是。

　　但韋莊在當時已頗有才名，在唐宣宗逐漸廢除世家子弟考取進士的限制後，科舉名額幾乎被豪門權貴給掌控。晚唐以降，寒門布衣或家道中落的文人，若是想要求取功名，除了少數的幸運兒以外，投靠外地藩鎮或朝廷權貴幾乎是唯一的選擇，如詩人李商隱就師從權臣令狐楚，而在25歲的青春年齡上第。而唐末時期的詩人杜荀鶴，亦是投靠當時藩鎮朱溫才得以考取進士。在這種情況下，普通文人應試數十年未上都是十分常見。如唐末著名詩人羅隱，因為不

〔註33〕唐・韋莊著、聶安福注：《韋莊集箋注》，卷二，頁87。
〔註34〕唐・韋莊著、聶安福注：《韋莊集箋注》，卷一，頁35。
〔註35〕唐・韋莊著、聶安福注：《韋莊集箋注》，卷一，頁38。

喜逢迎權貴，加上詩中頗多譏諷，爲朝臣所惡，應舉十次皆未成功，被史書稱爲「十上不第」。

也因此，唐末文人只要是想要求取功名，與權貴之間的往來乃是必然的趨勢，韋莊與這些貴族子弟的交往，實有現實意義上不得不然的考量與趨勢。

這種情況，在同樣懷才不遇的杜甫身上也同樣存在，杜甫現存的詩作中有〈奉陪鄭駙馬韋曲〉二首〔註36〕、〈陪鄭廣文遊何將軍山林〉十首〔註37〕、〈陪李金吾花下飲〉〔註38〕、〈陪諸貴公子丈八溝攜妓納涼晚際遇雨〉二首〔註39〕……等，從詩中的內容來看，杜甫與這些權貴的交情是十分淡薄，因此才會以「陪」、「奉陪」等客氣話語來作詩題，從這些作品都作於長安來看，杜甫只怕也是有求仕方面的考量與無奈吧。

因爲曾經與權貴公子度過一段放浪形骸的頹廢生活，韋莊在戰亂之時回憶著往昔與豪權子弟伴遊的生活時，用文字將畫面十分生動地描繪出來。然而他在盡力鋪張這些美麗人物奢華畫面的同時，卻又在末端給予溫和含蓄的諷刺結尾，如〈憶昔〉「今日亂離俱是夢，夕陽唯見水東流」，將唐末權貴紙醉金迷的生活化成一場幻夢，埋入在即將隱去流逝的夕陽流水意象之中。而〈咸通〉結尾「人意似知今日事，急催絃管送年華」，更是認爲咸通時期的極盡奢華，似乎是人們感到了唐朝帝國的大禍臨頭，才會如此迫切的狂歡作樂，在在反映著韋莊對於過往輕狂生活的反思與感嘆。

而除了反思權貴子弟的奢華生活外，韋莊對於皇帝與藩鎮的批判也所在多有。如〈立春日作〉：

> 九重天子去蒙塵，御柳無情依舊春。今日不關妃妾事，

〔註36〕清·浦起龍：《讀杜心解》，卷三之一，頁346。
〔註37〕清·浦起龍：《讀杜心解》，卷三之一，頁347。
〔註38〕清·浦起龍：《讀杜心解》，卷三之一，頁351。
〔註39〕清·浦起龍：《讀杜心解》，卷三之一，頁353。

始知辜負馬嵬人。(卷二，頁71)〔註40〕

從詩題「立春」二字，加上首句「九重天子去蒙塵」來看，這首詩明顯是作於中和元年（881）僖宗避蜀之時，面對當時僖宗好逸惡勞、寵信宦官，導致農民造反卻只會倉皇逃難的情況，對照百年前同樣避難於四川的唐玄宗，可說是諷刺至極了。「今日不關妃妾事，始知辜負馬嵬人」，「不關」二字一語雙關，既駁斥了許多文人將安史之亂歸咎於紅顏禍水的說法，同時也暗喻著戰亂的起因，終究是出在天子的身上對於皇帝的諷刺十分強烈明顯。

而韋莊另一首七律〈聞再幸梁洋〉〔註41〕亦有類似含意，這首詩諷刺了僖宗在黃巢之亂被平定後，才返歸長安不久，就再度因為藩鎮與宦官鬥爭，不得不倉皇西逃的史實。其中的頷聯「延燒魏闕非關燕，大狩陳倉不為雞」，借用了春秋戰國時代魏王與秦王的兩個典故，「非關燕」與「不為雞」，隱晦的諷刺了長安首都焚毀，不是因為李克用的進逼，而是僖宗你錯用朱玫的失當啊。而你來到陳倉，不是像秦穆公一樣發現了可使國家興盛的寶雞，只是為了逃難啊。這首詩中並無一字明指僖宗不是，然而韋莊用的諸多隱澀典故，卻又字字直指僖宗不是，與〈立春日作〉為韋莊詩中少數幾首以激烈口氣批判皇帝昏庸的詩作。

相比於諷刺君王的少數詩作，韋莊對於官軍、藩鎮的批判，就十分明顯與眾多了。像他的〈睹軍回戈〉就是一首典型的作品：

關中群盜已心離，關外猶聞羽檄飛。御苑綠莎嘶戰馬，禁城寒月搗征衣。

漫教韓信兵塗地，不及劉琨嘯解圍。昨日屯軍還夜遁，滿車空載洛神歸。(卷三，頁117)

〔註40〕本章節筆者所參照的韋莊《浣花集》箋注本，以唐・韋莊著、轟安福注：《韋莊集箋注》(上海：上海古籍出版社，2013年3月)為主，而所參照的杜甫詩集，以清・浦起龍：《讀杜心解》(北京：中華書局，2010年11月5刷)為主。以下所引用的韋、杜詩歌，均簡化為《書名》，卷數，頁碼。獨立引文時只註卷數、頁碼。

〔註41〕唐・韋莊著、轟安福注：《韋莊集箋注》，卷四，頁152。

詩題名〈睹軍回戈〉，即指詩人目睹了朝廷軍隊與黃巢軍隊作戰兵敗歸回的場面。首聯批判了位於關外的藩鎮勢力對於朝廷告急的訊息文書冷眼旁觀，無動於衷。而頸聯痛斥軍隊將領的領導無方，末聯更是道出了朝廷軍隊的醜陋面目，在被黃巢軍隊擊潰「夜遁」的同時，竟然仍不忘「滿車空載洛神歸」，可想見當時軍隊對於民間婦女的姦淫與折磨。這與杜甫詩中「聞道殺人漢水上，婦女多在官軍中」﹝註42﹞描述的場面，竟是十分的驚人一致。

而韋莊另一首〈天井關〉尾聯「守使不教飛鳥過，赤眉何路到吾鄉」﹝註43﹞，既化用了杜甫〈潼關吏〉﹝註44﹞「連雲列戰格，飛鳥不能過。胡來但自守，豈復憂西都」的意境，更是點明黃巢軍隊的勢如破竹，問題不在於關隘的天險，而是軍隊素質的優劣，暗示著唐朝守備軍隊的疏於訓練以及苟安心態。

類似的還有〈贈戍兵〉﹝註45﹞一詩，結句「止竟有征須有戰，洛陽何用久屯軍」，諷刺著關中朝廷勢急，洛陽軍隊卻按兵不動的無所作爲。而〈又聞湖南荊渚相次陷沒〉﹝註46﹞中，「天子只憑紅旆壯，將軍空恃紫髯多」，毫不留情地指出唐末國勢的惡化循環，皇帝竟然要倚靠著藩鎮（紅旆）的勢力來解圍，而藩鎮的軍隊，卻又是以胡人（紫髯）居多，這樣子循循相扣的惡化局勢，怎能不令對國家糜爛局勢有感的詩人憂心忡忡。而這種諷喻與怨忿現象，在韋莊的七期古詩〈秦婦吟〉﹝註47﹞中達到了他詩史與諷諭精神的最高峰。

根據其開頭「中和癸卯春三月，洛陽城外花如雪。」〈秦婦吟〉做於中和三年（883）的洛陽城，正是韋莊剛從被黃巢佔領的長安逃出之後，百姓的苦痛流離、唐軍的無能暴虐，韋莊是親身的刻骨體會，

﹝註42﹞杜甫〈三絕句·其三〉，見清·浦起龍：《讀杜心解》，卷六之下，頁840。
﹝註43﹞唐·韋莊著、聶安福注：《韋莊集箋注》，卷二，頁96。
﹝註44﹞清·浦起龍：《讀杜心解》，卷一之二，頁53。
﹝註45﹞唐·韋莊著、聶安福注：《韋莊集箋注》，卷三，頁116。
﹝註46﹞唐·韋莊著、聶安福注：《韋莊集箋注》，卷二，頁105。
﹝註47﹞唐·韋莊著、聶安福注：《韋莊集箋注》，補遺卷，頁315～345。

〈秦婦吟〉中描述一名婦女逃出長安的經過，實際上就是韋莊自身的經歷，他目睹了長安城破的殺戮現場，「家家流血如泉沸，處處冤聲聲動地」，感受了「萬里從茲不得歸，六親自此無尋處」的兄弟親友失散之悲痛，經歷了「一從陷賊經三載，終日驚憂心膽碎」的朝夕不保恐懼，這種持續兩三年的心理折磨、對國家衰微的自傷自憐，對治世理想的徹底破滅，讓韋莊詩中幾乎是無所顧忌地展現對於朝廷的不滿與怨忿，「陰雲暈氣若重圍，宦者流星如血色」、「內庫燒爲錦繡灰，天街踏盡公卿骨」……等都是如此。

而這種不滿，在韋莊目睹了長安皇帝對於國難的昏庸無能，關外藩鎮對於關中勢微的見死不救後，更是到了諷刺的極致，從詩中逃出長安的秦婦跪求山神（金天神）庇佑百姓這段開始，「路旁試問金天神，金天無語愁於人」，藉由神明一籌莫展的誇張情節描述展開，「我今愧恧拙爲神，且向山中深避匿……神在山中猶避難，何須責望東諸侯！」道出了面對這紛亂的時代中，連神通廣大的神明也無計可施。

但這種筆法並非是韋莊表示此時的亂象連神明也無能爲力，金天神表面上是指華岳的山神，但從「且向山中深避匿」、「神在山中猶避難」等句來看，實際上是暗喻當時逃到西蜀去避難的僖宗，而「神在山中猶避難，何須責望東諸侯」，反諷了當時以高駢爲首、這些「東諸侯」按兵不動的行爲。

我們可以看看韋莊詩歌中敘述秦婦祭拜山神的供品，「竇中簫管不曾聞，筵上犧牲無處覓。旋教魘鬼傍鄉村，誅剝生靈過朝夕」，魘鬼、生靈，乍看之下也是神怪小說的傳奇筆法，然而當我們理解山神是代指僖宗時，那魘鬼生靈的所指也就清晰可見了，在當時戰亂局面，整個中國已經無法維持原本的生活，爲了應付皇帝的需求，這些魘鬼，也就是指藩鎮，只好「誅剝生靈」、壓榨百姓勞力來滿足山神的祭禮。

這是十分大膽的敘述，韋莊在描寫秦婦的祭祀天神，赤裸裸地呈現皇帝與軍閥聯手壓迫人民的血汗，「案前神水呪不成，壁上陰兵驅不得。閑日徒歆奠饗思，危時不助神通力」，在悠閒時刻享盡人民的

血汗供奉，在戰亂時後卻對人民的苦痛毫無辦法，「神在山中猶避難，何須責望東諸侯」，這種說法表面上是對「東諸侯」的觀望行爲做開脫，而真正含意卻是韋莊對於國家政權的絕望失落，當國家都保護不了人民，又何必去指責盼望別有居心的地方藩鎮呢。實是對於皇帝與藩鎮最沉痛的悲訴。

我們再看〈秦婦吟〉接下來的敘述，「前年又出楊震關，舉頭雲際見荊山。如從地府到人間，頓覺時清天地開。陝州主帥忠且貞，不動干戈唯守城。蒲津主帥能戢兵，千里晏然無戈聲」，剛逃出長安的秦婦，到達了荊山一帶的關外地區，竟然感到「如從地府到人間」的清平氣象，對比於長安城中的流血煉獄，簡直就是不可思議。

這種局面是如何造成的呢？就在於當地的主帥「不動干戈」、「能戢兵」，達到了一幅與長安「家家流血如泉沸」慘狀截然不同的「千里晏然無戈聲」情況。關中的戰禍如此慘烈，而關外竟然是一片清平，地方藩鎮對於朝廷的見死不救，也就可想而知了。我們不妨對比在同一時期，韋莊從長安逃到洛陽後寫的〈贈戍兵〉結語「止竟有征須有戰，洛陽何用久屯軍」來看，就知道韋莊對於軍閥勢力的冷眼旁觀是何等不滿。

即使如此痛斥皇帝與軍閥，韋莊的憤怒仍未消止，只因爲他仍然看到戰亂時期，上層階級更腐敗不堪的醜態。當秦婦逃難到了新安，與當地的倖存老翁對話後，把「不動干戈唯守城」的屯軍醜態描述得淋漓盡致。老翁敘說著自己的倖存經歷，「千度倉兮萬絲箱，黃巢過後猶殘半」，家中財產在黃巢軍隊掠奪中仍殘存過半，似爲不幸中的大幸。然而當這些守城的軍隊屯兵於此後，「自從洛下屯師旅，日夜巡兵入村塢」，老翁所見到的是「入門下馬若旋風，罄室傾囊如捲土」的唐軍擾民，老翁殘存的財產，竟然是被官兵給搶劫一空。而老翁的慘狀，不是特例，是當時大多百姓的共同苦痛，「一身苦兮何足嗟，山中更有千萬家」，官軍對於廣大人民的剝削更甚於韋莊眼中的黃巢亂賊，怎能不令人感到無奈呢？

就是因爲這樣激憤諷刺、揭發整個國家君臣、權貴、軍隊的直白內容，讓韋莊自諱〈秦婦吟〉的原因，引發出了諸多說法與猜測。五代孫光憲（900～968）依據「內庫燒爲錦繡灰，天街踏盡公卿骨」提出觸犯公卿說，而陳寅恪在考據〈秦婦吟〉的避諱因由時，就提出了〈秦婦吟〉未流傳下去的另一種見解，不是在於「內庫燒爲錦繡灰，天街踏盡公卿骨」這兩句觸犯了長安倖存的公卿忌諱，而是在於韋莊所諷刺揭發的「東諸侯」，都與他後來所依附的西川節度使、前蜀君王王建有著密切的關係，「後來王蜀開國之元勳也」，所以「本寫故國亂離之慘狀，適處新朝宮闈之隱情…所以諱莫如深，志希免禍。」〔註48〕徐嘉瑞〈秦婦吟本事〉則依據陳寅恪的說法，再補充三種可能：一是觸犯當時掌權宦官田令孜。二是寫洛下屯師搶劫，觸犯當時的軍閥及其部下。三是諷刺僖宗太過，爲王建所不喜。〔註49〕

儘管孫光憲、陳寅恪、徐嘉瑞對於韋莊〈秦婦吟〉所觸犯的對象有所不同見解，但都說明了一點，就是韋莊〈秦婦吟〉對於上層階級的諷刺太過，導致了韋莊在之後不得不自諱〈秦婦吟〉。從另一個角度來說，這也可以看出韋莊〈秦婦吟〉的諷諫作用，讓上層階級甚至爲此感到忌憚。

另外，韋莊〈秦婦吟〉中對於新安老翁的描述，在相似的場景下，很容易使我們聯想到杜甫所做的〈新安吏〉，同樣都是詩人在避難途中的所見所聞，雖然〈秦婦吟〉中對於新安老翁的描寫，是在於官軍的搶劫財產。〈新安吏〉的描寫，則在於官軍壓榨民力的沉痛敘述。然而本質實際上都一致，都在原本應守護百姓的軍隊，反過來對人民生活的壓迫與殘害。胡可先在對比韋莊〈秦婦吟〉與杜甫〈新安吏〉的內容與本質時，就如此評價著兩人的詩史精神：

〔註48〕此段參照陳寅恪：〈韋莊秦婦吟校箋〉，收入於顏廷亮、趙以武輯：《秦婦吟研究彙錄》，頁78～100。

〔註49〕此段參照徐嘉瑞：〈秦婦吟本事〉，收入於顏廷亮、趙以武輯：《秦婦吟研究彙錄》，頁103～122。

　　總體來說，杜甫的詩歌，反映了安史之亂後唐代社會轉折時期的社會現實，被稱為「詩史」。韋莊的詩作，特別像是〈秦婦吟〉這樣的長詩，敢於面對現實，表現唐末重大的社會政治問題，內容充實，鋒芒畢露，實際上也是「詩史」。〔註50〕

（二）同情百姓，描寫民生疾苦的作品

　　在乾符二年黃巢之亂爆發後，韋莊的足跡遍佈以關中地帶為中心的中國地區，他與杜甫一樣，都是深切地體會戰亂中人命如草芥的無奈悲痛。韋莊感嘆朝廷與藩鎮的腐敗貪婪時，在多年的顛沛經歷中，很自然地會對同樣在戰火中煎熬的百姓苦難感同身受。如前面所提的〈秦婦吟〉中所記載的新安老翁慘遭黃巢農兵與藩鎮駐軍掠奪的悲劇，如果不是韋莊親身耳聞目睹，是無法刻劃地如此生動入骨。

　　而〈秦婦吟〉除了描寫百姓在面對官軍與黃巢軍的雙重剝削外，它更重要的是呈現出當時人民幾乎活不下去的絕望困境，我們看看它對於當時困在長安中的平民百姓描寫，「四面從茲多厄束，一斗黃金一升粟。尚讓廚中食木皮，黃巢机上刡人肉」，在那些困居在長安的百姓看來，黃金竟然已經跟粟米等價，生活的困境，已經讓人類不得不吞食樹皮保腹，就連處於勝利者的黃巢軍隊，也是以人肉為食，可以想見在戰爭的摧殘下，原本繁榮的首都長安生活水準是如何的低落不堪。韋莊甚至以寫實的手法，記載出了那些「食木皮」的百姓下場，「六軍門外倚殭屍，七架營中填餓殍」，呈現出無數百姓在殘酷戰禍中無力掙扎的地獄畫面。

　　詩人在面對戰火繽紛的時代，看到百姓流離失所的怨嘆與哀號，很容易就會對戰爭的本質產生了質疑，如同樣經歷過黃巢之亂的詩人張喬，就寫下了「十萬漢軍零落盡，獨吹邊曲向殘陽」的亂世悲歌，對於戰爭造成的悲劇做出了痛苦的質疑與斥責。而唐末詩人曹松「憑

〔註50〕胡可先：《唐代重大歷史事件與文學研究》（杭州：浙江大學出版社，2007年12月），頁618。

君莫話封侯事，一將功成萬骨枯」的詩句更是成爲了千古傳誦的戰爭名句。深受戰爭痛苦的韋莊自然也不例外，他的〈憫耕者〉同樣透露出對於戰爭的厭倦與無奈：

　　　　何代何王不戰爭，盡從離亂見清平。如今暴骨多於土，
　　猶點鄉兵作戍兵。（補遺卷，頁385）

而〈旅次甬西見兒童以竹槍紙旗戲爲陣列主人叟曰斯子也三世沒於陣思所襲祖父讐余因感之〉這首詩，更是讓韋莊對於人們的不懂教訓、歷史的惡性循環感到深深的失望與悲慟：

　　　　已聞三世沒軍營，又見兒孫學戰爭。見爾此言堪慟哭，
　　遣予何日望時平。（卷四，頁185）

甬即是今日的浙江寧波附近，相對於飽受邊疆胡人威脅、戰火連綿的關中，這裡本應是較爲安寧繁華的華南地區。然而在面對黃巢之亂的衝擊下，「已聞三世沒軍營，又見兒孫學戰爭」的場景再度在華南地區出現。上一次動盪整個唐朝帝國的戰禍是百年前的安史之亂，今日的黃巢之亂與百年前的戰禍，是如此的相似。當韋莊看見「兒童以竹槍紙旗戲爲陣列」，感受到歷史戰爭的不斷重複，怎能不令詩人慟哭呢。

　　而迫害百姓的不僅僅是戰爭的苦痛，朝廷軍隊對人民的剝削更是嚴重至極，除了〈秦婦吟〉的明諷暗指外，韋莊的〈虎迹〉一詩，更是隱喻的十分明白：

　　　　白額頻頻夜到門，水邊蹤跡漸成羣。我今避世棲巖穴，
　　巖穴如何又見君。（補遺卷，頁392）

從孔子「苛政猛於虎」的典故以來，老虎就時常作爲暴政的代名詞。韋莊〈虎迹〉一詩，描寫老虎的蹤跡，不但頻繁不斷，甚至連夜晚都會來到百姓的居所，就連水邊亦不放過，當百姓避世逃到巖穴去隱居時，仍然無可避免地再遇老虎的蹤跡，「如何」兩個字看似疑問，實際上已經是對於當時暴政的無奈悲訴。與韋莊同時的杜荀鶴，亦有類似的詩句，「任是深山更深處，也應無計避征徭。」而百年前的杜甫，

面對安史之亂的混亂時代，同樣具有相同的感觸，〈愁〉詩云：「渭水秦山得見否，人經罷病虎縱橫」，最後的「虎縱橫」，根據《杜詩鏡銓》引明人張璁（1475～1539）說法：「虎縱橫，謂暴斂也。時京兆用第五琦十畝稅一法，民多流亡」〔註51〕，都可作爲戰亂時期人民飽受苛政折磨的苦痛證明。

　　大致而言，韋莊關於針砭國家時弊與痛陳民生疾苦的詩史之作，在乾符二年黃巢之亂正式爆發後如新筍般地大量冒出，在質量和數量方面都頗有可觀，這是韋莊在自身的經歷下，不得不有所感觸而寫成。這也導致了韋莊晚年投奔西蜀王建後，在西蜀偏安的生活，讓他對於中原地帶戰火紛飛的慘狀，就完全沒有在詩歌中呈現出來。而筆者在這裡必須補充的是，許多學者在討論韋莊的詩史時，時常忽略的一首詩——〈和鄭拾遺秋日感事一百韻〉。〔註52〕

第三節　略論韋莊〈和鄭拾遺秋日感事一百韻〉的詩史價值

　　自從韋莊七言古詩〈秦婦吟〉在 1920 年代經由王國維、羅振玉等人手中校勘推廣、重見天日後，到今日出土近百年的時間，許多學者的研究論文紛紛出爐，其熱門程度，甚至在西元 1990 年時，由顏廷亮、趙以武等人編輯了一本《秦婦吟研究彙錄》來做整理。

　　〈秦婦吟〉之所以受到重視的原因，均與韋莊在詩中化身成了一名逃離長安的婦女，驚恐膽怯地描述了一幅唐末時期盜賊殺人、官軍亦殺人的恐怖畫面有關。秦婦口中的悲慘遭遇，實際上就是韋莊在廣明元年（880）於長安應舉後，受困於黃巢攻城，滯留在長安，目睹了黃巢軍隊在攻破長安的殺戮、搶劫、姦淫……等種種慘無人道行爲，在逃離長安後，更看見了身爲政府軍隊的唐軍不僅沒有保護百

〔註51〕清・楊倫：《杜詩鏡銓》（上海：上海古籍出版社，1980 年 7 月），卷十五，頁 739。
〔註52〕唐・韋莊著、聶安福注：《韋莊集箋注》，卷五，頁 209～231。

姓，反而比黃巢軍隊更加地殘忍與暴虐，在這樣劇烈震盪的情緒激昂下，讓韋莊寫下了〈秦婦吟〉這樣的長篇史詩。如施蟄存在《唐詩百話》的評價說：「它是反映唐代政治現實的最後一首史詩。正如杜甫的〈北征〉是盛唐最後一首史詩。」

　　然而，由於韋莊〈秦婦吟〉的詩名太盛，很多學者都因此忽略了韋莊詩中，字數僅次於〈秦婦吟〉1666 字的五言排律千字〈和鄭拾遺秋日感事一百韻〉，實是韋莊詩中同樣具有豐富詩史精神的長篇鉅作。

　　韋莊的五言排律〈和鄭拾遺秋日感事一百韻〉共一千字，根據聶安福的考證，是作於唐僖宗大順二年（891）秋日、韋莊 56 歲的詩作。筆者認為，這首詩在韋莊《浣花集》，實是具有不容忽視的代表性。從這首詩創作的年代來說，是韋莊五十六歲的事情，距離他一生的分水嶺、考上進士的五十九歲，已經是十分接近了。韋莊此期的詩風，從 39 歲面臨黃巢之亂、充滿針砭斥責的儒者治世諷諫，已逐漸變得消沉自傷，這首〈和鄭拾遺秋日感事一百韻〉實際上就是韋莊最後一首長篇的史詩，在這一首過後，韋莊的詩史風格之作幾乎徹底匿跡，個人閒適無爭、感慨遭遇、纏綿悼亡的內容成為他晚年詩歌的內容，所以這首詩在某種程度上，實可說是韋莊「詩史精神」的最後絕響。

　　再來，〈秦婦吟〉詩中的歷史描述，是從中和元年（881）長安被黃巢攻陷，到〈秦婦吟〉開頭首句的「中和癸卯春三月」所言的中和三年（883）年初，這三年時間韋莊的所見所聞。而〈和鄭拾遺秋日感事一百韻〉的描述，應是韋莊在大順二年、面對藩鎮互相攻伐、朝廷無力解決的慘況，「避時難駐足，感事易回腸」，在流離之際，回憶自己從黃巢之亂開始的顛沛遭遇而心中有感所作。

　　五言排律〈和鄭拾遺秋日感事一百韻〉，實是韋莊對於自己從乾符二年（875），黃巢之亂正式爆發，到大順二年（891）這十六、十七年來的家國還有自身遭遇的審視，比起〈秦婦吟〉記敘的三年過程，可說是更加地全面。並且 56 歲的韋莊，比起撰寫〈秦婦吟〉的 48 歲，心態上的轉變更是值得探討，而這首〈和鄭拾遺秋日感事一百韻〉在

內容意義與遣詞用字上，也十分明顯的比〈秦婦吟〉還要來的艱澀許多，甚至可說是韋莊詩中用典最多的一首詩。筆者認為，當我們探索〈秦婦吟〉的詩史意義時，韋莊這首八年後的作品，實有必要與〈秦婦吟〉作一統整與補充，以理解韋莊的這幾年來的轉變。

〈和鄭拾遺秋日感事一百韻〉這首詩，鄭拾遺，即是韋莊的好友、亦是唐末的著名詩人之一──鄭谷。這首詩是韋莊在大順二年（891）秋天和鄭谷的原詩所做，然而鄭谷所做的原詩如今已不可考。開頭首八句描述作者寫作時的當下情況與心境，然後從「雅道何銷德，妖星忽耀芒」到「日覘兵書捷，時聞虜騎亡」，講述著黃巢之亂的開端與落幕。而接下的「人心驚獬豸，雀意伺螳螂」開始，則是韋莊描述自己在黃巢之亂後，目睹朝廷君臣並未學到教訓、藩鎮軍閥虎視眈眈的慘淡現實，再以「國運方夷險，天心詎測量」和好友鄭谷自我勉勵，期許國家中興的來臨，最後用「佇歸蓬島後，綸詔潤青緗」作結，表現出了儒家溫柔敦厚的詩風。

當我們將這首詩中所記載的黃巢之亂，與〈秦婦吟〉中所記載的畫面來對比，我們可以很驚訝地發現，比起〈秦婦吟〉中對於社稷兵禍的直白諷刺，〈和鄭拾遺秋日感事一百韻〉中許多對於戰亂的描述，卻變得十分艱澀難懂。譬如他描述僖宗的西幸四川，是「五丁功再覿，八難事難忘」，用了五丁、八難兩個典故來敘說，比起〈秦婦吟〉的「紫氣潛隨帝座移，妖光暗射台星拆」，可說是艱澀許多。並且對於黃巢之亂中人民的苦難與官軍的腐敗描述，在〈和鄭拾遺秋日感事一百韻〉中完全是徹底消失無蹤了。這樣的描述，很容易就讓人想到，韋莊在創作〈秦婦吟〉後所受到的龐大社會壓力，「爾後公卿亦多垂訝。莊乃諱之」。這或許就是韋莊〈和鄭拾遺秋日感事一百韻〉這首詩在後世學者中沒有引起注意的原因。

從這首詩關於黃巢之亂的描述，我們可以看到許多韋莊粉飾朝廷的詩句，「負扆勞天眷，凝旒念國章」、「設危終在德，視履豈無祥」，還有粉飾軍隊的，「出師威似虎，禦敵狠如羊」、「軍威徒逗撓，我武

自維揚」以及醜化黃巢民兵的描寫，「但聞爭曳組，詎見學垂輯。鵲印提新篆，龍泉奪曉霜」，這都在在地顯示著韋莊此時從〈秦婦吟〉創作八年後的轉變及立場。

然而筆者認為，並不能因此抹除〈和鄭拾遺秋日感事一百韻〉的重要詩史價值。它與〈秦婦吟〉最大的不同處，就在於作者詩中的立場不同，〈秦婦吟〉借代了逃出長安的秦婦作為觀點描述，因此所見所聞，都是集中於長安逃難出來的種種慘狀，身為一名普通的秦婦，她的所見所聞，必然不會涉及太多的政治層面，那怕這秦婦所借喻的是韋莊自己，在考慮到是藉由秦婦口中敘說的情況下，必然也不會有太多秦觀個人的儒生立場。然而〈和鄭拾遺秋日感事一百韻〉，卻是韋莊自身的立場作為出發點，是韋莊已經逐漸步入晚年、熱血消退的沉思之作，實際上更能表示著韋莊自身的真實觀點。

關於韋莊詩史的爭議，其實眾多學者在評論〈秦婦吟〉的時候就已經多所論及，如王水照〈關於韋莊秦婦吟評價的兩個問題——兼論古代作家對農民起義的一般態度〉一文，他的第一個問題就是「從韋莊的作品可否稱詩史並與杜甫相提並論，談談科學類比和庸俗類比的區別」，針對韋莊〈秦婦吟〉中反對農民起義的立場，認為無法與杜甫的詩史精神相提並論：

> 韋莊的反對黃巢起義和杜甫的反對安史之亂，雖然都從維護唐王朝的統治出發，卻具有完全不同的意義。〈秦婦吟〉是韋莊反對黃巢起義的代表作品……韋莊通過這些重大事件的描寫，對人民革命表示了刻骨的仇恨，對起義軍的革命暴力做了惡毒的歪曲和誇張。[註53]

但是這種觀點卻有兩個問題，第一個是王水照著重於韋莊對於黃巢民兵的深痛惡絕，卻避重就輕地忽略了韋莊在〈秦婦吟〉中對於政府官兵的醜惡痛斥，「自從洛下屯師旅，日夜巡兵入村塢……入門下馬若

[註53] 王水照：〈關於韋莊〈秦婦吟〉評價的兩個問題——兼論古代作家對農民起義的一般態度〉，收錄於顏廷亮、趙以武輯：《秦婦吟研究彙錄》，頁229。

旋風，罄室傾囊如捲土」，更遑論是韋莊之後諱而不談的「內庫燒爲錦繡灰，天街踏盡公卿骨」呢？實際上頗有以偏概全之弊。綜觀韋莊的詩集與一生來看，與其說韋莊是站在「地主階級的反動立場」，不如說他是站在一個飽受儒家傳統忠君愛國觀念薰陶的讀書文人，這才是韋莊會始終堅持反對黃巢民兵立場的原因。

　　第二個問題是，所謂的詩史，是否要站在同情農民立場上來描述，才能被稱做眞正的詩史呢？如前面所說，筆者認爲，韋莊是站在傳統讀書人的立場來看待這場唐末的浩劫戰亂，這種立場對於從小接受儒家教育的韋莊來說，自然是無庸置疑的。所以他詩筆下所記載的歷史，自然也是從他的角度、他的立場來出發，他既反對黃巢叛亂，亦對於國家官軍有所不滿，這實際上是完全符合詩史精神的，以作者本身的角度，來寫作者所觀察到的歷史。如張美麗《韋莊詩研究》云：

　　　　韋莊的詩，深深根植於唐末社會的土壤，深刻地反映了唐末的社會現實與士人的生存狀態，爲那個時代唱出了一曲曲挽歌。讀著他的詩，我們彷彿可以聽到時代的哀吟與士人的哭泣。他的詩，是末世時代的產物，堪稱一代詩史。〔註54〕

「時代的哀吟」是國家的詩史，「士人的哭泣」是個人的詩史，雖然範疇不同，卻不能因此偏廢。

　　閱讀〈和鄭拾遺秋日感事一百韻〉這首詩，雖然韋莊在詩中透露出對黃巢農兵的厭惡，甚至對於百姓的流離點到爲止，並未多加描寫。然而這並不表示韋莊沒有對當時的歷史作出深刻的刻畫與反思。當韋莊詩中敘述完黃巢之亂的戰禍後，從「人心驚獬豸，雀意伺螳螂」這段開始，他開始描述了一幅經過黃巢之亂摧殘後，即將崩潰瓦解的腐朽帝國，而原應輔佐帝國的藩鎮勢力，因爲旁觀朝廷的內亂而逐漸坐大，像麻雀捕螳一般的對即將滅亡的帝國垂涎欲滴，「覆餗非無謂，奢華事每詳」，描寫著朝廷大臣經歷黃巢之亂後的不知教訓與奢華生

〔註54〕張美麗：《韋莊詩研究》，頁41。

活，「四民皆組綬，九土墮耕桑」，同樣在描述居住在長安百姓的安逸享樂，醉生夢死，蘊含著詩人對於當時朝廷君臣百姓的冷嘲熱諷。這些都是韋莊可被稱為詩史的鐵證，我們不能因為他在詩中沒有寫到同情官逼民反、抑或是描寫百姓苦難的畫面，就說韋莊無杜甫的詩史精神，這是不對的。

〈和鄭拾遺秋日感事一百韻〉這首詩，在韋莊的詩史精神與價值中，筆者認為，有著兩大意義：一是韋莊道出了對於唐末藩鎮戰亂連綿的起因與思索，他儘管在詩中對於皇帝未有明顯的褒貶之詞，然而透過「功高分虎節，位下恥龍驤。遍命登壇將，巡封異姓王。志求扶墜典，力未振頹綱」這樣的敘述，我們實際上可以看出韋莊一針見血的指出了黃巢之亂後，朝廷無力制衡藩鎮的情況，在黃巢之亂中實際上已種下了惡因，為了快速平定戰亂，對於藩鎮的限制越來越小，甚至到了「巡封異姓王」的地步，也難怪韋莊會給僖宗「志求扶墜典，力未振頹綱」這樣似褒暗貶的評價，當權力功勞都分讓給了藩鎮，已經衰弱的朝廷又如何在戰亂後繼續制衡越加強大的藩鎮呢？結果就是「人心驚獬豸，雀意伺螳螂」，人心的險惡連判決善惡的獬豸都感到心驚膽跳，像麻雀一樣強大的藩鎮，正在對於剛勉強吞食蟬的螳螂蠢蠢欲動。這實際上敘述出了韋莊對於國家衰敗的一種見解。

其二是他道出了唐末文人的悲哀，並且隱隱地說出了自身的心態轉變，從開頭的「禍亂天心厭，流離客思傷。有家拋上國，無罪謫遐方」說出了文人當時因為戰亂的不斷流離失所、遠赴他鄉的苦痛，「未覩君除側，徒思玉在傍」說出了文人當時的懷才不遇，而儘管出現了「儉德遵三尺，清朝俟一匡」的中興局面，韋莊卻言自己「世隨漁父醉，身效接輿狂」、「道孤悲海澨，家遠隔天潢」、「守道慚無補，趨時愧不臧」，表明了信奉儒家思想的文人在亂世中的無能為力與悲哀難言。這首詩儘管結尾是回歸光明的，是韋莊對於唐末混亂局面的樂觀前景和自我振作，然而中間的內容卻是充滿著灰色色彩，作者的矛盾思想，實際上可見一斑。

　　從上面的推論，〈和鄭拾遺秋日感事一百韻〉，它固然有著一些學者所認爲的未道民間疾苦、粉飾國家政權的立場，然而它指出了詩人所認爲的國家弊病所在，將國家與詩人十幾年來的遭遇濃縮於長達一千字的詩歌之中，在對皇權中興的些許希冀下，又充滿著對自身遭遇的自傷自憐與灰心無奈，還有對藩鎮勢大的恐懼不安，實際上可說是韋莊繼〈秦婦吟〉後，在詩史方面最傑出的作品。

第四節　韋莊與杜甫的歧異與心態轉折

　　從前面的章節可知，由於相似的社會背景、國家戰亂、個人遭遇，使得韋莊中早年的詩歌風格與杜甫的詩史精神十分相類，寫出了〈秦婦吟〉如此忠實描述唐末人民痛苦的長篇史詩、如〈咸通〉「咸通時代物情奢，歡殺金張許史家」記載著黃巢之亂前豪權子弟醉生夢死的奢華生活，又或像〈又聞湖南荊渚相次陷沒〉「天子只憑紅斾壯，將軍空恃紫髯多」對於皇帝和軍閥虛張聲勢、軟弱無力的作爲作出深刻的譴責，這都是韋莊繼承杜甫詩史精神的傳承與證據。

　　然而，韋莊畢竟不是杜甫，他們兩人之間的詩風仍然存在著不少的歧異，如張美麗強調韋莊詩歌的題材內容主要有「唐末社會現實的詩史」與「末世士人心態的詩史」兩大類，然而她也承認說道：

　　　韋莊同羅隱、杜荀鶴、鄭谷等詩人大體上屬於具有淑世情懷的詩人，起碼在相當時候內是這樣。到後來比如韋莊在往陳倉迎駕以後隨著時局的更加惡化，他們關心現實的強烈程度難免有所減弱。〔註55〕

而這種「減弱」的現象到了韋莊晚年後會越加顯著，筆者將在這章節中詳細分析之。

一、遭遇的變化

　　59 歲，筆者認爲，這是在研究杜甫與韋莊之間的接受與影響所

〔註55〕張美麗：《韋莊詩研究》，頁43。

不可忽略的一個分水嶺，杜甫在 59 歲時去世，結束了他窮苦的一生。
然而韋莊前期歷經與杜甫十分相似的生涯後，在 59 歲的這年，卻走
上了與杜甫截然不同的道路──考上進士，這可說是韋莊詩歌風格極
為重要的轉折處。

　　當韋莊中早年因為赴京應試而奔走、到黃巢之亂而輾轉逃難，
他的濟世理念逐漸消磨，對國家的看法是「如今父老偏垂涕、不見
承平四十年」、「有國有家皆是夢，為龍為虎亦成空」的失望悲歌。
然而等到韋莊考上了渴望許久的功名，似乎讓他疲憊的心靈又注滿
了活力與色彩：

　　　　〈與東吳生相遇〉

　　　　十年身事各如萍，白首相逢淚滿纓。老去不知花有態，
　　亂來唯覺酒多情。

　　　　貧疑陋巷春偏少，貴想豪家月最明。且對一尊開口笑，
　　未衰應見泰階平。（卷 9，頁 296）

這首詩韋莊自注為「及第後出關作」，可知必是他五十九歲及第後所
寫的，這首詩雖然保有韋莊一貫的自傷自憐風格，然而尾聯「且對一
尊開口笑，未衰應見泰階平」，卻洋溢著對國家中興的殷切期許。我
們不妨對照著韋莊在及第前年所寫的〈咸陽懷古〉，就可知道韋莊這
兩年來的心境變化之大：

　　　　〈咸陽懷古〉

　　　　城邊人倚夕陽樓，城上雲凝萬古愁。山色不知秦苑廢，
　　水聲空傍漢宮流。

　　　　李斯不向倉中悟，徐福應無物外遊。莫怪楚吟偏斷骨，
　　野煙蹤跡似東周。（補遺卷，頁 365）

這首詩寫於昭宗景福二年（893），是韋莊及第的前一年，借用李斯
鳥盡弓藏和徐福遠遁海外的對比，暗示自身對於榮華富貴的心灰意
冷，而秦苑、漢宮、東周等種種前朝遺跡，更似在暗喻著唐朝國運
的搖搖欲墜，充滿了十分灰色的失望色彩。將之與後一年寫的〈與

東吳生相遇〉相比，就可體會韋莊在心態上的急遽變化。

　　但這種興奮之意，並未維持過久，當我們閱讀韋莊的詩集後，明顯的可以發現，從昭宗乾寧元年（894）及第以後的詩作，韋莊的快樂之情似乎在極短的時間內便消磨殆盡，對於田園鄉土的眷戀、對於自身命運的唏噓在他的詩中比重越來越大：

〈鄠杜舊居〉二首

　　卻到山陽事事非，谷雲谿鳥尚相依。阮咸貧去田園盡，向秀歸來父老稀。

　　秋雨幾家紅稻熟，野塘何處錦鱗肥？年年爲獻東堂策，長是蘆花別釣磯。

　　一徑尋村渡碧溪，稻花香澤水千畦。雲中寺遠磬難識，竹裏巢深鳥易迷。

　　紫菊亂開連井合，紅榴初綻拂簷低。歸來滿把如澠酒，何用傷時歎鳳兮。（卷八，頁286～288）

　　這兩首詩作於乾寧四年（897），是韋莊及第三年後的詩作。從詩題就可以看出，韋莊這首詩是寫他回到舊時故居的感想，一開頭就劈頭寫到「事事非」，充滿著今是昨非的無奈、眷戀故鄉山水的溫情，「年年爲獻東堂策，長是蘆花別釣磯」，蘆花是一種生長在水邊的花類，在韋莊看來，自己這麼多年的奔波仕途，就像是蘆花離開了溫養自己的土地，令他感到「事事非」，充滿著懊惱與悔恨的感覺。

　　這種悔恨的情緒自非是憑空而來的，在韋莊及第（894）到寫這首詩（897）的時間內，才剛平定黃巢之亂沒多久的唐朝，又連續發生了幾件藩鎮逼迫中央皇權的大事。乾寧二年（895）二月初三，義勝節度使董昌在越州稱帝，雖然很快就被杭州刺史錢鏐給平定，但在七月時，節度使李克用以勤王爲口號，率領軍隊進軍關中討伐王行瑜、李茂貞、韓建等藩鎮勢力，受到戰爭影響，唐昭宗迫離長安，直至八月才得歸還。

　　而在乾寧三年（896），唐昭宗恐懼藩鎮勢力的無法控制，有心擴

大中央禁軍軍備，卻被當時藩鎮李茂貞以此作為藉口進逼長安，唐昭宗再度從長安逃難至華州，韋莊在這一次也隨唐昭宗一起出奔，而這一次唐昭宗的離開長安，竟然要到兩年後的光化元年（898）才得以返回。唐末時期皇帝的權威，至此可說已經蕩然無存了。

　　韋莊這兩首〈鄠杜舊居〉，就是在跟隨唐昭宗避難的悽慘背景下的途中所寫出的。可想而知，韋莊考上進士的興奮，「未衰應見泰階平」的期盼，在國家如此衰弱的情況下也徹底的蕩然無存了。也因此，在這兩首詩的最後結尾下，韋莊寫下了「歸來滿把如澠酒，何用傷時歎鳳兮」的失望，表明著自己對於國家命運的茫然與無奈。

　　這即是韋莊跟杜甫的不同處，以 59 歲作為分線，韋莊走上了與杜甫截然不同的仕途之路。但是考取進士與獲得官位，並未就此讓韋莊心中對於國家的憂慮之情感到平復，反而讓他因為接近中央政權，更加深刻地感受到唐朝國勢的頹弱無能。這不同於杜甫的經歷，杜甫在目睹了安史之亂的悲劇時，仍然有著對國家中興的希望與想像，假如我們閱讀杜甫的〈聞官兵收河南河北〉、〈洗兵馬〉等詩的話，就可以知道杜甫對於國家的未來是抱有殷切的期望，而情緒也是相當高昂與踴躍。

　　然而韋莊的情況卻截然不同，在黃巢之亂無情地打破唐末時期的偏安假象後，那怕是平定叛亂，中央勢力卻再也無力制衡地方坐大的藩鎮勢力，在黃巢之亂剛平定不到一年、光啟元年（885）年末，由於節度使王重榮與宦官田令孜有隙，在雙方的對持下，王重榮聯合李克用，大敗受田令孜指使的節度使朱玫軍隊。令田令孜不得不帶著僖宗出逃鳳翔。這消息在光啟二年傳到了當時仍是布衣的韋莊，就寫下〈聞再幸梁洋〉一詩來感嘆「纔喜中原息戰鼙，又聞天子幸巴西」，在這樣紛亂的社會下，韋莊自然很難對國家有著樂觀的念頭。即使是他剛及第、正是人生最得意的時候所寫下的期許──「且對一尊開口笑，未衰應見泰階平」，也只敢用「應」這樣猶疑猜測的字眼來敘說自己心中的願望，就可想而知韋莊對於國家命運的不肯定。

在國家苦難的連連打擊下、甚至連考上進士的喜悅也快速的煙消雲散,我們閱讀韋莊〈浣花集〉的詩集可以發現,從黃巢之亂開始,韋莊還有不少批判政府軍閥腐敗、寫實描述民間疾苦、並且針砭社會利弊的詩作,其中又以中和三年(883)所做的〈秦婦吟〉爲翹楚。然而隨著時間的過去,韋莊作品中寫實風格逐漸淡去,對於自身命運的自怨自哀逐漸成爲他詩歌中的主旋律,根據筆者的搜尋,韋莊對於現實社會的批判,在可考究的年代,最後一首應該是寫於景福二年(893)的〈汧陽間〉:

> 汧水悠悠去似絣,遠山如畫翠眉橫。僧尋野渡歸吳嶽,
> 雁帶斜陽入渭城。

> 邊靜不收蕃帳馬,地貧惟賣隴山鸚。牧童何處吹羌笛,
> 一曲梅花出塞聲。(卷十,頁311)

這首詩的頸聯「邊境不收蕃帳馬,地貧惟賣隴山鸚」,描述著邊疆地區人民的貧困生活,然而從整首詩來看,韋莊這首詩中所透露著,是呈現著一種悠揚蒼涼的筆調與景色,關於寫實的成分已經十分淡薄了。

這一首詩,正是寫作於韋莊及第的前一年,在這首詩後,至少從目前流傳下來的〈浣花集〉,我們已經看不到韋莊晚年對於人民苦難、社會弊病的任何描寫,〈秦婦吟〉、〈聞再幸梁洋〉這樣寫實的詩史精神,在韋莊59歲後的作品已經成爲絕響。

而到了天復元年(901),韋莊66歲投靠西川節度使王建的時候,來到了中國西南的偏安蜀地。遠離中央政權,韋莊這時候已放棄了輔佐社稷的心志,「平生志業匡堯舜」已經成爲遙不可及的癡想。韋莊入蜀後的詩作,就目前可考證的,寫的並不多。這或許跟他此時大量寫作的詞有關係。也因此,韋莊晚年的大多詩作,風格十分接近於他的《浣花詞》,常常借用隱筆來描述自己一生顛沛流離的境遇、又或抒寫著自身淒美的戀情。這不可不說是受到了唐朝國勢衰弱、外在環境的影響所致。

當然,這種變化,還跟韋莊的心境有所關係,在下文詳細論述之。

二、心境的轉折

（一）憂讒畏譏的恐懼

面臨國家的苦難、還有自身地位的改變，自然會給韋莊心境帶來不同的變化。當這種變化反應到了詩風時，最有名的即是孫光憲的記載：

> 蜀相韋莊應舉時，遇黃寇犯闕，著〈秦婦吟〉一篇，內一聯云：「內庫燒爲錦繡灰，天街踏盡公卿骨。」爾後公卿亦多垂訝。莊乃諱之，時人號「秦婦吟秀才」。他日撰家戒，內不許垂〈秦婦吟〉幛子，以此止謗，亦無及也。〔註56〕

韋莊〈秦婦吟〉作於中和三年（883），這件事情的年代必然是在此之後，儘管從陳寅恪〈韋莊秦婦吟校箋〉後，許多學者紛紛對於這首詩隱含的意涵有不同的解讀，然而他們大多指出，韋莊所要避諱與止謗的對象之一，正是他在天復元年（901）後所投靠的西川節度使王建，因爲〈秦婦吟〉裡頭所記載的官兵搶劫屠殺事件，有可能就是當時王建所附屬的楊復光部隊。當然，亦有學者主張這首詩所要避諱的，就是當時長安逃難的公卿。然而不論韋莊所避諱的對象是誰，韋莊憂讒畏譏，選擇將這首詩諱而不談、甚至不許「垂〈秦婦吟〉幛子」的懼禍心態是十分明顯的。

這種恐懼心態自然不是無中生有，在中晚唐時期，文人慘遭貶謫甚至屠戮的事件屢見不鮮。如發生在韋莊出生前一年（835），晚唐的甘露之變，就是宦官殺害朝廷大臣與文人的慘案，許多倖免的在外文人如劉禹錫、白居易都對宦官的殘暴戰慄不言。從如今現存的晚唐詩作中，只有當時還是弱冠之年的李商隱寫詩怒斥宦官，就可想見當時文人心中對於強權的恐懼。

而黃巢之亂後，因爲皇室權威低落，依附皇權的宦官勢力亦逐漸衰竭。取而代之的，是中央政權再也無力控制的藩鎮勢力，李克用、

〔註56〕五代·孫光憲：《北夢瑣言》（北京：中華書局，2002 年 6 月），卷六，頁 134。

朱溫、李茂貞……等諸位節度使不斷干涉朝政，如乾寧三年（896）
昭宗因朱溫強勢，被迫任命與朱溫關係良好的兵部尚書張浚當任宰
相，卻被李克用威脅道：「浚朝爲相，臣則夕至闕庭！」讓昭宗大懼，
不得不作罷。而光化三年（900）前任宰相崔胤勾結朱溫，殺害當時
的宰相王摶，徐彥若、崔遠……等清流大臣被迫離中央政權。都是藩
鎮逐漸反客爲主、左右朝政的例子。

再如天佑二年（905）的白馬之禍，更是唐朝繼甘露之變後，
朝廷大臣慘遭屠戮迫害的血腥事件，《資治通鑑》中記載的十分怵
目驚心：

> 六月，戊子朔，敕裴樞、獨孤損、崔遠、陸扆、王溥、
> 趙崇、王贊等並所在賜自盡。時全忠聚樞等及朝士貶官者三
> 十餘人於白馬驛，一夕盡殺之，投屍於河。初，李振屢舉進
> 士，竟不中第，故深疾搢紳之士，言於全忠曰：「此輩常自
> 謂清流，宜投之黃河，使爲濁流！」全忠笑而從之。〔註57〕

裴樞、獨孤損、崔遠、陸扆、王溥、趙崇、王贊等人俱爲當時的朝廷
大臣，卻被朱溫假借天子之令殺害。而聽了李振「此輩常自謂清流，
宜投之黃河，使爲濁流」這樣忌恨才士的話語，朱溫的反應竟然是「笑
而從之」。當時文人心中對於藩鎮專制的恐懼可想而知。

在這樣的環境下，韋莊心態的改變實在是不足爲奇，我們閱讀《浣
花集》，在韋莊 59 歲及第後，完全找不到任何一首詩歌斥責譴責當時
動盪社會的軍閥藩鎮，與他中早期的詩歌已經有著極大的不同，這也
是造成他與杜甫分歧點的原因之一。在入仕後衣食無憂的生活，加上
早年心志的消磨，儘管韋莊仍然看出唐朝的腐敗現象，卻選擇了噤口
不言，甚至晚年選擇入蜀避禍。面對這種現象，我們不應對此呵責什
麼，畢竟唐末社會的紛亂與苦難，實際上已經遠遠超出了杜甫所經歷
過的安史之亂。

〔註57〕北宋・司馬光著、南宋・胡三省注：《資治通鑑》，卷二百六十五，
頁 8643。

（二）生離死別的戀情

韋莊與杜甫的不同處，還有一點，就是在於他晚年詩歌中，有部分內容走向對於一段刻骨銘心的戀情描述。這與杜甫一千多首中，幾乎沒有一首提到男女情愛的情況是極爲不同的。

韋莊晚年有〈靈席〉〔註58〕、〈舊居〉〔註59〕、〈悼楊氏妓琴弦〉〔註60〕、〈悼亡姬〉三首〔註61〕……等懷念逝去佳人的詩作，這些作品的年代，根據〈悼亡姬〉其三來看：

> 六七年來春又秋，也同歡笑也同愁。纔聞及第心先喜，
> 試說求婚淚便流。

> 幾爲妒來頻斂黛，每思閒事不梳頭。如今悔恨將何益，
> 腸斷千休與萬休。（補遺卷，頁360）

從第三句「纔聞及第心先喜」來判斷，韋莊妻妾死去的年份最早也是考上進士之後，也即是韋莊59歲之事。而聶安福根據〈靈席〉、〈舊居〉、〈悼楊氏妓琴弦〉、〈悼亡姬〉的內容判斷，認爲這幾首有可能都是在悼同一人——亡姬楊氏。〔註62〕在這些詩中，韋莊表現出極爲深刻的哀痛與自悔，「竹葉豈能銷積恨，丁香空解結同心」、「夜來孤枕空腸斷，窗月斜暉夢覺時」、「如今悔恨將何益，腸斷千休與萬休」，都點明出韋莊對於亡姬所寄託的深厚情感。這些詩中，在他晚期的詩作中，佔有一定的比重。

而比起韋莊的詩來說，韋莊的《浣花詞》，更是全心全力的描述自己的淒美愛情。這點早在南宋的詞評家楊湜已有指出：

〔註58〕 唐・韋莊著、聶安福注：《韋莊集箋注》，補遺卷，頁360。
〔註59〕 唐・韋莊著、聶安福注：《韋莊集箋注》，補遺卷，頁361。
〔註60〕 唐・韋莊著、聶安福注：《韋莊集箋注》，補遺卷，頁396。
〔註61〕 此三首的後兩首在《文苑英華》中分別題爲〈獨吟〉、〈悔恨〉。此邊以聶安福注本爲主。《韋莊集箋注》，補遺卷，頁376～377。
〔註62〕 此參照聶安福《韋莊集箋注》的〈靈席〉注一之說：「本詩及其後〈舊居〉、〈悼亡姬〉三首，《文苑英華》卷三零五輯入〈悲悼五哭妓〉類，合題〈悼亡姬〉五首；又〈靈席〉云『羅衣盡施僧』、〈舊衣〉云『故人楊子家』，與〈悼楊氏妓琴弦〉云『昨日施僧裙帶上』，似悼同一人，疑此六詩均悼亡楊氏琴弦之作。」《韋莊集箋注》，補遺卷，頁360。

> 韋莊以才名寓蜀，王建割據，遂羈留之。莊有寵人，
> 資質艷麗，兼善詞翰。建聞之，託以教內人為詞，強莊奪
> 去。莊追念悒怏，作〈小重山〉、〈謁金門〉……等詞，情
> 意淒怨，人相傳播，盛行於時。〔註63〕

葉申薌《本事詞》亦言：

> 韋莊，字端己，以才名寓蜀。王建割據，遂羈留之。
> 莊有寵人，資質艷麗，兼擅詞翰。建聞之，託以教內人為
> 辭，強奪之。莊追念悒怏，每寄之吟詠，〈荷葉杯〉、〈小重
> 山〉、〈謁金門〉諸篇皆是姬作也。其詞情意淒婉，人相傳
> 誦，姬後聞之，不食而卒。〔註64〕

在這些詞話中記載，我們可以得知，韋莊的〈荷葉杯〉、〈小重山〉、
〈謁金門〉等詞作都是追念遠去寵姬的作品，情意淒怨，故在當時
就廣為人知。

但是這些記載，在近代以來，逐漸有些學者開始質疑其真實性，
如今人夏承燾在《韋端己年譜》一書亦對於《古今詞話》中王建奪韋
莊寵妾的說法提出批判：

> 案詩集補遺有〈悼亡姬〉一首，及〈獨吟〉、〈悔恨〉、
> 〈虛席〉、〈舊居〉四首，注：「俱悼亡姬作」……語意相類。
> 疑詞亦悼亡姬作。楊湜所云，近於附會。〔註65〕

在天復元年（901）韋莊投靠王建，天祐四年（907）王建在蜀地稱
帝，到前蜀武成三年（910）韋莊以75歲高壽過世的十年來，韋莊
對於王建的助力甚多，夏承燾舉《新五代史·前蜀世家》對於王建
的評價「建雖起盜賊，而為人多智詐，善待士」，認為王建不致於此。
加上王建奪韋莊妾的記載首出於南宋楊湜的《古今詞話》，在此之前
並未見到任何紀錄，而楊湜《古今詞話》中對於北宋詞壇之事，已
經頗多謬誤，夏承燾亦說「湜宋人，其詞話記東坡詞事，尚有誤者，

〔註63〕宋·楊湜《古今詞話》，收錄於唐圭璋：《詞話叢編》（北京：中華書
　　　　局，1986 年 1 月），第一冊，頁 20。
〔註64〕清·葉申薌《本事詞》，收錄於唐圭璋：《詞話叢編》，卷上，頁 2301。
〔註65〕夏承燾：《韋端己年譜》，頁 24。

此尤無徵難信」。〔註66〕

　　然而不論韋莊的〈荷葉杯〉、〈小重山〉……等詞中所指的女性究竟是誰，王建究竟有沒有奪其所愛。假如我們單純將這些詞與韋莊的〈靈席〉、〈舊居〉、〈悼楊氏妓琴弦〉、〈悼亡姬〉等詩作作類比，就可以得出一個結論──韋莊晚年的作品，不論詩或詞，都投注大量的心力在描寫悼念自己逝去的愛情。

　　在韋莊 59 歲後，他走向與杜甫截然不同的仕途道路，在艱苦流離地度過黃巢之亂後，考取了早年夢寐以求的科舉功名。然而興奮之情未久，就連續遇上了藩鎮勢大、愛妾離逝的現實悲慟，這使得韋莊早期的少年意氣不能不有所消退。「大盜不將爐冶去，有心重築太平基」〔註67〕的心願已經隱沒，剩下的是對自身坎坷命運的自傷自憐、對逝去愛情的緬懷傷痛、還有去蜀之後對於長安故鄉的懷念傷感，余陛雲《唐五代兩宋詞選釋》中評韋莊詞曰：「端己相蜀後，愛妾生離，故鄉難返，所作詞本此兩意爲多」，就是指這種情況。〔註68〕韋莊晚年的詩風，實際上是與他《浣花詞》的風格是十分一致的。

　　然而，韋莊晚年詩風雖然逐漸隱去了早年的詩史諷刺精神，但這並不代表他已經徹底背棄了自己最崇拜的杜甫詩風，韋莊晚年的詩作，除了對愛情的追戀外，他緬懷過去的閒適詩風，其實亦繼承了杜甫晚年居住四川草堂的風格，這點將在下文繼續道出。

第五節　韋莊晚年學杜的閒適表現

　　仕與隱，在中國歷代以來，一直是許多懷才不遇、仕途坎坷的文人，所必須面對的無奈選擇，那怕是強調治世的儒家，亦有「達則兼濟天下，窮則獨善其身」的雙重道路。尤其是當這些文人，出生在遭

〔註66〕夏承燾：《韋端己年譜》，頁 24。
〔註67〕韋莊〈長年〉，見唐・韋莊著、聶安福注：《韋莊集箋注》，卷二，頁 80～81。
〔註68〕余陛雲《唐五代兩宋詞選釋》（上海：上海古籍出版社，2011 年 4 月），頁 53。

遇國家大難、世衰道微的時代，這種仕與隱的選擇會變得更加煎熬。即使是始終堅持儒家理念、被譽爲「詩聖」的杜甫，在他的詩中也有著不少對閒適生活的嚮往，對儒家信仰的短暫動搖與迷惘。

當乾元二年（759）年末，杜甫在好友嚴武的幫助下，抵達了成都。而隔年上元元年（760）年初，杜甫在成都郊外建立草堂，結束了長時間因安史之亂的奔波流離，開始了一段杜甫生涯中十分難得的閒適歲月。

在不必憂懼戰火波及、又有好友嚴武資助救濟、衣食無缺的情況下，杜甫從安史之亂中苦悶憂愁的緊繃心態給解放出來。從上元元年（760）定居草堂，到永泰元年（765）嚴武逝去而離開草堂的這五年歲月，根據浦起龍《讀杜心解》分類，這段在杜甫一生不到十分之一的時間中，杜甫就留有了約二百四十多首的詩歌在世。〔註69〕比起安史之亂爆發時的三吏三別、〈春望〉、〈哀江頭〉……等記載人民苦痛的詩史之作，杜甫在草堂時期的詩風有著明顯的轉變，充滿著他早年所未見到的田園風韻，如〈江畔獨步尋花七絕句〉〔註70〕描寫杜甫在錦江賞花散步的悠閒心境。〈江村〉「老妻畫紙爲棋局，稚子敲針作釣鉤」〔註71〕描寫妻兒在生活中的休閒之樂。比起杜甫在未安居成都，因安史之亂而不斷流離，充滿對家國苦痛關懷的詩史作品，杜甫這五年的作品，在題材方面更加地擴充，爲他詩中沉重的民生主題外，添增了一份閒適的田園樂趣。草堂時期的詩風，作爲杜甫「集大成」的風格之一，亦被後世詩人所繼承追隨，極爲崇拜杜甫的韋莊即是其中之一。

59 歲入仕後的韋莊，在憂讒畏譏的心境，以及對朝廷時勢的完全失望，他從黃巢之亂頻頻出現、以杜甫詩史精神爲指標的愛國詩歌，到此已經幾乎完全的匿跡失蹤。然而，這並不表示韋莊已經與杜

〔註69〕清‧浦起龍《讀杜心解》，目譜，頁30～43。
〔註70〕清‧浦起龍《讀杜心解》，卷六之下，頁838。
〔註71〕清‧浦起龍《讀杜心解》，卷四之一，頁616。

甫的詩歌風格背道而馳，他只是轉而走向杜詩的另一面貌，以隱逸和田園爲主旨的草堂詩風。

　　當然，這種轉變並非是一蹴即就，如韋莊早年的七律〈關河道中〉，就有著「平生志業匡堯舜，又擬滄浪學釣翁」這樣複雜矛盾的結論。深受儒家思想薰陶的韋莊，自然有著輔佐君王的治世思想，然而在黃巢之亂未爆發前，韋莊亦早已看出唐末國勢的頹廢以及自身懷才不遇的感嘆，「但見時光流似箭，豈知天道曲如弓」，這樣複雜的情感下，使得韋莊在儒家的治世和道家的隱逸之間搖擺不定。

　　即使在黃巢之亂爆發後，韋莊隱逸傾向的詩作也時有所見，如作於中和二年年尾，剛從長安逃至陝西雲陽縣的〈贈雲陽縣裴明府〉，就是這樣的作品：

　　　　南北三年一解攜，海爲深谷岸爲蹊。已聞陳勝心降漢，
　　誰爲田橫國號齊。

　　　　暴客至今猶戰鶴，故人何處尚驅雞。歸來能作煙波伴，
　　我有魚舟在五溪。（卷二，頁71）

頷聯分別用典故道出了王仙芝欲降唐、黃巢稱帝的歷史，在面對這樣混亂的時代，韋莊詩中贈友所透露的情緒，是充滿倦怠的隱逸思想。韋莊黃巢之亂時期的詩作，在沉痛悲鬱的史詩之作外，也不時有著「不如歸去」的隱逸詩作。大致來說，爲國家奉獻心力、悲痛國家苦難的風格，仍是此時較爲鮮明的特色。

　　但是到了韋莊59歲應舉、66歲入蜀後，韋莊詩歌在仕與隱之間的抉擇與比重，產生了大量的傾斜。儘管這個時候韋莊在仕途上可說是較爲順遂，然而唐末最後十餘年的腐朽國勢、憂讒畏譏的恐懼、摯愛之人的離去，種種心境上的折磨與打擊，卻讓韋莊反而比起布衣時期，更加地嚮往了田園山水的閒適。

　　作於韋莊入蜀前一年的唐詩選集《又玄集》，其所蒐集的杜甫七首詩作，實際上就表示出韋莊此時對於杜甫詩風模仿的轉變，而當韋莊入蜀後，重建杜甫草堂並定居於此，與杜甫草堂時期十分相似的閒

適寫意的田園詩風，實是我們所不能不去注意的地方。本章節就此兩點分別論敘之。

一、《又玄集》選杜的風格傾向

在談論唐人對於杜甫的評價時，就不能不談到韋莊的《又玄集》，這是目前我們現存唯一一本有選錄杜詩、由唐人所編纂的唐詩選本，韋莊在所選錄的一百四十二位詩人中，選詩最多的，就是他極爲仰慕的杜甫，共有七首。並且把杜甫擺在卷上第一，這都表現出了韋莊的崇杜傾向。

根據韋莊的《又玄集序》來看其選詩標準，是「但掇其清詞麗句，錄在西齋」，以「清詞麗句」爲準則。而「清詞麗句」，其原典出處，就是來自於杜甫定居於成都草堂時期所寫的論詩七絕〈戲爲六絕句〉「不薄今人愛古人，清詞麗句必爲鄰」。〔註72〕

再對照著韋莊把杜詩列爲卷上第一、選詩又是最多的情況，《又玄集》選詩的「清詞麗句」標準，實際上是與杜甫有著十分密切的關係。絕非如學者所言、單純逃避現實的「清麗說」〔註73〕，韋莊一方面突出了他崇杜的原則，一方面顯現出他以杜甫詩歌爲自身心靈寄託以及詩歌風格的看法。

根據韋莊《又玄集》的編纂，他選杜詩的排列，依照次序分別是〈西郊〉、〈春望〉、〈禹廟〉、〈山寺〉、〈遣興〉、〈送韓十四東歸覲省〉及〈南鄰〉。〔註74〕這很明顯是未照杜詩的創作次序來排。假如我們從韋莊把杜甫排在《又玄集》的第一位詩人，而非是其他在杜甫年代

〔註72〕清‧浦起龍：《讀杜心解》，卷六之下，頁841。

〔註73〕「……以『韻高』、『詞麗』爲去取標準，以『閑窗展卷，月榭行吟』爲編輯目的。這是由於一方面社會日趨亂離，一方面他們得苟安於城市，既沒有拯救社會的力量，也沒有聞問社會的興趣，由是或逃於色，或逃於藝，前者就反映爲香豔說，後者就反映爲清麗說。」見羅根澤：《晚唐五代文學批評史》（台北：台灣商務印書館，1996年4月二版），頁24。

〔註74〕唐‧韋莊：《又玄集》，收錄於傅璇琮：《唐人選唐詩新編》，頁583～584。

之前的初盛唐詩人話，韋莊的排列次序，很可能是依自身的喜好來排
序，所以被他排在第一的〈西郊〉，分外值得我們注意：

> 時出碧雞坊，西郊向草堂。市橋官柳細，江路野梅香。
>
> 傍架齊書帙，看題減藥囊。無人覺來往，疎嬾意何長。
>
> （卷三之二，頁 410）

杜甫的〈西郊〉並非是杜甫詩中較爲人所注意的名作，歷代詩評家談
論杜詩也十分少見此首。然而韋莊把它列爲《又玄集》杜詩第一，就
證明了他對此首詩的偏好。〈西郊〉作於杜甫定居草堂的第一年（760）
冬天，從「市橋官柳細，江路野梅香」等詩句來看，很明顯地符合韋
莊「清詞麗句」的要求，而「無人覺來往，疎嬾意何長」所展現的意
境，正好與韋莊在入仕以來，越來越恬適淡然的心境相近。如韋莊寫
於入蜀定居在杜甫草堂的〈中酒〉，實際上就與《又玄集》中所選的
杜甫〈西郊〉、〈南鄰〉詩在意境上十分一致：

> 南鄰酒熟愛相招，蘸甲傾來綠滿瓢。一醉不知三日事，
>
> 任他童穉作漁樵。（補遺卷，頁 389）

詩中首句的「南鄰」，實際上就是按用了杜甫草堂時期詩中常出現的
「南鄰」之意，南鄰指的是同樣定居於成都草堂附近的隱逸居民，如
杜甫〈南鄰〉[註75] 中所說的「錦里先生烏角巾，園收芋粟不全貧」，
這樣閒適淡薄的隱士形象。我們不妨拿韋莊〈中酒〉這首詩末聯「一
醉不知三日事，任他童穉作漁樵」的閒適心態，對照看杜甫〈西郊〉
末聯「無人覺來往，疎嬾意何長」、〈南鄰〉末聯「白沙翠竹江村暮，
相對柴門月色新」的畫面，就會發現杜、韋兩人在意境上的相似了，
這自然是韋莊有意學杜的關係。

　　而除了〈西郊〉外，只有〈春望〉[註76] 是寫於杜甫入蜀之前，
其餘的五首皆是寫於杜甫入蜀之後，其中以〈禹廟〉[註77] 的創作時
間最晚，爲杜甫永泰元年（765）離蜀時經過四川忠州的禹廟所寫。

[註75] 清・浦起龍：《讀杜心解》，卷四之一，頁 618。
[註76] 清・浦起龍：《讀杜心解》，卷三之一，頁 363。
[註77] 清・浦起龍：《讀杜心解》，卷三之四，頁 488。

另外的四首皆是杜甫定居草堂時期之作。

　　若從《又玄集》所收錄的這七首杜詩來看，我們其實可以看出與韋莊詩歌風格的一致性，〈春望〉、〈送韓十四東歸覲省〉〔註78〕、〈遣興〉〔註79〕三首，與韋莊早期的詩風較爲接近，都是詩人抒發流離戰亂、親友失散的苦痛。我們對照韋莊親弟韋藹所寫的《浣花集序》所言的韋莊風格「爾後流離漂泛，寓目緣情，子期懷舊之辭，王粲傷時之製，或離羣軫慮，或反袂興悲，四愁九愁之文，一詠一觴之作」，再看〈春望〉「感時花濺淚，恨別鳥驚心」、〈送韓十四東歸覲省〉「兵戈不見老萊衣，嘆息人間萬事非」、〈遣興〉「干戈猶未定，弟妹各何之」之語，就知道韋莊所選的杜詩，不僅是「清詞麗句」，更重要的是與韋莊的戰亂生涯中所產生的共鳴感。由於韋藹的《浣花集序》，是作於天復三年（903）之時，當時韋莊仍然在世，韋藹未言道韋莊晚年入蜀大成的閒適詩風，實不足爲怪。

　　而必須指出的是，韋藹的《浣花集序》所言的韋莊詩歌風格，毫無一言說出韋莊中早期以〈秦婦吟〉爲巔峰，痛斥國家腐敗的針砭褒貶特色，而韋莊《又玄集》所選的七首杜詩，亦無一首是有關杜甫對於時政的批評，這或許是跟韋莊晚年諱而不談〈秦婦吟〉、志希免禍的原因一致。

　　而以〈西郊〉爲首，〈禹廟〉、〈南鄰〉、〈山寺〉〔註80〕這四首，不僅是作於杜甫入蜀時期，其中閒適淡雅的風格，與韋莊晚年定居於杜甫草堂的詩風十分一致。我們看計有功《唐詩紀事》對於韋莊臨終前的記載，就可知道韋莊晚年入蜀後對於杜甫草堂詩風的偏愛：

　　　　（韋莊）後誦子美詩：「白沙翠竹江村暮，相送柴門月色新。」吟諷不輟。是歲卒於花林坊，葬於白沙。〔註81〕

〔註78〕清·浦起龍：《讀杜心解》，卷四之一，頁622。
〔註79〕清·浦起龍：《讀杜心解》，卷三之二，頁406。
〔註80〕清·浦起龍：《讀杜心解》，卷三之二，頁394。
〔註81〕宋·計有功：《唐詩紀事》（上海：上海古籍出版社，1987年7月），卷六十八，頁1020。

「白沙翠竹江村暮，相送柴門月色新」這兩句詩即是出自於韋莊《又玄集》中所選的杜詩〈南鄰〉。從這兩句詩句中所展現的意象，我們可以看出一幅自然的江村暮景，詩人在柴門前送客，而月亮正在慢慢地升起，給予人一種灑脫不拘的悠閒意態，對照韋莊〈中酒〉的「一醉不知三日事，任他童稚作漁樵」來看，韋莊晚年的詩風，實際上仍然受到杜甫的極大影響。

二、韋莊晚年學杜的「草堂詩風」

　　韋莊晚年的詩作，從目前可見的資料，可以斷定為他入仕時期以後的詩作，在韋莊現存的三百二十餘首中，大略只佔了十多首，還不到現存的十分之一。這其中的原因，有韋莊現存詩作多由其弟韋藹在韋莊 68 歲所編輯的《浣花集》所保存，多蒐集的是韋莊早年的詩作外，還有一些現存的詩作無法斷定年代，以及韋莊晚年投注心力於詞的創作上有關。如聶安福在《韋莊集箋注》中就直言，「與詩大多作於入蜀之前不同，韋莊詞則大多作於晚年仕蜀期間。」

　　這些可以斷定是韋莊入仕、甚至是入蜀的詩作，其風格都十分的明顯。韋莊少年的意氣不平以及儒家的治世理念，至此已被時代的悲劇給消磨殆盡。韋莊此時的詩作，透露出了對於無憂無慮的田園生活嚮往。這對於在入蜀後仕途越來越平步青雲、甚至在王建稱帝後位極人臣的韋莊來說，實可說是一種諷刺的轉變。要了解韋莊在此時的心態，實有必要從韋莊在這時期大量創作的詞來入手，我們看被許多詞評家認定有弦外之音的〈菩薩蠻〉：

> 人人盡說江南好，遊人只合江南老。春水碧於天，畫
> 船聽雨眠。壚邊人似月，皓腕凝霜雪。未老莫還鄉，還鄉
> 須斷腸。（浣花詞卷，頁 410）

韋莊的詞多是創作於韋莊入蜀之後，可想而知，韋莊〈菩薩蠻〉的寫作地點必然是在西川成都地區，這裡卻說「人人盡說江南好，遊人只合江南老」，實際上就包含著不得不如此的苦衷，陳廷焯就評價韋莊

〈菩薩蠻〉此闋曰:「諱蜀為江南,是其良心不歿處。端己人品未為高,然其情亦可哀矣。」

韋莊在天復元年(901)入蜀擔任王建掌書記時,唐朝距離滅亡只剩七年,就在韋莊入蜀的那年,唐昭宗再一次因為藩鎮與宦官的角力鬥爭,被宦官韓全誨挾持從長安逃往鳳翔,直到兩年後才再度回京。當時的韋莊力勸王建暗助朝廷,使朱溫聞之大怒,在這樣的局面下,韋莊自然是無法回到關中的故鄉去。

而在之後的歲月中,朱溫在天祐四年(907)三月廢唐自立,國號大梁,而同年九月,王建在四川依韋莊之意,率領官民為廢去的昭宗大哭三日後,也旋即稱帝,國號為蜀。〔註82〕在此之後,直至韋莊逝世,他始終沒有機會再返回長安的故鄉。

當我們了解這樣的背景後,自然就能體會韋莊的「未老莫還鄉,還鄉須斷腸」之意,不僅家國面目全非,更重要的是還鄉的永無希望,自然會使韋莊感到肝腸欲斷。

當我們理解韋莊對於唐朝帝國消逝的哀痛、對於故鄉杜陵的永訣與懷念,在對照前面所言的遭遇與心境的變化轉折,韋莊晚年位極人臣後,從早期詩史精神轉變的閒適詩風,實際上是現實所造成的時代悲劇。

韋莊入仕時期、還未入蜀的閒適詩風,以前文所提到作於乾寧四年(897)的〈鄠杜舊居〉二首最為顯著:

> 卻到山陽事事非,谷雲谿鳥尚相依。阮咸貧去田園盡,向秀歸來父老稀。

> 秋雨幾家紅稻熟,野塘何處錦鱗肥?年年為獻東堂策,長是蘆花別釣磯。

〔註82〕此引《資治通鑑》記載:「九月……蜀王會將佐議稱帝,皆曰『大王雖忠於唐,唐已亡矣,此所謂天與不取者也!』馮涓獨獻議請以蜀王稱制,曰:『朝興則未爽稱臣,賊在則不同為惡。』王不從,涓杜門不出。王用安撫副使,掌書記韋莊之謀,帥吏民哭三日,己亥,即皇帝位。」北宋‧司馬光著、南宋‧胡三省注:《資治通鑑》,卷二百六十六,頁8685。

一徑尋村渡碧溪，稻花香澤水千畦。雲中寺遠磬難識，
竹裏巢深鳥易迷。

紫菊亂開連井合，紅榴初綻拂簷低。歸來滿把如澠酒，
何用傷時歎鳳兮。（卷八，頁286～288）

對於藩鎮勢大的壓迫、對於君臣昏庸的無奈、對於憂讒畏譏的恐懼，迫使著韋莊儒家經世思想的點滴消磨，就連金榜題名的興奮，也無法給韋莊帶來長時間的快樂，這時期的韋莊，避禍隱退的思想已經成為詩歌的主旋律，那怕是仕途的逐漸順遂，也無法阻止韋莊此時的消極心態。因此四年之後的韋莊入蜀，實際上已經成為了必然的局面。

當韋莊入蜀後，除了前面所說的〈中酒〉外，可以確定的詩作還有〈南鄰公子〉〔註83〕、〈寄禪月大師〉〔註84〕、〈奉和左司郎中春物暗度感而成章〉〔註85〕、〈奉和觀察郎中春暮憶花言懷見寄四韻之什〉〔註86〕、〈漢州〉〔註87〕（補遺卷，頁373）、〈傷灼灼〉〔註88〕……等詩作。這些詩作中，除了悼念佳人灼灼的〈傷灼灼〉外，其他的詩作或多或少的都有著閒適的風格，如〈南鄰公子〉：

南鄰公子夜歸聲，數炬銀燈隔竹明。醉憑馬鬃扶不起，
更邀紅袖出門迎。（補遺卷，頁394）

「南鄰」是杜甫詩中常用的意象，前面已經提到，自不待言。這首詩中描述著韋莊記錄著自己鄰居的悠閒生活，一名公子晚上喝醉酒騎著馬，在隔著無數竹影的燈火照明下，呼喚著屋內的妻妾出門來攙扶他。表現出了當時成都地區的偏安景象。而剛到蜀川入王建幕僚，途中經過漢州城停留十日所寫下的〈漢州〉，亦有著閒適的風格：

比儂初到漢州城，郭邑樓臺觸目驚。松桂影中旌旆色，
芰荷風裡管弦聲。

〔註83〕唐・韋莊著、聶安福注：《韋莊集箋注》，補遺卷，頁394。
〔註84〕唐・韋莊著、聶安福注：《韋莊集箋注》，補遺卷，頁397。
〔註85〕唐・韋莊著、聶安福注：《韋莊集箋注》，補遺卷，頁370。
〔註86〕唐・韋莊著、聶安福注：《韋莊集箋注》，補遺卷，頁371。
〔註87〕唐・韋莊著、聶安福注：《韋莊集箋注》，補遺卷，頁373。
〔註88〕唐・韋莊著、聶安福注：《韋莊集箋注》，補遺卷，頁372。

人心不似經離亂，時運還應卻太平。十日醉眠金鴈驛，
臨岐無恨臉波橫。（補遺卷，頁 373）

韋莊初到漢州城，震驚漢州與仍在兵禍中掙扎的長安城不同的景象，「松桂影中旌旆色，芰荷風裡管弦聲」，我們看他頸聯中所道出的心態，「人心不似經離亂，時運還應卻太平」，就知道韋莊當時已經產生了避禍偏安的心思，也因此他的結尾，就道出了「十日醉眠金鴈驛，臨岐無恨臉波橫」的閒適，就算是面對著旅途的再啓，也毫無憾恨可言。

再看〈奉和左司郎中春物暗度感而成章〉中的「錦江風散霏霏雨，花市香飄漠漠塵」、〈奉和觀察郎中春暮憶花言懷見寄四韻之什〉中的「天畔峨嵋簇簇青，楚雲何處隔重扃」，都透露出韋莊在歷經戰火兵禍後的倦勤閒適心態。

而目前考據中爲韋莊現存年代最晚、作於韋莊去世前兩年的〈寄禪月大師〉，或許可以代表韋莊晚年的最後心境：

新春新霽好晴和，間闊吾師鄙吝多。不是爲窮常見隔，
只應嫌醉不相過。

雲離谷口俱無著，日到天心各幾何。萬事不如棋一局，
雨堂閑夜許來麼。（補遺卷，頁 397）

不論是「只應嫌醉不相過」、「日到天心各幾何」、抑或是「萬事不如棋一局」的灑脫敘述，都呈現出韋莊晚年對於自身以至於家國苦難遭遇的坦然放下。早年的「有心重築太平基」、「平生志業匡堯舜」的雄心壯志，在韋莊生涯的末期時，已經被佛道的無爲禪意給取代，看韋莊最後「萬事不如棋一局，雨堂閑夜許來麼」的心跡自敘，認爲紛亂的世事還不如悠閒寫意的棋局，是何等悠閒適意。

我們不妨對照著韋莊作於黃巢之亂時期的〈長年〉來看：

長年方悟少年非，人道新詩勝舊詩。十畝野塘留客釣，
一軒春雨對僧棋。

花間醉任黃鶯語，亭上吟從白鷺窺。大盜不將爐冶去，
有心重築太平基。（卷二，頁 80～81）

這首韋莊早年的詩歌所表達的事項與〈寄禪月大師〉相似，同樣是春天，同樣是「醉」，同樣是「春雨」，同樣是「對僧棋」，然而韋莊所得出的結論卻完全相異，是「大盜不將爐冶去，有心重築太平基」的壯志，比起他幾十年後同樣情景寫的「萬事不如棋一局，雨堂閑夜許來麼」來說，韋莊心境的恬淡無爭是十分突出的。這與韋莊臨終前吟詠不絕的杜甫詩句「白沙翠竹江村暮，相送柴門月色新」，在意象與心境上實是頗爲類似。

第六節　小結

　　韋莊不論是生平經歷、甚至是他最具有傳奇色彩的史詩〈秦婦吟〉，都與杜甫的詩歌風格有著很大的相似。近代學者多關注於韋莊《浣花詞》的研究，實是頗爲可惜之處。

　　從這章節的論述中我們可以知道，韋莊毫無疑問爲唐末最崇拜杜甫的詩人，不僅他的《又玄集》選錄了杜詩七首，是現存的唐人選唐詩選集中的唯一選錄杜詩者，他在成都修復浣花溪杜甫草堂並定居於此，自己的詩集也因此命名爲《浣花集》，死前更是吟唱杜甫〈南鄰〉「白沙翠竹江村暮，相送柴門月色新」詩句不絕，都是他對於杜甫詩歌推崇備至與終身相隨的証明。

　　綜觀韋莊生平與詩歌風格，是呈現著極爲複雜的樣貌，他早年的詩歌慷慨激昂，充滿著救世的熱忱，甚至被學者評論爲「盲目樂觀」〔註89〕。然而我們審視韋莊中年時期從〈秦婦吟〉到〈和鄭拾遺秋日感事一百韻〉的詩史之作，儘管對於現實社會仍有所褒貶，卻越發地晦澀難懂，而在他五十九歲金榜題名後，我們再也找不到此時《浣花集》中關於社會民生的描寫。這與韋莊本人的柔弱懼禍性格或許不無

〔註89〕「韋莊的樂觀氣質在唐末詩人中非常罕見，他也因此能模仿杜甫詩中氣象雄渾的詩句，但在唐末極端黑暗的現實中顯然會使抒情流於虛浮、甚至虛假」見劉寧：《唐宋之際的詩歌演變研究》（北京：北京師範大學出版社，2002 年 9 月），頁 181。

關係。我們看韋莊用這麼多詩歌篇幅來描寫一名女子，他的情感是細膩感性的，所以在目睹黃巢破城的慘狀時，能寫出〈秦婦吟〉這樣動人的長篇史詩。

亦因爲他感性的性格，讓他晚年在唐末極端的政治現實下，選擇了閉口不言，甚至避禍入蜀，而他的詩風，也從此變成了華艷濃麗的花間風格以及與杜甫入蜀時期相似的草堂詩風，這不得不說是時勢使然。

胡可先在《唐代重大歷史事件與文學研究》中評價韋莊的晚年詩歌云：

> 韋莊入蜀後，官至宰相，而文學創作，則由感慨深沉一變爲淺斟低唱。他的詩歌的寫實精神比黃巢起義前後的詩作遜色得多，也就沒有什麼可論的了。〔註90〕

說他風格從「感慨深沉」變爲「淺斟低唱」固然無錯，但認爲「沒有什麼可論」就有失公允。韋莊的風格轉變，實是蘊含著整個唐末帝國的悲劇，他寫實詩風確實至此蕩然無存，但是其所謂的「淺斟低唱」，仍是從另一層面繼承他最爲喜愛的杜甫詩風。

韋莊一生中的顛沛流離、家國苦難，盡在四川成都閒淡平和的寫意詩風景色中，得到了最終的撫慰與宣洩。這是韋莊比杜甫幸運的地方，也是韋莊所不如杜甫的短處，杜甫在經過成都草堂時期的詩風洗鍊，在他晚年西南漂泊的日子，融合了他不同時期的詩風特色，才眞正地成爲後世人們所稱頌的「集大成」。但韋莊儘管比杜甫活得更久，但其多愁善感的性格，讓韋莊在經歷了黃巢之亂以來的連綿戰禍後，最終選擇了佛道的放下，他學習到了杜甫的詩史精神以及田園寫意這兩方面的風格，卻無法將之融會貫通，達到杜甫「集大成」的層次。實有其在性格和晚年遭遇與杜甫不同的侷限性在。這是我們必須去體認的。

〔註90〕胡可先：《唐代重大歷史事件與文學研究》，頁620。

第五章 「唐末完人」——論韓偓的似杜傾向與儒臣立場

第一節 韓偓學杜概論

一、韓偓其人 [註1]

　　韓偓（842～923），京兆萬年人，字致堯，自號玉山樵人。詩人李商隱（813～858）是他的姨夫，他早年與其父韓瞻（？～？）定居於長安，十歲才因韓瞻任魯州刺史而出京。而根據其《香奩集》自序，大約在咸通元年（860）十九歲的時候開始寫作香奩體，並於懿宗咸通七年（866）二十五歲時首赴科舉，從此蹉跎考場達二十四年之久。昭宗龍紀元年（889）四十八歲始及第，開始了仕途之路。光化三年（900）時劉季述等人聯合禁軍以「廢昏立明」為口號，囚禁昭宗，欲立太子李裕繼位。天復元年（901），崔胤聯合左神策指揮使孫德昭反正，擒獲杖殺劉季述、王彥範等人，昭宗復辟，改年號為天復。由於韓偓也參與崔胤謀劃，至此漸受昭宗信賴。而後因為崔胤與朱溫關係密切，韓偓遂成為昭宗最為信任重用之人，官至兵部侍郎，甚至欲

<hr>

〔註1〕本文所寫的韓偓生平，以鄧小軍：《詩史釋證》（北京：中華書局，2004年7月）頁194～332所蒐集和推論的《韓偓年譜》為主。

委託宰相之位，但被韓偓婉拒。天復三年（903），韓偓因推薦王贊、趙崇爲相觸怒朱溫，在朱溫壓力下，昭宗貶韓偓爲濮州司馬，貶謫前執韓偓手流淚云：「我左右無人矣。」天祐二年（905）於流放途中聞朱溫弒昭宗之事，棄官而歸。天祐三年（906）後攜家定居於閩地南安終老，天祐四年（907）朱溫滅唐，立國號爲梁，韓偓有〈感事三十四韻〉〔註2〕等記載此事。於後梁龍德三年（923）逝世，享壽八十二歲。閩王王審知依唐制葬韓偓於南安縣北葵山。

二、與杜甫詩歌的傳承概論

　　唐末傑出詩人韓偓，許多文人對他的印象多半是來自於其香豔濃麗、纏綿淫靡的「香奩體」。這在給他得來許多文人的注目時，亦同時遭來許多毀譽。然而在另一方面，韓偓在唐末的高風亮節，對於李茂貞、朱溫等藩鎮不假辭色的忠臣形象，又無疑讓傳統道德取向的學者感到欽佩，宋人劉克莊（1187～1269）將之比擬淵明〔註3〕，《四庫全書總目》稱他「唐末完人」〔註4〕，《續唐書》言「陶潛之流亞」〔註5〕，即使是對唐末五代士人氣節頗有微詞的歐陽脩，在《新唐書》也感嘆說到「一韓偓不能容，況賢者乎」〔註6〕，這都

〔註 2〕陳繼龍：〈韓偓詩註〉（上海：學林出版社，2001 年 4 月），卷二，頁 99。
〔註 3〕「詩文祗稱唐朝官職，與淵明稱晉甲子異世同符。」見宋・劉克莊、王秀梅校：《後村詩話》（北京：中華書局，1983 年 12 月），新集卷四，頁 213。
〔註 4〕「偓爲學士時，內預秘謀，外爭國是，屢觸逆臣之鋒。死生患難，百折不渝。晚節亦管寧之流亞，實爲唐末完人。其詩雖局於風氣，渾厚不及前人；而忠憤之氣，時時溢於語外。性情既摯，風骨自遒。慷慨激昂，迴異當時靡靡之響。其在晚唐，亦可謂文筆之鳴鳳矣。變風變雅，聖人不廢，又何必定以一格繩之乎？」見清・紀昀等編：《四庫全書總目・集部》（北京：中華書局，1965 年 6 月），卷一百五十一，頁 1302。
〔註 5〕「閩中建國，賢士多歸，偓以唐之文學侍從，爲逆臣娼疾，舉族南依，而恬退自高，不染濁穢，垂死猶不忘舊君，蓋陶潛之流亞也。」清・陳鱣：《續唐書》（北京：中華書局，1985 年），卷六十五，頁 564。
〔註 6〕宋・歐陽脩、宋祁等著：《新唐書》（北京：中華書局，1975 年 2 月），卷一百八十三，頁 5390。

可以作爲韓偓在道德上爲後人景仰的證明。

在當時的唐末，經歷了甘露之變、牛李黨爭、黃巢之亂的數次重創後，唐朝的國力已經走向了徹底衰亡的階段，《新唐書》對於這時期的唐朝有著沉痛深刻的描述：

> 唐自穆宗以來八世，而爲宦官所立者七君。然則唐之衰亡，豈止方鎮之患？蓋朝廷天下之本也，人君者朝廷之本也，始即位者人君之本也。其本始不正，欲以正天下，其可得乎？懿、僖當唐政之始衰，而以昏庸相繼；乾符之際，歲大旱蝗，民悉盜起，其亂遂不可複支，蓋亦天人之會歟！〔註7〕

從唐穆宗以下的八任君王，竟然就有七位是被宦官扶持上位。懿、僖等唐皇昏庸，更是導致朝政糜爛的難以制止。此時民間又因旱災蝗害而飢荒不斷，黃巢之亂的發生，實是在朝廷與民間的多重弊端下所產生的。

原本應爲朝廷中流砥柱的文武百官，在牛李黨爭、甘露之變的接連消耗下，早已無法左右朝庭情勢，在朝廷之外、有良心與見識的知識分子，又受制於進士考試的難如登天與竭心耗力，無法成爲支持唐朝國運的中堅力量。《新唐書》對於當時文人的處境有一番詳細分析：

> 懿、僖以來，王道日失厥序，腐尹塞朝，賢人遁逃，四方豪英，各附所合而奮。天子塊然，所與者，惟佞愎庸奴，乃欲郭橫流、支已顛，寧不殆哉！觀繁、朴輩不次而用，捽豚臑，拒貙牙，趣亡而已。一韓偓不能容，況賢者乎？〔註8〕

唐末的著名文人，由於進士制度的腐敗，以及對國家命運的絕望，不是如陸龜蒙（836？～881）、司空圖（837～908）隱居不仕，就是像韋莊（836？～910）、羅隱（833～910）、杜荀鶴（846～904）選擇了依附地方藩鎮以苟全性命、甚或追求榮華富貴。這是士人兩難的痛苦

〔註7〕 宋・歐陽脩、宋祁等著：《新唐書》，卷九，頁281。
〔註8〕 宋・歐陽脩、宋祁等著：《新唐書》，卷一百八十三，頁5390。

選擇。也因此，韓偓的氣節表現才會如此突出在唐末時期。

　　韓偓，字致堯，自號玉山樵人，為唐末五代的重要詩人，晚唐詩人李商隱是他的姨夫，並且很可能指導過韓偓童時詩藝。韓偓比起同時代的眾多詩人來說，可說是最接近「儒者」理想人格的詩人。早年頗有儒者理念的羅隱、韋莊在晚年都選擇投靠藩鎮，消極處世。詩中多寫民間疾苦的杜荀鶴晚年投靠朱溫後，其所作所為在史書上頗多譏評。以〈貧女〉一詩聞名的秦韜玉（？～？），依附宦官田令孜，被時人譏為「巧宦」。而唐末同樣以氣節忠名流傳後世的司空圖，選擇不問世事的隱居山林，比起不畏強權、屢屢與藩鎮官宦怒目相視的韓偓，司空圖的做法更接近於獨善其身。《四庫全書總目》說：

> 偓為學士時，內預秘謀，外爭國是，屢觸逆臣之鋒。死生患難，百折不渝。晚節亦管寧之流亞，實為唐末完人。〔註9〕

《四庫全書總目》對韓偓「唐末完人」的評價，表示著他已經接近於儒家所說的「聖人」境界。

　　韓偓具有如此崇高的道德評價，卻創出了香豔淫靡的「香奩體」，歷代在詩評家中引發不少爭論，甚至有《香奩集》是否偽作之考，然而這問題前人探討文獻不少，本文想針對另外一個問題來抒發，既然韓偓的道德表率足以稱作「唐末完人」，本身又是一名詩人。那麼韓偓與盛唐時期，同樣以道德和詩藝聞名於後世的「詩聖」杜甫，是否在詩歌中存在著相似或繼承之處呢？這是本文想要探討的地方。

　　在近人研究之中，關於杜甫與韓偓詩歌的接受與繼承方面的期刊論文並不多，最早的應是程千帆、張宏生的〈七言律詩的政治內涵──從杜甫到李商隱、韓偓〉一文〔註10〕，認為韓偓的七律能夠反映唐末的政治事實，是杜甫在唐末最好的繼承者，可惜篇幅未多，

〔註9〕清‧紀昀等編：《四庫全書總目‧集部》，卷一百五十一，頁1302。

〔註10〕程千帆：張宏生：〈七言律詩中的政治內涵──從杜甫到李商隱、韓偓〉，《文藝理論研究》，1988年第2期，頁81～90。

對於韓偓的重視仍尚嫌不足。

　　真正開始正視杜、韓兩人詩歌傳承關係，多是這十年來的研究成果，集中於韓偓詩歌的「詩史」方面。如 2006 年大陸周秀娟的碩士論文《唐末之詩史，晚唐之正音——韓偓「詩史」詩歌研究》，不僅詳細述說韓偓的詩史風格，並且在第四章中，將他與杜甫、李商隱的詩史作品做比較，指出了韓偓與杜甫的傳承關係。〔註 11〕2011 年范爛的碩士論文《韓偓詩歌研究》繼承了周秀娟的觀點，談及杜甫、韓偓在「詩史」上的類似之處。〔註 12〕而同樣發表在 2011年的杜廣學碩士論文《兩位「詩史」——杜甫韓偓比較研究》，則是第一本著重於杜甫、韓偓兩人詩歌比較的大型論文，杜廣學從時代、經歷、詩史內容、詩史藝術四種角度來剖析杜、韓兩人的詩史詩歌上的異同。〔註 13〕

　　觀周秀娟、范爛、杜廣學三人論文內容，都只從杜甫、韓偓「詩史」方面談論，並未論及其他方面。筆者認為，杜甫與韓偓的詩歌繼承，若是單從「詩史」方面來談，似乎猶有未盡之處，並且容易有混淆之處——如杜廣學的《兩位「詩史」——杜甫韓偓比較研究》中，舉出的杜、韓詩作未必都與「詩史」有關，杜廣學論文中附有〈杜甫、韓偓表現「詩史」的詩歌集錄〉表格，列出杜廣學所認為的杜、韓詩史作品。〔註 14〕筆者就其所舉之例，認為有不少詩作都存在爭議。譬如提到杜甫的詩史作品，杜廣學把〈天末憶李白〉〔註15〕、〈登高〉〔註 16〕等詩列為詩史，就頗不可解。杜廣學將〈登高〉

〔註11〕周秀娟：《唐末之詩史，晚唐之正音——韓偓「詩史」詩歌研究》(福州：福建師範大學中國古代文學碩士論文，2006 年 8 月)。

〔註12〕范爛：《韓偓詩歌研究》(成都：四川師範大學中國古代文學碩士論文，2011 年 4 月)。

〔註13〕杜廣學：《兩位「詩史」——杜甫韓偓比較研究》(哈爾濱：黑龍江大學中國古代文學碩士論文，2011 年 4 月)。

〔註14〕杜廣學：《兩位「詩史」——杜甫韓偓比較研究》，頁 50～59。

〔註15〕清・浦起龍：《讀杜心解》，卷三之一，頁 401。

〔註16〕清・浦起龍：《讀杜心解》，卷四之二，頁 671。

列爲詩史，在其附錄上註記「亂世之感」，似乎認爲老杜「風急天高」的悲涼語境，足以道出「亂世之感」的詩史精神。然而若依這種說法，只怕是杜甫很多首詩都可被稱作「詩史」。杜廣學論文第三章〈杜甫韓偓詩史內容之比較〉的第三節〈在抒發個人情感方面的異同〉，舉了杜甫〈望岳〉〔註17〕、〈月夜〉〔註18〕、〈天末憶李白〉等詩。但筆者認爲，觀其所舉的詩歌內容，將它們當作杜甫的抒情詩而非是「詩史」詩作或許較爲妥當。「詩史」作品中固然會有詩人的情感流露在，但將詩人表達感慨的抒情詩作都放置入「詩史」來論，筆者認爲是有待商榷的餘地。

若「詩史」是杜、韓兩人詩歌的共通之處，又是什麼原因導致他們兩人的相似呢？唐末羅隱、韋莊、杜荀鶴等詩人，亦寫過可稱「詩史」的作品。記敘家國苦難的時代痕跡，是亂世詩歌的常有題材，是文人面對社會亂象，筆端不能不有所觸發、宣洩。韓偓的「詩史」究竟在唐末有何獨特性，韓偓「詩史」之詩和杜甫的關聯又跟唐末其他詩人有何不同？這是前人論文還未明確說明、或曖昧其詞的。「詩史」實是唐末詩歌的普遍題材，甚至杜甫的「詩史」之稱，就是首見於唐末孟棨《本事詩》記載〔註19〕，這都可以說出「詩史」觀念在唐末的興盛。

若是無法強調韓偓的獨特性，就顯得失之空泛。如杜廣學的《兩位「詩史」——杜甫韓偓比較研究》，他講述杜甫、韓偓的比較，其實也能套用在類似的羅隱、韋莊、甚至杜荀鶴等人身上。

因此，本篇論文，筆者試圖在前人研究的「詩史」比較上，進一步地去闡釋韓偓「詩史」在唐末時代的代表性，以及他詩歌「似杜」的形成脈絡。

〔註17〕 清・浦起龍：《讀杜心解》，卷一之一，頁1。

〔註18〕 清・浦起龍：《讀杜心解》，卷三之一，頁360。

〔註19〕 「杜逢祿山之難，流離隴蜀，畢陳於詩，推見至隱，殆無遺事，故當時號稱詩史。」見唐・孟棨：《本事詩》，收錄於清・丁福保輯：《歷代詩話續編》（台北：木鐸出版社，1988年7月），高逸第三，頁15。

第二節　韓偓性格的「似杜」傾向

　　中唐時期韓愈將李白、杜甫相提並論後，至晚唐已漸成崇杜風氣。當時詩人多對杜詩表示過崇揚與學習，著名詩人李商隱被讚譽成「唐人學老杜，唯義山一人而已」〔註20〕，而與他同名的杜牧亦不吝惜對杜甫的讚賞，〈雪晴訪趙嘏街西所居三韻〉「命代風騷將，誰登李杜壇」、〈冬至日寄小姪阿宜詩〉「李杜泛浩浩，韓柳摩蒼蒼。近者四君子，與古爭強梁」，而到唐末時期，崇杜現象越發鼎盛，皮日休（838？～883？）的〈鄆州孟亭記〉中提到：

　　　　明皇世，章句之風，大得建安體。論者推李翰林、杜
　　工部為尤。〔註21〕

司空圖亦說：

　　　　國初，主上好文雅，風流特盛。沈、宋始興之後，傑
　　出於江寧，宏肆於李、杜，極矣。〔註22〕

都是對於杜甫詩歌地位的溢美之詞。而晚年入蜀的詩人韋莊亦表現出對杜詩的熱愛，在入蜀為王建書記後，不僅修整早已荒蕪的杜甫草堂，將自己的詩集因草堂附近的浣花溪，命名為《浣花集》。韋莊選輯的《又玄集》，更是現存唯一有選杜甫詩歌的唐代唐詩選集，這些證據都說明韋莊對於杜甫詩歌的愛戴。

　　儘管同時代的皮日休、陸龜蒙、羅隱、韋莊、司空圖、鄭谷（851？～911）等著名詩人都或多或少地對杜甫本人表示景仰，但韓偓卻是個例外，至少就目前文獻中來看，我們找不到任何一筆有關韓偓評論杜甫的記載，對於曾自述「詩道揣量疑可進」〔註23〕的韓偓來說，他

〔註20〕宋・蔡啓：《蔡寬夫詩話》，收錄於郭紹虞輯：《宋詩話輯佚》（北京：中華書局，1980年9月），下冊，第44則，頁399。
〔註21〕清・董誥等編：《全唐文》（北京：中華書局，1983年11月），卷七百九十七，頁8355。
〔註22〕司空圖〈與王駕評詩書〉，見清・董誥等編：《全唐文》，卷八百零七，頁8486。
〔註23〕韓偓〈春陰獨酌寄同年虞部李郎中〉，見陳繼龍：《韓偓詩註》，卷一，頁36。

生前必然有閱讀過杜甫詩集，卻沒留下隻言片語，這究竟是他本人無意、抑或是文獻遺失的關係，目前還難以判斷。

最令人玩味的是，純從個人性格來說，韓偓實是唐末時期最爲「似杜」的詩人，被後人稱作「唐末完人」的韓偓，是唐末時期少數仍堅守儒家理念的士人，除開少年豔情的香奩體，他中年以後的《韓翰林集》實可說是「有忠憤之氣，慷慨激昂，迥異當時靡靡之響」〔註24〕，清人趙衡說韓偓詩歌「上遂追及杜公軼塵」〔註25〕，就是針對韓偓的忠孝大節而言。

再加上韓偓姨夫李商隱對於他的詩歌必然有相當的影響，韓偓的《香奩集》中有〈無題〉三首〔註26〕、中年以後的《韓翰林集》中有〈北齊〉二首〔註27〕，都與李商隱詩集的詩題與內容相似，是韓偓學習李商隱詩歌的證明。而李商隱的詩歌，從宋代開始，即被不少詩人視爲唐代學杜第一人，《蔡寬夫詩話》云：

> 王荊公晚年亦喜稱義山詩，以爲唐人知學老杜而得其藩籬，唯義山一人而已。〔註28〕

假如李商隱眞爲唐代學杜詩的魁首，那詩歌與李商隱有相當淵源的韓偓，必然與杜甫有間接的承襲關係。這亦是筆者本章節所欲討論的。

筆者認爲，純就韓偓的個人遭遇與性格來看，有兩點既是他在當代的特色，亦是他與杜甫極爲相似的地方。

一、忠貞耿直的儒者風範

唐末由於國勢衰弱已久，身爲政治領袖的皇帝無力制衡，實際上掌控國家的宦官與藩鎭又多鉤心鬥角，此時的民風衰疲不堪，道德淪

〔註24〕清·紀昀等編：《四庫全書總目·集部》，卷一百五十一，頁 1302。
〔註25〕唐·韓偓著，清·吳汝綸注：《韓翰林集》（台北：台灣學生書局，1967 年 5 月），頁 1。
〔註26〕陳繼龍：〈韓偓詩註〉，卷四，頁 415。
〔註27〕陳繼龍：〈韓偓詩註〉，頁三，頁 275。
〔註28〕宋·蔡啓：《蔡寬夫詩話》，收錄於郭紹虞輯：《宋詩話輯佚》（北京：中華書局，1980 年 9 月），下冊，第 44 則，頁 399。

喪之極。而這種社會風氣反映在有志之士詩歌中的，不是逃避現實沉迷酒色的艷情之作，就是充滿激憤的諷諫之作。如唐末的羅隱，《唐才子傳》說他「詩文凡以譏刺為主，雖荒祠木偶，莫能免者」〔註29〕，這種無物不諷的社會諷刺詩風，就是對於當時唐末社會的絕望控訴，除了羅隱之外，皮日休、陸龜蒙、韋莊、杜荀鶴也寫過不少諷刺社會黑暗面的詩歌，這種詩歌風格，隱隱與盛唐杜甫的詩史精神遙相呼應，陸效東的《杜甫在唐代的接受》就提到：

> 唐末文人氣局或許狹小，藝術上難繼杜甫，然其寫實精神卻與杜甫一脈相承。面對現實他們態度更為激烈，顯出憤世嫉俗的面貌。〔註30〕

就是針對唐末時期激烈的諷刺詩風作評論。

然而，這種說法並不全面，唐末文人的心態，實際上是處於十分矛盾且焦躁的情況。唐末的政變、民變不斷，朝廷官位幾為宦官及權要把持，連皇帝也不得不忍氣吞聲，地方的藩鎮擁有獨立的財政軍權，在安史之亂後不斷坐大，朝廷亦無力管制。從黃巢之亂以來的唐室，實際上已名存實亡，真正的權力都掌握在宦官與藩鎮手裡，這是仍然忠於唐室的儒者不能不面對的現實。

也因如此，唐末文人通常都有人格上的悲劇扭曲，李定廣《唐末五代亂世文學研究》說唐末文人有亂世之悲、亡國之悲、命運之悲、人格之悲。〔註31〕而所謂的人格之悲，實際上就是因為前三者所引起。這時候的文人，在儒家情感上仍然忠於唐室，但面對冷酷的現實社會，卻不得不作出無奈的妥協，這種矛盾的痛苦，常常出現在唐末文人的詩歌與經歷上。

我們看這些詩歌中揭露社會黑暗、痛斥政治腐敗的社會詩人

〔註29〕元·辛文房著、戴揚本校注：《新譯唐才子傳》（台北：三民書局，2005年9月），頁544。

〔註30〕陸效東：《杜甫在唐代的接受》（安徽大學中國古代文學碩士論文，2005年5月），頁46。

〔註31〕李定廣：《唐末五代亂世文學研究》（北京：中國社會科學出版社，2006年7月），頁59～65。

時，會發現他們往往面對當時的強權時，時常顯得畏縮恐懼。如羅隱在後世有忠烈之名，其諷刺小品文被魯迅稱爲「一榻胡塗的泥塘裡的光彩和鋒鐯」〔註32〕，但羅隱在面對杭州刺史、後爲吳越王的錢鏐招攬，「懼而受命」，並寫下了「一個禰衡求不得，思量黃祖謾英雄」的詩句來保全其身。〔註33〕韋莊的〈秦婦吟〉中的內容不少影射當時的君王大臣甚至藩鎮的醜態，導致「爾後公卿亦多垂訝」，日後諱而不談，甚至「內不許垂〈秦婦吟〉幛子，以此止謗」。〔註34〕自言「詩旨未能忘救物」〔註35〕、以社會寫實風格著名的杜荀鶴，在面對當時權勢滔天的藩鎮朱溫，亦獻上了「若教陰朗都相似，爭表梁王造化功」〔註36〕的逢迎歌頌，這都是文人在亂世中委曲求全的悲劇心理。儘管詩中痛陳時弊，然而在殘酷現實中，他們仍然不得不爲了生存做出讓步。

但在唐末文人普遍的扭曲心態中，韓偓卻是少數的例外，他不少詩歌中與羅隱、韋莊、杜荀鶴一樣，擁有著很強烈的社會意識與愛國熱忱，但與羅、韋等人不同的是，他能夠言行合一，真正地奉行詩中所道的理想與行爲，成爲唐末時期的儒者典範，如《新唐書‧韓偓傳》言：

〔註32〕 魯迅：〈小品文的危機〉，收錄於《魯迅全集》第四冊《南腔北調集》，（北京：人民文學出版社，2005 年 11 月），頁 591。

〔註33〕 「羅隱與桐蘆章魯風齊名，錢武肅崛起，以魯風善筆札，召爲表奏孔目官。魯風不就，執之。後以羅隱爲錢塘令，懼而受命，因宴獻詩云：『一個禰衡求不得，思量黃祖謾英雄。』自是始厚之。」見宋‧阮閱、郭紹虞編：《詩話總龜》（北京：人民文學出版社，1987 年 8 月），卷三十七，頁 363。

〔註34〕 「蜀相韋莊應舉時，遇黃寇犯闕，著〈秦婦吟〉一篇，內一聯云：『內庫燒爲錦繡灰，天街踏盡公卿骨。』爾後公卿亦多垂訝。莊乃諱之，時人號『秦婦吟秀才』。他日撰家戒，內不許垂〈秦婦吟〉幛子，以此止謗，亦無及也。」，見五代‧孫光憲：《北夢瑣言》（北京：中華書局，2002 年 6 月），卷六，頁 134。

〔註35〕 杜荀鶴〈自敘〉，見清‧彭定求等編：《全唐詩》（北京：中華書局，1979 年 8 月），卷六百九十二，頁 7975。

〔註36〕 杜荀鶴〈梁王坐上賦無雲雨〉，見清‧彭定求等編：《全唐詩》，卷六百九十三，頁 7983。

> 學士使馬從皓逼偓求草，偓曰：「腕可斷，麻不可草！」
> 從皓曰：「君求死邪？」……既而帝畏茂貞，辛詔貽範還相，
> 泊代草麻。自是宦黨怒偓甚。〔註37〕

天復二年（902），當時宰相韋貽範因母喪不得不去職，由於任內受賄
甚多，許賄賂者官職又未達成，在債主的壓力下，守喪不及數月便欲
復職，身爲翰林學士的韓偓卻嚴拒起草，韋貽範後台是當時的宦官韓
全誨以及手掌重兵的鳳翔節度使李茂貞，韓偓的拒絕可說是要有相當
的勇氣和覺悟。

　　不僅如此，天復三年（903），韓偓還得罪了同樣勢大的藩鎮朱溫：

> 全忠、胤臨陛宣事，坐者皆去席，偓不動，曰：「侍
> 宴無輒立，二公將以我爲知禮。」全忠怒偓薄己，悻然
> 出。〔註38〕

席宴之中，梁王朱溫與宰相崔胤代替皇帝宣事。由於朱溫勤王有功，
加上兵強馬壯，已是長安的實質掌控者，昭宗不過是他的聽命傀儡罷
了。席宴中的臣子出於畏懼或討好心態，皆選擇離座迎旨，只有韓偓
巍然不動，甚至語帶諷刺，讓朱溫怒恨不已。我們看同時代的杜荀鶴，
當他爲了仕途，初見朱溫歸去後，「驚懼成疾，水瀉數十度，氣貌羸
絕，幾不能起」，這是一名普通人在面對主宰殺生大權上位者的自然
反應，我們不能苛責杜荀鶴過多，卻能由此看出韓偓的儒者傲骨。

　　也因此，我們讀韓偓的〈故都〉〔註39〕、〈安貧〉〔註40〕、〈感
事三十四韻〉等詩作，會發現這確實是他親身經歷的，從天復元年到
天復三年、備受昭宗信任的三年，他踏入了當時政治的核心地帶，見
證了韓全誨、李茂貞、朱溫等人接續把持朝政的凶焰滔天。儘管無力
挽回唐末的頹勢，卻對他詩歌造成深刻的影響，讓他的詩歌充滿沉鬱
悲憤之氣、報國捐軀之思。如他的〈辛酉歲冬十一月隨駕幸岐下作〉：

〔註37〕宋·歐陽脩、宋祁等著：《新唐書》，卷一百八十三，頁 5388。
〔註38〕宋·歐陽脩、宋祁等著：《新唐書》，卷一百八十三，頁 5389。
〔註39〕陳繼龍：〈韓偓詩註〉，卷一，頁 88。
〔註40〕陳繼龍：〈韓偓詩註〉，卷二，頁 167。

> 曳裾談笑殿西頭，忽聽征鐃從晃㫬。鳳蓋行時移紫氣，
> 鶯旗駐處認皇州。
>
> 曉題御服頒羣吏，夜發宮嬪詔列侯。雨露涵濡三百載，
> 不知誰擬殺身酬。（卷一，頁 24）〔註41〕

此詩作於天復元年（901），當時宰相崔胤志大才疏，竟欲引狼入室，密謀召朱溫入京剷除宦官韓全誨，不慎事敗，昭宗被韓全誨挾持入鳳翔。根據《新唐書·韓偓傳》記載昭宗被劫持出京時，「偓夜追及鄠，見帝慟哭」。〔註42〕他這首詩結句「不知誰擬殺身酬」，說自己已有了殺身酬國的準備，絕非誇誇其談，而是他的血淚之言。當時唐室局勢十分危急，不論是挾持昭宗的韓全誨、李茂貞，還是前來救駕的朱溫，其目的都只想挾天子以號諸侯，對昭宗全無尊重，許多官員文人紛紛選擇旁觀局勢。如策畫誅殺宦官的主謀宰相崔胤，在昭宗被宦官劫持入鳳翔後，「帝急召之，墨詔者四、朱箚三，皆辭疾」，對昭宗不管不顧，而當崔胤的盟友朱溫擊退李茂貞後，「（崔胤）及帝出鳳翔，幸全忠軍，乃迎謁於道，復拜平章事，進位司徒」。〔註43〕身爲國家重臣，崔胤趨炎附勢的行爲可說是令人不齒，而同一時間，許多後世有名聲的文人，如羅隱、韋莊、司空圖等，不是投入藩鎮幕僚，就是隱居不出，這都可以看出韓偓堅持理念的難得可貴。

而在杜甫身上，犯顏強諫亦是他曾經歷過的，《新唐書·杜甫傳》記：

> 至德二年，亡走鳳翔上謁，拜右拾遺。與房琯爲布衣交，琯時敗陳濤斜，又以客董廷蘭，罷宰相。甫上疏言：「罪細，不宜免大臣。」帝怒，詔三司親問。宰相張鎬曰：「甫若抵罪，絕言者路。」帝乃解。〔註44〕

〔註41〕 本章節筆者所參照的韓偓詩歌箋注本，以陳繼龍：《韓偓詩註》（上海：學林出版社，2001 年 4 月）爲主，而所參照的杜甫詩集，以清·浦起龍：《讀杜心解》（北京：中華書局，2010 年 11 月 5 刷）爲主。以下所引用的韓、杜詩歌，均簡化爲《書名》，卷數，頁碼。獨立引文時只註卷數、頁碼。

〔註42〕 宋·歐陽脩、宋祁等著：《新唐書》，卷一百八十三，頁 5388。

〔註43〕 宋·歐陽脩、宋祁等著：《新唐書》，卷二百二十三，頁 6357。

〔註44〕 宋·歐陽脩、宋祁等著：《新唐書》，卷二百零一，頁 5737。

杜甫在至德二年（757）逃出安祿山所佔據的長安，投奔於位居鳳翔的肅宗，獲得了左拾遺的官職，因爲營救房琯之事，觸怒肅宗，幾至陷入牢獄之災。根據鄧小軍的考證，當時的房琯因門客董廷蘭收賄之事，肅宗欲去其宰相職位，然而內在原因是賀蘭進明向肅宗陳訴房琯「此於聖皇似忠，於陛下非忠」，牽涉到玄宗、肅宗的權力之爭。杜甫此時向肅宗直諫房琯之事，無異是觸怒肅宗的心病。鄧小軍考據「詔三司親問」之句，推斷出當時肅宗已有殺杜甫之意，只因宰相張鎬營救，才得以倖免。〔註45〕杜甫事後所寫的〈行次昭陵〉詩：「直詞寧戮辱，賢路不崎嶇」〔註46〕，對於自己幾至於死的行爲不感後悔，確實是儒者威武不能屈的典範。

從杜甫、韓偓忠於理念、甘願拋官就戮，不畏強權的表現，實際上是完全一致的，也因此，韓偓詩歌中所透露的忠烈之氣、家國之悲，在唐末詩人中分外的鶴立雞群、動人心魄。

筆者以爲，在論述杜甫、韓偓的繼承關係時，絕不能忽略兩人「詩聖」、「完人」的道德評價，杜甫爲何在中國文學具有如此崇高的地位，最主要的原因之一，就在於他的詩歌實際上符合了儒者心中的救濟理想。蘇軾〈王定國詩集敘〉云：

> 古今詩人眾矣，而杜子美爲首，豈非以其流落饑寒，
> 終身不用，而一飯未嘗忘君也歟？〔註47〕

蘇軾在宋朝的名聲極大，他對杜甫「一飯未嘗忘君」的評價，一直深遠地影響到後世詩評家，而這種說法，實際上就是以道德評詩。而歷

〔註45〕「肅宗由於敵視玄宗的心理，而聽信濁流士大夫的讒言，進而敵視排斥清流士大夫。這一政治排斥的發端，是房琯罷相，其發展，則包括以詔付三司推問、欲加刑戮，墨制放歸待命等無理不合法手段，打擊報復正直敢言的杜甫。此即是杜甫以廷爭、棄官、不赴詔回應唐室政治無道的原因所在，亦是杜甫後半生漂泊以死的原因所在。」見鄧小軍〈杜甫疏救房琯案與墨制放歸鄜州〉一文，引自鄧小軍：《詩史釋證》，頁117～161。

〔註46〕清・浦起龍：《讀杜心解》，卷五之一，頁712。

〔註47〕宋・蘇軾、孔凡禮點校：《蘇軾文集》（北京：中華書局，1983年6月），卷十，頁318。

代提到杜甫、韓偓詩歌關係時，也多從道德方面入手，如宋人潘淳的
《潘子眞詩話》云：

> 山谷嘗爲余言：「杜子美雖流離顛沛，心未嘗一日不在
> 本朝。故善陳時事，句律精深，超古作者，蓋忠義之氣奮
> 發而然。韓偓貶逐後，依王審知，其集中所載：『手風慵展
> 八行書，眼暗休看九局圖。窗裏日光飛野馬，案頭筠管長
> 蒲盧。謀身拙爲安蛇足，報國危曾捋虎鬚。滿世可能無默
> 識，未知誰擬試齊竽。』其詞悽楚，切而不迫，不忘其君
> 也。〔註48〕

潘淳師事黃庭堅，此段記載應是可信。黃庭堅詩歌師法杜甫，這是眾
所皆知之事。他對於杜甫與韓偓的評語，是值得注意的。從這段話看，
黃庭堅認爲杜甫之所以能「善陳時事」（詩史精神）、「句律精深」（詩
歌技巧），在於杜甫「心未嘗一日不在本朝」，是杜甫「忠義之氣」的
在外呈現。他接下來舉了韓偓在亡國後所寫的〈安貧〉一詩，就是認
同韓偓同樣具備著「心未嘗一日不在本朝」的愛國精神。如其詩句「謀
身拙爲安蛇足，報國危曾捋虎鬚」，感嘆自己謀身拙劣得像是畫蛇添
足，多做無謂之事，實際上就是指韓偓在唐亡之後，屢次拒絕朱溫、
王審知的招攬封官。韓偓放棄舒適生活，安於貧困病痛，才會說自己
「安蛇足」，而後句「報國危曾捋虎鬚」，自是指他曾得罪李茂貞、朱
溫等藩鎮，而黃庭堅對韓偓「不忘其君」的評語，很難不聯想到其師
蘇軾對杜甫「一飯未嘗忘君」之語。

而清人趙衡亦提出類似見解：

> （韓偓）及其後國亡家破、身世離亂所感，公乃別開
> 一境。其忠孝大節，形於文墨，非唯義山不能與抗顏……
> 遂追及杜公軼塵，並殿全唐爲後勁。〔註49〕

他以「忠孝大節，形於文墨」爲特點，來形容韓偓的詩歌，認爲唐朝

〔註48〕宋・潘淳《潘子眞詩話》，收錄於清・郭紹虞輯：《宋詩話輯佚》（北
京：中華書局，1980 年 9 月），第二冊，頁 310～111。
〔註49〕唐・韓偓著，清・吳汝綸注：《韓翰林集》，頁 1。

真正能繼承杜甫詩歌成就的,唯有李商隱與韓偓二人,這都是基於傳統儒者立場所提出的道德觀點。

唐末之際,由於局勢混亂,許多詩人歷經苦辛,都有著自身血淚的「詩史」之作,如十分崇拜杜甫的韋莊目睹黃巢攻破長安、三年後逃難至洛陽後所寫成的〈秦婦吟〉,就被許多人譽爲唐末詩史巔峰之作,但韋莊的性格是軟弱的,從他乾寧元年(894)及第開始,爲了避禍全身,韋莊的詩詞早已缺乏前期悲憤慷慨的詩史風格,轉而沉溺於男女柔情與田園適意之中,如他的《浣花詞》,大多爲晚年入蜀之作,幽思縹緲,香豔淡雅,成爲後世花間詞風的代表者之一。這是他與杜甫、韓偓的不同處。而羅隱、司空圖、鄭谷等人,此時的情緒也多轉消極懈怠。唯有韓偓盡忠於昭宗,到天復三年(903)觸怒朱溫而貶官,天祐二年(905)聞昭宗爲朱溫所弒後,他才選擇棄官南下,最後避閩隱居。韓偓與韋莊投奔西蜀王建、羅隱依據杭州錢鏐的行爲不同,儘管閩王王審知、後梁太祖朱溫許以官爵厚祿,韓偓一直保持著清貧的生活,從他的〈安貧〉、〈卜隱〉〔註50〕之作都可見端睨。而他作於唐亡之後的〈感事三十四韻〉、〈八月六日作四首〉〔註51〕,更是堪稱唐亡詩史之佳作,顯現出韓偓心中的儒者理念,並未因隱居多年的田園生活,而有稍減半分。

二、真摯悲憤的狂者意識

在研究杜甫、韓偓的比較時,由於過於著重於「詩史」方面以及忠君愛國思想,不少人都忽略了杜、韓兩人在詩歌與性格上的另一種特別面——對於「狂者」的嚮往與描寫。

在傳統儒家價值觀中,對於「狂」最重要的詮釋,莫過於孔子在《論語·子路第十三》的回覆:

> 子曰:「不得中行而與之,必也狂狷乎?狂者進取,狷

〔註50〕陳繼龍:〈韓偓詩註〉,卷二,頁132。
〔註51〕陳繼龍:〈韓偓詩註〉,卷二,頁179。

者有所不爲也。」〔註52〕

在孔子看來，無法做到中庸之道的儒者，必然會選擇「狂」和「狷」兩種道路之一。而「狂」是進取，表示著儒者不屈不撓、知其不可而爲之的勇猛精神。

是儒者在追求中庸不能，退而求其次的次等人格。而杜甫，恰就是孔子所說的狂者。

儘管被後人稱作「詩聖」，杜甫卻似乎更接近於《論語》所說的狂者，《新唐書》曾記載杜甫的狂者言行：

> 武以世舊，待甫甚善，親至其家。甫見之，或時不巾，而性褊躁傲誕，常醉登武床，瞪視曰：「嚴挺之乃有此兒！」武中銜之。一日，欲殺甫，集吏於門。武將出，冠鈎於簾者三，左右走報其母，力救得止。〔註53〕

又評價杜甫：

> 甫曠放不自檢，好論天下大事，高而不切。少與李白齊名，時號「李杜」。〔註54〕

而《舊唐書》亦有類似的記載

> 甫性褊躁，無器度，恃恩放恣。嘗憑醉登武之床，瞪視武曰：「嚴挺之乃有此兒！」武雖急暴，不以爲忤。甫于成都浣花裡種竹植樹，結廬枕江，縱酒嘯詠，與田畯野老相狎蕩，無拘檢。嚴武過之，有時不冠，其傲誕如此。〔註55〕

儘管不少文人對於《舊唐書》「甫性褊躁，無器度，恃恩放恣」、《新唐書》「甫曠放不自檢，好論天下大事，高而不切」的描述頗多詬病。但卻不能否認，關於杜甫「狂者」形象在去唐未遠的五代就十分流行，才會有如此的記載，並且杜甫本身也常自認爲狂者，從他描述早年的〈壯遊〉詩「放蕩齊趙間，裘馬頗清狂」〔註56〕，回憶起他早年的放

〔註52〕宋・朱熹：《四書章句集注》（長沙：岳麓書社，2008年1月），頁200。

〔註53〕宋・歐陽脩、宋祁等著：《新唐書》，卷二百零一，頁5738。

〔註54〕宋・歐陽脩、宋祁等著：《新唐書》，卷二百零一，頁5738。

〔註55〕後晉・劉昫等著：《舊唐書》（北京：中華書局，1975年5月），卷一百九十一，頁5054～5055。

〔註56〕清・浦起龍：《讀杜心解》，卷一之五，頁159。

浪形骸。而作於長安時期的〈樂遊園歌〉「長生木瓢示眞率，更調鞍馬狂歡賞」〔註57〕，「示眞率」、「狂歡賞」亦表現出杜甫壯年時期在長安的狂放不羈。他的七律〈狂夫〉「自笑狂夫老更狂」〔註58〕，明顯地把自己稱作爲「狂夫」，表示著自己老年時候的不合時宜與闊達疏蕩。我們可以發現，在杜甫的詩歌中，「狂」這個字是貫穿杜甫一生，從年輕到老年的歲月。

　　而韓偓的「狂」，比起杜甫更是顯著，陳香在《晚唐詩人韓偓》中有過統計，韓偓的「狂」字用在詩歌中用了二十三次，爲他詩歌中最常出現的意象之一。〔註59〕然而陳香只統計出次數，卻未深入研究爲何韓偓喜用「狂」字的原因，而之後周秀娟、杜廣學專研韓偓詩歌的論文，亦未提及韓偓的「狂」，殊爲可惜。

　　作爲盛唐時期的「詩聖」，唐末時期的「完人」，被後世學者以儒者典範視之的兩位詩人，卻同樣地喜用「狂」字來象徵自我，自然有其時代意義。

　　目前雖然還未有學者論及韓偓的「狂」，然而有關杜甫的「狂」，卻頗多學者著墨，如唐磊〈略論杜甫之狂〉一文摘要說：

> 杜甫是守儒持重的文人，但亦有極爲狂放的一面，只是他的「狂」和李白有著很大的差異。李杜二人「狂」的共同之處在於狂得眞摯，共有著「清狂」與「痴狂」，而李白的狂態中少有著杜甫那種蘊含巨大痛苦的「迷狂」。〔註60〕

將杜甫的「狂」分成清狂、痴狂、迷狂三種。唐磊認爲，杜甫少年時「放蕩齊趙間，裘馬頗清狂」的清狂，以及壯年時的「許身一何愚，竊比稷與契」的痴狂，都是李白與杜甫所共有的。而杜甫歷經安史之亂、國破家亡的「迷狂」，則屬於李白少見的，是蘊含著對於國家與個人悲劇的悲狂。唐磊指出，這種「迷狂」的表現方式是「哭」：

〔註57〕清・浦起龍：《讀杜心解》，卷二之一，頁229。
〔註58〕清・浦起龍：《讀杜心解》，卷四之一，頁616。
〔註59〕陳香：《晚唐詩人韓偓》（台北：國家出版社，1993年6月），頁50～51。
〔註60〕唐磊：〈略論杜甫之狂〉，《南京工業大學學報》2002年第一期，頁60。

　　　　爲親者哭，則「臨風欲痛哭，聲出已復吞」。爲友者哭，
　　則「致君丹檻折，哭友白雲長」。痛社稷之危，則「慟哭望
　　王官」，感黎民之苦，則「青山猶哭聲」。〔註61〕

因爲面對著國家苦難的來臨，卻又無能爲力的悲痛，讓杜甫早年的「清
狂」、「痴狂」被壓抑成一片痛苦迷惘，表現在外的，就是無法制止的
哀傷慟哭。而韓偓亦是如此。

　　韓偓的「狂」如同杜甫一般，亦可以貫通他一生。筆者認爲，韓
偓的狂，可用他的兩本詩集作區分，在他早年的《香奩集》中，就有
不少「狂」句，〈五更〉「此時欲別魂欲斷，自後相逢眼更狂」〔註62〕、
〈厭花落〉「半醉狂心忍不禁，分明一任旁人見」〔註63〕、〈有憶〉「自
笑計狂多獨語，誰憐夢好轉相思」〔註64〕……等，而另外雖無「狂」
字，卻呈現出「狂」態的亦不少，如〈哭花〉「若是有情爭不哭，夜
來風雨葬西施」〔註65〕，爲花凋謝而悲泣。再如〈思錄舊詩於卷上，
淒然有感，因成一章〉的「自吟自泣無人會，腸斷蓬山第一流」〔註
66〕，爲偶然觸動的舊日情懷哭泣，這些詩句，都可略見韓偓年少風
流多情的「清狂」和「痴狂」。

　　當然，對於《香奩集》的艷詩，因爲韓偓的品德高尚，而引起常
以道德斷詩的詩評家另一種說法，就是認爲《香奩集》實際上是暗喻
著韓偓的家國之悲，清人吳闓生評韓偓詩道：

　　　　韓致堯爲晚唐大家，其忠亮大節，亡國悲憤，具在篇
　　章。而含意悱惻、詞旨幽眇，有美人香草之遺。非陸務觀、
　　元裕之之所及。〔註67〕

這裡所謂的「美人香草之遺」，這是指韓偓的《香奩集》。吳闓生認爲

〔註61〕唐磊：〈略論杜甫之狂〉，頁62。
〔註62〕陳繼龍：〈韓偓詩註〉，卷四，頁345。
〔註63〕陳繼龍：〈韓偓詩註〉，卷四，頁398。
〔註64〕陳繼龍：〈韓偓詩註〉，卷四，頁404。
〔註65〕陳繼龍：〈韓偓詩註〉，卷四，頁348。
〔註66〕陳繼龍：〈韓偓詩註〉，卷四，頁392。
〔註67〕唐·韓偓著，清·吳汝綸注：《韓翰林集》，頁163。

韓偓《香奩集》中的女性多有言外之意，是學習屈原的《離騷》而來。這種說法歷代亦有不少學者支持。

　　但根據韓偓《香奩集》自序來看，似乎卻未必盡然：

　　　　余溺章句，信有年矣。誠知非大夫所爲，不能忘情，天所賦也。自庚辰、辛巳之際，迄辛丑、庚子之間，所著歌詩不啻千首。其間以綺麗得意者亦數百篇，往往在士大夫之口。〔註68〕

《香奩集》是創作於「自庚辰、辛巳之際，迄辛丑、庚子之間」，即是從懿宗咸通元年（860）到僖宗廣明元年（880）左右，是韓偓十九歲到三十九歲的過程，正好與他《韓翰林集》多錄龍紀元年（889）及第之後所作有明顯的時間劃分。並且從自序中也可知道爲何韓偓會將詩集分成《香奩集》與《韓翰林集》，應是《香奩集》所收錄的詩歌多是年輕時候所寫，「以綺麗得意者亦數百篇」的詩作。筆者認爲此時的作品恐怕很難說得上是「美人香草之遺」，若是《香奩集》中也涵蓋作者的悲憤愛國之意，那爲何要跟《韓翰林集》作區分呢？而韓偓首作香奩詩歌時，是他十九歲的青春時候，很難認爲他此時會在表面豔情風流的詩歌中蘊含如此沉重悲憤的情感。

　　再從時代上看，韓偓創作《香奩集》的始於咸通元年，這時候的唐朝雖然內外矛盾不斷加劇，但是首都長安在表面上仍是四海昇平之象，同時代的詩人韋莊戰亂中回憶長安生活的七律〈咸通〉「咸通時代物情奢，歡殺金張許史家。破產競留天上樂，鑄山爭買洞中花」〔註69〕，清晰地描寫咸通時期長安豪貴醉生夢死的奢華行爲。韓偓創作《香奩集》的二十年中多在長安渡過，長安多采多姿的物質生活，對於韓偓寫出豔情俳惻的香奩體自然有推進作用。並且《香奩集》的結束年日──廣明元年，對於長安來說也是不堪回首的一年，在這年年末，黃巢民兵攻破長安，唐末再度陷入了戰火紛紜的時代，家鄉在長

─────────────

〔註68〕唐・韓偓著，清・吳汝綸注：《韓翰林集》，頁103。
〔註69〕唐・韋莊著，聶安福注：《韋莊集箋注》（上海：上海古籍出版社，2013年3月），卷二，頁76。

安的韓偓想必更有深刻體會，他會把廣明元年作爲《香奩集》的結束恐怕也是來由於此。

當然，這非說是韓偓的《香奩體》都是抒寫情慾香艷的詩作，確實從一些詩作中可以看出作者別有懷抱，如常被認爲有言外之意的〈思錄舊詩於卷上淒然有感因成一章〉：

> 緝綴小詩鈔卷裏，尋思閑事到心頭。自吟自泣無人會，
> 腸斷蓬山第一流。（卷四，頁 392）

這首詩清代震鈞評曰：

> 此則忍俊不禁處。一生心事，和盤托出。蓋《香奩集》
> 畫龍點睛處也。其云：「自吟自淚無人會」，蓋早知後人必
> 以《香奩集》爲鄭衛之音矣。

在持「香草美人」看法的文人看來，假若《香奩集》真是豔情之詩，韓偓又何必說「自吟自泣無人會」呢？必然是別有寄託、隱含家國之痛了。

然而筆者認爲，從時間來看，或許有更合理的解釋。這首詩題言「思錄舊詩」，想必已是韓偓《香奩集》中較晚期的事情，此時的韓偓困頓於考場，正是鬱鬱不得志之時，流連於青樓歌舞抒發鬱悶是十分正常之事，田耕宇的《中唐至北宋文學轉型研究》將士人迷醉歌妓女子的背景說得十分明白：

> 爲了迎接科舉考試，舉子們或背井離鄉，往返於應考
> 途中；或滯留京師，困於科場。不管是春風得意，金榜題
> 名，還是名落孫山，向隅而泣，他們的感情都需要尋求寄
> 託、慰藉。〔註70〕

從這一方面來看，韓偓的「自吟自泣無人會」，恐怕非是「香草美人之遺」，而是杜牧「贏得青樓薄倖名」的惆悵之意，因爲懷才不遇而放浪形骸，這是失意文人心中常有的痛苦。與杜甫〈壯遊〉「放蕩齊趙間，裘馬頗清狂。春歌叢臺上，冬獵青丘旁」的「清狂」相似。

而到了韓偓的《韓翰林集》，他的狂者意識，並未因及第稍減，

〔註70〕田耕宇著：《中唐至北宋文學轉型研究》（北京：中國社會科學出版社，2009 年 7 月），頁 202。

反爲更加悲憤難耐,〈欲明〉「唯有狂吟與沈飲,時時猶自觸靈臺」〔註71〕、〈春陰獨酌寄同年虞部李郎中〉「酒酣狂興依然在,其奈千莖鬢雪何」〔註72〕……等,此時的作品常用「狂」字,這自然與當時的背景相關,韓偓考上進士後,黃巢之亂已被平息,然而唐朝卻陷入更爲混亂的漩渦,外有李茂貞、朱溫等藩鎮進逼,內有宦官韓全誨掌控朝廷,昭宗雖然有心振作,卻已無力改變一切,《新唐書》說:

> 其禍亂之來有漸積,及其大勢已去,適丁斯時,故雖有智勇,有不能爲者矣,可謂眞不幸也,昭宗是已。昭宗爲人明雋,初亦有志於興複,而外患已成,內無賢佐,頗亦慨然思得非常之材,而用匪其人,徒以益亂。〔註73〕

就是此時的唐朝寫照。韓偓雖然科舉及第,在天復元年又因與宰相崔胤共謀剷除幽禁昭宗的宦官劉季述,得昭宗信任,官至兵部侍郎、翰林承旨,但朝廷實已名存實亡,以昭宗、崔胤爲首的君臣不得不仰李茂貞、朱溫等軍閥勢力的鼻息,可謂屈辱之極。如《資治通鑑》記載:

> 甲辰,上使趙國夫人訶學士院二使皆不在,亟召韓偓、姚洎,竊見之於土門外,執手相泣。洎請上速還,恐爲它人所見,上遽去。〔註74〕

這是天復二年(902)十一月,昭宗受宦官韓全誨所迫,被劫持到節度使李茂貞所鎮守的鳳翔時所發生的事情。韓偓此時也隨駕在旁。但是昭宗想要見韓偓、姚洎等臣子,竟然還要等「學士院二使皆不在」,才能偷偷地召見,並且是在土門之外,可想見當時昭宗居所的簡陋。相見時又「執手相泣」,爲了怕他人知道,只能匆匆離去。韓偓身爲昭宗所信任的重臣,此時心中的悲憤可想而知了。

唐磊在〈略論杜甫之狂〉中對「迷狂」的詮釋恰也是韓偓自身的寫照:

〔註71〕陳繼龍:〈韓偓詩註〉,卷一,頁48。

〔註72〕陳繼龍:〈韓偓詩註〉,卷一,頁36。

〔註73〕宋・歐陽脩、宋祁等著:《新唐書》,卷十,頁305。

〔註74〕北宋・司馬光著、南宋・胡三省注:《資治通鑑》(台北:天工書局,1988年9月),卷二百六十三,頁8585。

> （杜甫）經歷了求仕的艱辛不遇，目睹了朝廷的日漸
> 衰敗，接著又飽受了戰爭帶來的顛沛流離，體驗了人民的
> 辛酸苦楚．種種切身之痛使他的心靈世界由憧憬、激昂轉
> 爲壓抑、痛苦，當這些痛苦壓抑不住而爆發的時候，心中
> 頓成一片迷亂、狂躁。這種「迷狂」的表現形式常常是哭。
> 〔註75〕

由於唐末的情況更加地水深火熱，韓偓又比杜甫更加地接近中央政權
核心，他心中的創痛與絕望是比杜甫更加地深沉，這時候的「迷狂」
表現得十分激烈突出：

〈秋霖夜憶家〉

垂老何時見弟兄，背燈愁泣到天明。不知短髮能多少，
一滴秋霖白一莖。（卷一，頁28）

這首詩韓偓自注「隨駕在鳳翔府」，只能是天復二年昭宗被韓全誨劫持
到鳳翔之事。當時韓偓與昭宗受人挾持監視，朝不保夕，隨時都有死去
的可能。韓偓這首詩正是在這種恐懼悲傷的心態寫出來。說道「垂老何
時見弟兄」，實際上就有著可能是永訣的悲觀意味，此身既老，局勢艱
困，想必沒有再相會的日子，才會讓詩人背著燈光哭泣到天明。我們看
杜甫寫在安史之亂的〈閬州東樓筵奉送十一舅往青城縣得昏字〉末八句：

今我送舅氏，萬感集清尊。豈伊山川間，回首盜賊繁。
高賢意不暇，王命久崩奔。臨風欲慟哭，聲出已復吞。（卷
一之四，頁108）

根據浦起龍《讀杜心解》，此詩應作於代宗廣德元年（763），此年安
史之亂才剛結束，然而唐朝並未就此安寧，在此年的十月，吐蕃趁唐
朝國力疲弱之刻大舉進兵，佔領長安首都十五天後，才因水土不符和
藩鎮勤王退出長安，杜甫此首詩就作於此時，此詩雖然是送別舅父之
作，但從「回首盜賊繁」、「王命久崩奔」之句來看，卻也是蘊含著杜
甫的家國之痛，才會讓杜甫送別舅父時不禁痛哭失聲，實是他對國家
未來的憂慮、對親人相見無期的恐懼，所導致的「迷狂」心態。與韓

〔註75〕唐磊：〈略論杜甫之狂〉，頁62。

偓的〈秋霖夜憶家〉實是同出一轍。

而韓偓作於唐亡後的〈感事三十四韻〉更是將「迷狂」發揮的淋漓盡致，我們看他最後的結尾：

> 鬱鬱空狂叫，微微幾病癲。丹梯倚寥廓，終去問青天。
> （卷二，頁100）

這首詩韓偓自注「丁丑已後」，正是朱溫滅唐、自立為梁之年——唐哀帝天祐四年、後梁開平元年（907）。韓偓這首詩就是對唐朝傾覆的現實，作出了絕望至極的癲狂控訴，心中鬱悶的只能向天空狂叫，憤怒地幾乎要精神狂亂成病，只能不停地幻想攀登不存在的天梯到天庭，向蒼天去求取公道。

他作於晚年的〈答友人見寄酒〉，儘管意思淺顯，卻也是他狂者心態的自我闡述：

> 雖可忘憂矣，其如作病何。淋漓滿襟袖，更發楚狂歌。
> （卷三，頁317）

詩中寫他喝酒的情景，韓偓認同美酒的忘憂作用，卻認為無法阻止他發病時的憂慮。我們看他抒寫自己喝酒喝到沾滿衣袖，學著春秋時的楚狂高歌，就知道韓偓所說「病」應是心病，是對於「鳳兮！鳳兮！何德之衰」的悲鳴與無奈，這種巨大的痛苦，讓他連喝酒也無法遏止自身的憂慮，表現在外的，就是如同楚狂一般的狂者姿態。

另外，如同前面所提，韓偓在現存詩歌中完全沒有對杜甫本人的評論，但有趣的是，他跟杜甫一樣，都對「詩仙」李白表現出仰慕與追隨的心境。如他早年《香奩集》的〈自負〉：

> 人許風流自負才，偷桃三度到瑤臺。至今衣領胭脂在，
> 曾被謫仙痛齩來。（卷四，頁429）

以及〈馬上見〉：

> 驕馬錦連錢，乘騎是謫仙。（卷四，頁334）

還有《韓翰林集》中，創作於天祐元年（904），貶官途中的〈早玩雪梅有懷親屬〉：

何因逢越使，腸斷謫仙才。（卷一，頁 47）

都看出了韓偓在很長的一段時間內，將自己心中的理想詩人形象想像成李白。這是頗有意思的地方。韓偓給予後世史家的形象一直是昭宗忠臣、唐末遺民，很難與放浪不羈的「詩仙」李白作出聯想。然而韓偓卻與杜甫一樣，不斷地在詩歌中表現出對李白的仰慕與親近，而重要的是，李白的「狂」，更是被許多文人所公認，李白就自稱「我本楚狂人，鳳歌笑孔丘」，同時代的杜甫說他「痛飲狂歌空度日，飛揚跋扈爲誰雄」，而〈飲中八仙歌〉「天子呼來不上船，自稱臣是酒中仙」，更是將李白醉酒狂傲的姿態寫得栩栩如生。如前所述，杜甫、韓偓都分別有「狂」之表現，這或許跟他們崇拜李白不無關係。

筆者以爲，這可作爲韓偓「似杜」的一個佐證，歷代詩人學杜，多從杜甫本人的詩歌鑽研，這固然是不錯的，但卻也造成一種盲點，杜甫又是如何形成自己的風格呢？李白大杜甫十二歲，在生前即詩名滿天下，是杜甫最景仰的詩人和前輩，我們看他對李白的讚揚，「白也詩無敵，飄然思不羣」，認爲李白的詩在當時是無可匹敵的，那李白的詩歌必然會對杜甫有一定程度的影響。筆者認爲，除了從杜詩中的用字典故與意境情感學杜外，理解杜甫當時的背景，以及杜甫所仿效和景仰的詩人，學杜未嘗不能從此入手。

第三節　韓偓「似杜」的詩歌風格及歧異

一、善陳時事的詩史詩

關於「詩史」的說法，首見於唐末孟棨《本事詩・高逸第三》：

杜逢祿山之難，流離隴蜀，畢陳於詩，推見至隱，殆無遺事，故當時號爲「詩史」。〔註76〕

在孟棨的說法爲《新唐書》所採用後，「詩史」之稱在宋代以來已成

〔註76〕唐・孟棨：《本事詩》，收錄於清・丁福保輯：《歷代詩話續編》（台北：木鐸出版社，1988 年 7 月），高逸第三，頁 15。

為杜甫的代名詞之一。歷代對於「詩史」的性質亦有不同的詮釋解讀。

　　但大略而論，「詩史」，即是「詩」加「史」，史記事，詩言志，將歷史用詩歌的方式書寫，並融入作者本身的情感與心志，即可被稱作為「詩史」。杜甫之所以被稱作「詩史」，就是因為他的詩歌書寫了唐朝由極勝轉衰的時代悲歌，並且蘊含著自己悲天憫人的儒者胸懷，故謂之「詩史」。他的〈北征〉、〈哀王孫〉、三吏、三別……等詩作都是其「詩史」的代表作品。

　　若從杜甫的詩史作品來看，其最明顯的特徵，筆者認為有二，一是以時事入詩，杜甫的詩史作品雖然內容不同，然而皆為抒寫安史之亂前後的社會亂象為主。二是蘊含著詩人充沛的情感與立場。如杜甫著名的「三吏」、「三別」，其中的思想與情感是十分複雜的。杜甫對於國家的危難感到痛苦，有著濟世的傾向。但他同時又對於因為戰亂而兵役繁重的人民深感同情，對朝廷語帶不滿，並且詩中不時出現隱喻的批判之語，如〈潼關吏〉的結語「請囑防關將，慎勿學哥舒」〔註77〕，表面上看是批判哥舒翰的用兵不當，但讀杜甫的題注：「安祿山兵北，哥舒翰請堅守潼關。明皇聽楊國忠言，力趣出兵。翰撫膺慟哭而出，兵至靈寶潰，關遂失守。」就知道杜甫所用的「慎勿」之意，其實是有很深沉的感慨與悲哀。

　　哥舒翰的失敗，實際上是來自於唐玄宗聽信楊國忠讒言所造成的軍事悲劇，哥舒翰兵敗被擒，不得不投降於安祿山，最後被其子安慶緒所殺，並且投降安祿山之事，成為後世史家批判的汙點，《舊唐書》說「醜哉舒翰，不能死王」。〔註78〕杜甫寫〈潼關吏〉時為乾元二年（759），此時哥舒翰已死去兩年，對於哥舒翰不能完節的結局，杜甫寫下了「慎勿學哥舒」的批語，其所抒發的情感是複雜多變的，不僅批判哥舒翰，也隱隱地對導致如此後果的宰相楊國忠、甚至聽信讒言的唐玄宗表示不滿。

〔註77〕清・浦起龍：《讀杜心解》，卷一之二，頁53。
〔註78〕後晉・劉昫等著：《舊唐書》，卷一百零四，頁3216。

　　而看唐末的韓偓，他實是杜甫在唐末時期的最好繼承者之一。原因無他，就是其性格與遭遇使然。韓偓一生孤忠完節，被後世學者譽爲「唐末完人」，而他的一生，歷經了唐末的連綿政變與戰禍，並且始終堅守著自己清高的節操。明人毛晉說韓偓《韓翰林集》：

> 自辛酉迄甲戌凡十有四年，往往借自述入直、扈從、
> 貶斥、復除，互敘朝廷播遷、奸雄篡弒始末，曆狀如鏡，
> 可補史傳之缺。

就十分清楚地指出韓偓的「詩史」之能。

　　寫於乾寧二年（895）、韓偓早期的詩史之作〈亂後卻至近甸有感〉，就是在短短的五十六字中蘊含著時代的事實與悲痛：

> 狂童容易犯金門，比屋齊人作旅魂。夜户不扃生茂草，
> 春渠自溢浸荒園。
>
> 關中忽見屯邊卒，塞外翻聞有漢村。堪恨無情清渭水，
> 渺茫依舊繞秦原。（卷三，頁229）

乾寧二年，此時藩鎮內鬥已如火如荼地展開。李茂貞爲當時的藩鎮之一，疑心昭宗對其不利，與節度使王行瑜、王建聯手挾持昭宗。而不久，與李茂貞不合的李克用率大軍進逼長安勤王，「李克用大舉蕃、漢兵南下，上表稱王行瑜、李茂貞、韓建稱兵犯闕，賊害大臣，請討之，又移檄三鎮，行瑜等大懼」〔註79〕，面對藩鎮的爭權奪利，昭宗全然身不由己，《資治通鑑》言：

> 右軍指揮使李繼鵬，茂貞假子也，本姓名閻珪，與駱
> 全璀謀劫上幸鳳翔。中尉劉景宣與王行實知之，欲劫上幸
> 邠州。〔註80〕

面對李克用的大軍，就連朝廷的百官亦各有心思，昭宗最後被迫離開長安：

> 或傳王行瑜、李茂貞欲自來迎車駕，上懼爲所迫，辛
> 酉，以筠、居實兩都兵自衛，出啓夏門，趣南山，宿莎城

〔註79〕北宋・司馬光著、南宋・胡三省注：《資治通鑑》，卷260，頁8471。
〔註80〕北宋・司馬光著、南宋・胡三省注：《資治通鑑》，卷260，頁8471。

> 鎮。士民追從車駕者數十萬人，比至谷口，暍死者三之一，
> 夜，復爲盜所掠，哭聲震山谷。〔註81〕

由於昭宗出奔倉促，加上跟隨的百姓與士人多達數十萬，糧食與飲水相當缺乏，不但渴死了三分之一，更爲強盜所掠奪，皇帝的權威衰竭至此，可說是屈辱至極。而韓偓，就是「士民追從車駕者數十萬人」的其中之一，這首詩的背景也來自於此。

首聯「狂童容易犯金門，比屋齊人作旅魂」，即是指王行瑜、李茂貞等人欲挾持冒犯昭宗，迫使長安眾多士民追隨昭宗出逃南山，「比至谷口，暍死者三之一，夜，復爲盜所掠」，死傷甚眾之事。頷聯「夜戶不扃生茂草，春渠自溢浸荒園」，道出昭宗出奔長安後，長安都城的荒涼景象。頸聯「關中忽見屯邊卒，塞外翻聞有漢村」更是蘊含著諷刺與感慨。在關中地帶看見原應鎮守邊境的「屯邊卒」，指的就是如今兇焰高漲的藩鎮軍隊，而在塞外地區忽然聽聞有漢人定居的村落，暗示中原大亂，使得漢人不得不離鄉背井，來到塞外地區以避戰禍。從首聯、頷聯、到頸聯的六句一氣呵成，深刻地描繪出昭宗有心無力，藩鎮兵強馬壯的唐末亂象，儘管仍有忠於唐室的大量士民，卻無力改變局面，讓韓偓亦只能用「堪恨無情清渭水，渺茫依舊繞秦原」的惆悵意象作爲結語。我們看這首詩，不僅點出了乾寧二年的長安亂象，並道出了昭宗出奔的史實，頸聯「關中忽見屯邊卒，塞外翻聞有漢村」指出了藩鎮入京、百姓出塞的亂世情景，將時事與詩歌緊緊結合，確實可稱作「補史傳之缺」。

當然，如同前面所說過，唐末的許多文人也都寫過繼承自杜甫詩史精神的詩作，韋莊的〈秦婦吟〉就是其中最爲出色的作品，張美麗言道：

> 〈秦婦吟〉的價值在於，它簡直可以說是對唐末黃巢
> 起義軍攻佔長安這一重大歷史事件的現場攝製資料，在歷

〔註81〕北宋・司馬光著、南宋・胡三省注：《資治通鑑》，卷260，頁8472。

史上、文學上都有不容抹殺的意義。〔註82〕

綜觀這時期大多數詩人的詩史之作，他們所表達的情感忠烈激憤，對國家的命運憂心重重，但是這類型的詩作往往只集中於詩人的某一時期，未能持續恆久。如韋莊的〈秦婦吟〉創作於黃巢之亂的僖宗中和三年（883），是他對於廣明元年（880）黃巢軍佔長安後，心中情緒宣洩的一個總結。詩中斥黃巢、藩鎮、甚至朝廷君臣都十分直露悲痛，確實是繼杜甫〈北征〉、三吏、三別後的重要詩史作品。

但若我們看《浣花集》，就會發現韋莊的詩史之作，在他昭宗乾寧元年（894）及第之後完全銷聲匿跡，面對李茂貞、朱溫對於昭宗的傲慢無禮，韋莊此時的心態是憂讒畏譏，對於早年的〈秦婦吟〉閉口不談，甚至寧願讓它湮沒於世。韋莊之所以在天復元年（901）入蜀為西川節度使王建掌書記，很大的原因都是出自於避禍的打算，是他濟世心志的消退。關於韋莊的心境轉折，前面章節論述已詳，茲不重複。

而這情況，其實也發生在那個時代的眾多詩人，羅隱依附錢鏐、杜荀鶴逢迎朱溫、司空圖、鄭谷隱居不出，他們或許情感上仍忠於唐室，然而在理智上卻已體認到唐朝滅亡的不可挽回，看他們晚年的詩作，或充滿失意的激憤、或沉溺妓女的聲色、或追求山水的適意，詩史之風已經消磨殆盡了。

韓偓的風格卻剛好相反，除了作於中年以前的《香奩集》，他《韓翰林集》中的詩史之作，絕非一時一地之作，而是貫穿他後半生的歲月，並不依其貶官、唐亡的經歷而有稍減分毫。即使在他入閩隱居、國祚移換後，儘管有不少田園風光之作，但沉痛真摯的亡國之感仍然屢屢可見。

除了作於乾寧二年，記敘昭宗出奔南山的〈亂後卻至近甸有感〉外，韓偓最為重要的詩史作品還有作於天復元年（901），紀錄昭宗被韓全誨挾持至鳳翔，欲以身報國的〈辛酉歲冬十一月隨駕幸岐下

〔註82〕張美麗：《韋莊詩研究》（北京：中國社會科學出版社，2010年4月），頁44。

作〉，作於天復二年（902），抒寫宣武節度使朱溫前來救駕，卻恐懼
其別有用意的〈冬至夜作〉。〔註83〕作於唐朝滅亡、後梁開國的開平
元年（907）、蘊含亡國之痛的〈感事三十四韻〉以及隱射唐朝滅亡
之因的〈北齊〉二首。還有作於乾化二年（912）、朱溫爲子所弒後、
評價朱溫逆弒篡唐始末的〈八月六日作四首〉，都是韓偓陳述時事的
重要作品。

　　其中，最能代表其詩史精神及其性格遭遇的詩歌，無疑是他的七
律組詩〈八月六日作四首〉：

　　　　日離黃道十年昏，敏手重開造化門。火帝動爐銷劍戟，
風師吹雨洗乾坤。

　　　　左牽犬馬誠難測，右袒簪纓最負恩。丹筆不知誰定罪，
莫留遺跡怨神孫。

　　　　金虎挺災不復論，搆成狂狷犯車塵。御衣空惜侍中血，
國璽幾危皇后身。

　　　　圖霸未能知盜道，飾非唯欲害仁人。黃旗紫氣今仍舊，
免使老臣攀畫輪。

　　　　簪裾皆是漢公卿，盡作鋒鋩劍血醒。顯負舊恩歸亂主，
難教新國用輕刑。

　　　　穴中狡兔終須盡，井上嬰兒豈自寧。底事亦疑懲未了，
更應書罪在泉扃。

　　　　坐看包藏負國恩，無才不得預經綸。袁安墜睫尋憂漢，
賈誼濡毫但過秦。

　　　　威鳳鬼應遮矢射，靈犀天與隔埃塵。隄防瓜李能終始，
免媿於心負此身。（卷三，頁179～187）

這首詩作於後梁乾化二年（912）八月六日，後梁太祖朱溫六月爲其
三子朱友珪篡弒奪位，當消息傳到在閩地隱居的韓偓後，他寫下了〈八
月六日作四首〉，以抒發其心中的無限感慨。

　　第一首詩首聯即點出時間，「日離黃道十年昏，敏手重開造化

<hr>

〔註83〕陳繼龍：《韓偓詩註》，卷一，頁26。

門」，指的是朱溫挾昭、哀二帝把持國政，最後廢唐自立的十年歲月，而到朱溫爲其子所弒爲止。韓偓感到了昭、哀二帝爲朱溫所弒的慘劇，竟然在朱溫身上重現，所以說是「敏手重開造化門」。而下聯所說的「炎帝」、「風師」，即指天地之力，唐朝爲朱溫所滅，身爲唐代遺臣的韓偓自然對其切齒痛恨，所以在聞知朱溫死後，甚至感到天下太平即將來臨，所以才有頷聯的「炎帝、「雨師」出現。但這首詩最值得注意的是末二聯，「左牽犬馬誠難測，右袒簪纓最負恩。丹筆不知誰定罪，莫留遺跡怨神孫」，筆者以爲，這四句，實際上是表露出韓偓是自覺地以詩史意識寫〈八月六日作四首〉。當韓偓前四句表現出對於朱溫死去的欣慰時，他的後四句，則開始呈現史家的批判意識，頸聯「犬馬」、「簪纓」，指的就是不忠於唐室的官僚士人，韓偓說他們「誠難測」、「最復恩」，最後引出了「丹筆不知誰定罪，莫留遺跡怨神孫」，丹筆爲古時斷案判決所用的朱砂之筆，在這裡其實引申爲史家之筆，韓偓的意思，即指後世不知誰會爲唐末亡國的這段悲劇作出定論，卻莫要怨恨有心無力的昭帝啊。

　　韓偓在任翰林時，備受昭宗信任。昭宗甚至有任韓偓爲宰相之意，只是被其拒絕作罷。韓偓被貶外放時，昭宗執其手流淚說：「我左右無人矣。」可以看出昭宗對韓偓的推心置腹。而韓偓作於任翰林時的一些詩句，「如今冷笑東方朔，唯用詼諧侍漢皇」〔註84〕、「長卿只爲長門賦，未識君臣際會難」〔註85〕，都可看出他受昭宗信任之態。所以韓偓才會說「莫留遺跡怨神孫」，試圖爲昭宗末代之君的形象作出平反。我們可以在接下來的三首看出韓偓的史筆心態。

　　第二首論述的是朱溫逆反之事，首聯道以崔胤爲首的奸臣引狼入室，造成朱溫滅唐的慘劇、頷聯敘忠臣濺血、皇后危身、頸聯斥朱溫惡狀，末聯則感嘆至今仍有忠於唐室之人。可以看出韓偓循序漸進的

〔註84〕　韓偓〈六月十七日召對自辰及申方歸本院〉，見陳繼龍：《韓偓詩註》，卷一，頁4。
〔註85〕　韓偓〈中秋禁直〉，見陳繼龍：《韓偓詩註》，卷一，頁11。

批判史筆，我們看首聯的「不復論」、「構成」之語，都是議論之詞，其實都是接續前詩的「丹筆不知誰定罪，莫留遺跡怨神孫」而引申，表露出韓偓欲以此四首爲唐末滅亡的事實作出論述。

第三首則批判忘恩負義、歸順後梁的唐室貳臣醜態，末聯「底事亦疑懲未了，更應書罪在泉局」，實已把他的心態說得十分清楚，這些貳臣的罪行，即使到死也未能還清，所以必須「書罪在泉局」，讓後世之人都了解他們的罪過。

最後一首則是詩人自述自身立場，十年前貶官流放的韓偓，在得知昭宗被弒後，選擇入閩歸隱。所以他說「坐看包藏負國恩」，即指自己歸隱後冷眼旁觀朱溫包藏禍心的種種惡行，而「無才不得預經綸」，則是自嘲之語，說自己毫無才能，無法干預唐末的悲劇。頷聯拿古時忠臣袁安、賈誼比擬自己，暗喻心志。頸聯「威鳳鬼應遮矢射」的意思難明，目前的陳繼龍與齊濤的兩本注本亦含糊其辭。威鳳是祥瑞之意應無誤。然而「遮矢射」，陳注直譯爲「遮擋弓箭的射擊」，頗爲勉強。筆者認爲矢，或爲枉矢之意，爲古時妖星名稱，暗喻當權者無道。已亡佚的漢代讖緯之書《尚書中候》，《太平御覽》收錄其遺句云：「夏桀無道枉矢射」、又引另一本讖書《春秋潛潭巴》曰：「枉矢出，臣不忠。」〔註86〕，枉矢象徵天下大亂。筆者竊以爲才是「矢射」之意，意爲妖星閃耀，朝廷無道。而「遮矢射」即指如今朱溫遭弒，天下應會重見清明。末聯的「隄防瓜李能終始，免媿於心負此身」，表示著自身與逆賊、貳臣等輩劃清界線，才能到老亦無愧於心。

我們可以看出，〈八月六日作四首〉的組詩架構，是作者有目的去創作的。第一首指明時間與創作因由、第二首痛陳朱溫逆弒惡行，第三首斥責貳臣遺臭萬年，最後一首敘己身心志，表達出韓偓欲以此定罪逆賊與貳臣、並爲昭宗亡國之責平反的決心。不僅述說

────────────────

〔註86〕宋・李昉等編：《太平御覽》（北京：中華書局，1995 年 10 月），第四冊，卷八百七十五，頁 3883～3884。

唐末史實,同時與作者自身情感緊密結合,毫無疑問可稱得上是「詩史」。它最重要的意義,是證實韓偓有「以詩敍史」的斷罪意識在,非像是杜甫的自然而爲。對照「詩史」的說法首見於唐末的孟棨,我們可以判斷出最遲至唐末,文人已經注意到杜甫的詩史價值,並且有自覺意識去創作詩史作品。韓偓的〈八月六日作四首〉就是明顯的例證。

　　當然,即使是杜甫、韓偓的性格相似,他們的詩史作品依然存在著些許的歧異,最明顯的分歧,即在於杜甫「詩史」中十分常見描寫人民苦難的畫面、憂國憂民是他的主旋律。然而在韓偓的「詩史」中,憂國的情緒依然十分沉摯激昂,憂民的描寫卻幾乎沒有。韓偓的詩歌中很少看見描寫人民的痛苦煎熬,這實是與兩人創作「詩史」的時間與遭遇不同所致。

　　杜甫的重要詩史作品,如〈北征〉、三吏、三別等詩作,幾乎都寫於安史之亂爆發後的歲月,這時候的杜甫,只有在短暫的歲月中曾任職過朝廷左拾遺的官位,其餘皆是地方上的縣史或幕僚之小官,此時的杜甫不論是身分或是生活,實際上都處於社會的一般階級,他所認識的,多是一般的普通百姓,他所觀察的,多是百姓的流離痛苦,如三別的〈新婚別〉〔註87〕講即將出征的丈夫與新婚妻子的訣別,〈垂老別〉〔註88〕講兒孫皆死的老翁,毅然從軍的堅定與痛苦,〈無家別〉〔註89〕講久戌還鄉的老兵,面對人事全非的家鄉,發出「人生無家別,何以爲蒸黎」的悲歌,這都是杜甫在戰亂流離中所見所聞所觀察到的,所以才寫得如此眞摯感人,是他「詩史」的根本。

　　韓偓卻不同,他的「詩史」作品,儘管也充滿著憂國之情,風格上甚至與杜甫相似,但他畢竟是昭宗最爲信任的忠臣,天復元年至天復三年的三年朝廷重臣歲月,對於韓偓的影響十分重大,他經

〔註87〕清・浦起龍:《讀杜心解》,卷一之二,頁55。

〔註88〕清・浦起龍:《讀杜心解》,卷一之二,頁55。

〔註89〕清・浦起龍:《讀杜心解》,卷一之二,頁56。

歷了宦官劉季述幽禁昭宗的叛亂，獲得昭宗的信任，並且跟隨著昭宗出逃鳳翔與返京，承受韓全誨、李茂貞、朱溫等宦官或藩鎮的威脅與恐嚇。昭宗對韓偓實有推心置腹的信任，而韓偓亦對昭宗有死而後已的感激與忠誠，韓偓與昭宗的君臣情份，是杜甫完全沒有經歷過的。也因此，韓偓的「詩史」之作，幾乎著重於描寫他與昭宗所共同經歷過的艱苦事件，〈亂後卻至近甸有感〉寫他隨昭宗出奔南山、〈辛酉歲冬十一月隨駕幸岐下作〉寫隨昭宗被宦官挾持入鳳翔，〈冬至夜作〉寫在鳳翔與昭宗聞朱溫勤王之事……等，即使是在唐亡之後所寫的詩史之作，亦無一不與昭宗有關，〈八月六日作四首〉試圖為昭宗平反，而作於唐亡之際、篇幅最長的五言排律〈感事三十四韻〉，就用了幾乎一半的篇幅描寫與昭宗的如魚得水、君臣情誼。「雖遇河清聖，慙非岳降賢」，並且詩中對昭宗無一句呵責之語，對於昭宗的忠誠實是蒼天可鑒。

　　但亦因為如此，韓偓的「詩史」之作，實際上是集中於唐室與宦官、藩鎮之間的鬥爭史實，他對於李茂貞、朱溫等藩鎮的痛恨，對於崔胤、韋貽範等奸臣的不滿，在詩歌中都是明顯可見。但身處於唐末政治核心的經歷，也導致韓偓詩歌中少見人民生活的描寫，這是他不如杜甫的地方，亦是必然的結果。但是他對於宦官、藩鎮、奸臣禍國的陳述，卻又比杜甫來得深摯。這是我們必須去分清的。

二、沉鬱悲憤的抒情詩

　　杜甫與韓偓，他們分別經歷了唐朝的兩大轉折點──由盛轉衰的安史之亂及唐亡導火線的黃巢之亂，他們的後半生，幾乎都是在戰火紛紜的時代度過。當天下呈現亂象時，凡是擁有氣節傲骨、又不願以佛道避世的詩人，往往會有相當強烈的憂患之情，這種情感意識反映到詩歌上，常常會形成沉鬱悲憤的抒情風格，杜甫、韓偓的部分詩作即是如此。

　　關於韓偓此類的抒情詩作，周秀娟的《唐末之詩史，晚唐之正音

——韓偓「詩史」詩歌研究》，以及繼承周秀娟詩史觀點的杜廣學《兩位「詩史」——杜甫韓偓比較研究》，都把韓偓這類感事傷情的抒懷之作，認爲是「詩史」的一種呈現，周秀娟言道：

> 本人認爲，「詩史」說固然強調紀錄時事，尤以「重大事件」爲敘寫對象。但是當彼「重大事件」發生的時刻，它急遽地改變了幾乎所有人的生存狀態……所以忠實地記錄了詩人人生與情感的歷程，眞實而深刻反映了時代社會生活面貌的詩歌堪稱「詩史」。〔註90〕

周秀娟之說有一定道理，然而按照這種說法，所謂的抒情詩，只怕就得跟「詩史」劃上等號了。並且若從周秀娟之說，不知韓偓的《香奩集》，算不算的上是詩史之作，因爲它也「忠實地記錄了詩人人生與情感的歷程」，並且裏頭流露出詩人應試不舉，放浪青樓的文人生活，是當時許多士人的常態，是科舉流弊的後果，這何嘗又不是「眞實而深刻反映了時代社會生活面貌的詩歌」呢？而稍晚的杜廣學論文《兩位「詩史」——杜甫韓偓比較研究》，接納了周秀娟的觀點，衍伸將杜甫的〈登高〉、〈月夜〉等詩作列爲詩史作品，實是頗爲不當。

周秀娟、杜廣學這種分法，很容易模糊混淆詩歌的分類界線。筆者以爲，作爲抒寫時代重大事件的詩史，固然會有作者主觀流露的傷感情懷，是具有抒情詩的成分在。然而，這卻不代表多數的抒情詩，都可以被當作「詩史」看待，筆者認爲這必須要一定劃分的。

關於杜甫、韓偓的抒情之作，我們確實可以看出有相似的風格存在。惟因抒情之作，多與作者性情、遭遇有關。杜甫、韓偓兩人始終堅守儒家氣節，後半生又飽受戰亂，他們雖然都有過隱居生活，卻從未忘懷過國家大事，這樣的類似狀況，自然使他們在部分詩歌上有著沉鬱悲壯的相同情懷。

不妨比較杜甫、韓偓在隱居避難時所寫的七律：

〔註90〕周秀娟：《唐末之詩史，晚唐之正音——韓偓「詩史」詩歌研究》，頁5。

　　杜甫〈野望〉

　　西山白雪三城戍，南浦清江萬里橋。海內風塵諸弟隔，
天涯涕淚一身遙。

　　唯將遲暮供多病，未有涓埃答聖朝。跨馬出郊時極目，
不堪人事日蕭條。（《讀杜心解》，卷四之一，頁 624）

　　韓偓〈避地〉

　　西山爽氣生襟袖，南浦離愁入夢魂。人泊孤舟青草岸，
鳥鳴高樹夕陽村。

　　偷生亦似符天意，未死深疑負國恩。白面兒郎猶巧宦，
不知誰與正乾坤。（《韓偓詩註》，卷一，頁 67）

杜甫〈野望〉寫於上元元年（760）定居成都草堂之時，是他晚年生
活較為安定的時刻。而韓偓的〈避地〉則是天佑二年（905），韓偓聞
昭宗為朱溫所弒，棄官至醴陵隱居時所寫。這兩首詩的首聯極為相
似，皆是以西山、南浦意象作為開頭，甚至也是少見的首聯對仗。而
語氣轉折的第六句「未」字，第八句「不」字皆相同，亦很難說的上
是巧合，或許可為韓偓學杜的證據之一。

　　然而這兩首不僅在章節用字上頗為類似，所描寫的情感亦是雷
同。南浦為古時離別之地，故詩歌常用南浦表示離別，然而在杜甫詩
中，南浦所表示的離別，不單是人與人之間的離別，更是杜甫與朝廷
的離別，杜甫在成都草堂定居時，早已遠離了長安的政治核心，對於
一直懷抱「致君堯舜上，再使風俗淳」理念的杜甫而言，這種清閒的
生活雖然安定，卻無法使他感到太多的適意，只因為「未有涓埃答聖
朝」的內疚讓杜甫心中不得安寧，杜甫的首句用了「三城戍」，表示
著戰爭仍然持續不止。所以騎馬出城遠望的杜甫，最後得出了「不堪
人事日蕭條」沉痛結論，不僅是自己多病的身軀無法報效國家，更是
對安史之亂的遲遲未平、國家的日漸蕭條感到痛心。不僅思念家人的
蹤跡、更是憂慮國家的未來，層層推進，故有亂世悲壯之音。

　　韓偓〈避地〉的情感亦是類似。先以西山、南浦的對比暗示心

中的愁緒，而「人泊孤舟」的孤獨寂寥，「鳥鳴高樹」的黃昏情景，襯托出韓偓所欲表達的沉鬱情感——「偷生亦似符天意，未死深疑負國恩」，韓偓作此詩於天佑二年（905），在天佑元年（904）時，朱溫羽翼已成，殺宰相崔胤，並迫昭宗遷都洛陽。隨即在朱溫授意下，昭宗爲其屬下朱友恭所弒。深受昭宗信任的韓偓，自然會對此發生感慨，「偷生」指自己當初貶官外放，得以保全性命，讓韓偓有著「似符天意」的自嘲，而「未死深疑負國恩」，則是對於備受昭宗信任，卻無法以身殉國的深沉內疚，情感與杜甫的「未有涓埃荅聖朝」類似，卻更加地悲痛沉摯。而韓偓結句的「白面兒郎猶巧宦，不知誰與正乾坤」，似是疑問，實際上卻是失望至極的無奈，當朝廷的重臣俱是「白面兒郎」、「巧宦」之徒時，韓偓的「不知」其實已經是知其不可的悲痛之語，與杜甫「不堪人事日蕭條」語意類似而沉痛過之。

前章節說過，杜甫、韓偓都具有明顯的狂者意識，是傳統儒生中的狂士。這種狂，對於兩人來說，不僅僅是激憤進取，亦含有對時代亂局有心無力的迷亂癲狂。杜甫一生未曾受重用，所任職最高不過左拾遺，未能一展才華。韓偓雖然處翰林學士、兵部侍郎之高位，又受昭宗信任有加。但唐朝此時名存實亡，昭宗毫無權力可言，只因藩鎮間的恐怖平衡才得以苟延，韓偓亦是無能爲力。「亂世之音怨以怒」，這是杜韓兩人客觀的共同處，加上兩人始終不二的忠孝氣節，形成了他們沉鬱悲壯的詩風，這是客觀的環境加上主觀的性格使然。

韓偓比杜甫不幸的是，他不僅經歷過「亂世之音怨以怒」的糜爛局勢，更是在「亡國之音哀以思」的時代悲歌繼續生活了十多年。筆者認爲，杜甫沉鬱頓挫的風格，韓偓實際上得了「沉鬱」的精粹，甚至更加地悲與慟，而對於杜甫「頓挫」的轉折詩法則有所不及。這很大的原因，實是跟他的遭遇使然，杜甫儘管經歷安史之亂的動盪，但朝廷仍然保有相當的國力，在杜甫晚期的作品，如〈聞官兵收河南河北〉、〈洗兵馬〉……等，都可見到杜甫對於唐朝國勢好轉

的喜悅與希冀。然而韓偓卻不然，唐朝滅亡已成定局，《讀史方輿紀要》云：「弱唐者，諸侯也。唐既弱矣，久不亡者，諸侯維之矣。」﹝註91﹞唐朝的衰弱，是諸侯的崛起導致。而唐朝的遲遲未滅，只因藩鎮間的恐怖平衡而已，等到天復二年（902）朱溫與河東節度使李克用於太原大戰，逼使李克用退守河東一隅，次年圍困鳳翔，迫挾持昭宗的鳳翔節度使李茂貞議和，並護送昭宗回長安後，朱溫代唐自立的局勢就已經不可挽回。所以韓偓的詩歌中，越是晚期的作品，他的情感越是純粹的悲觀激憤，儘管這讓他詩歌中的沉鬱比起杜甫有過之而無不及，然而過於單一的情緒，卻使得他在頓挫方面有所不及。

再比較杜甫、韓偓兩人晚年的兩首七律名作：

杜甫〈登高〉

風急天高猿嘯哀，渚清沙白鳥飛迴。無邊落木蕭蕭下，
不盡長江滾滾來。

萬里悲秋常作客，百年多病獨登臺。艱難苦恨繁霜鬢，
潦倒新停濁酒杯。（《讀杜心解》，卷四之二，頁671）

韓偓〈惜花〉

皺白離情高處切，膩香愁態靜中深。眼隨片片沿流去，
恨滿枝枝被雨淋。

總得苔遮猶慰意，若教泥污更傷心。臨軒一醆悲春酒，
明日池塘是綠陰。（《韓偓詩註》，卷三，頁198）

這兩首詩都可說是兩位作者各自的晚年心境寫照，差別只在杜甫是寫景抒情、而韓偓是詠物抒情，杜甫四聯對仗，韓偓亦相似，首、頷、頸三聯皆對，只有尾聯的「一醆」對「池塘」四字不工，其餘十字亦對仗。

杜、韓兩首幾乎每句都成一完整獨特意象，如〈登高〉八句意象分別為猿嘯、鳥飛、落木、長江、悲秋、多病、霜鬢、酒杯，然而這

﹝註91﹞清・顧祖禹著、賀次君等點校：《讀史方輿紀要》（北京：中華書局，2005年三月），卷六，頁258。

八種意象，卻又無一不指杜甫心中的沉鬱苦痛，讓整首詩渾然通成，情景交融，爲杜甫沉鬱頓挫的最好體現。

韓偓此詩亦類似，但不同於杜甫遼闊景象，韓偓〈惜花〉著眼於細膩的花葉色香，一二句描寫花的兩種印象——色與香。三四句描寫花瓣與樹枝的不同遭遇——水流與雨淋。五六句描寫花的兩種結局——苔遮、泥污，末兩句則寫未來的情景——綠陰。這首詩表面是詠花，實則暗指個人與國家的無奈命運。人之於國家，就像是花瓣依於樹枝一樣，首聯的「離情」，即是詩人對於國家的分離之情，而「愁態」，自然就是亡國之愁。所以頷聯「眼隨片片沿流去，恨滿枝枝被雨淋」，前句暗指個人的身不由己，後句暗喻國家的摧折崩毀。而頸聯的「總得苔遮猶慰意，若教泥污更傷心」，則指唐亡後士人的兩種結局，遺民跟貳臣。而尾聯的「臨軒一醆悲春酒，明日池塘是綠陰」，悲春，實際上就是悲唐，因爲春去夏來，春天的百花凋零後，自然就會變成了夏日的綠陰滿塘。「悲春酒」的「悲」是亡國之悲，「是綠陰」的「是」則是無法逃避的事實，韓偓〈惜花〉寫於後梁乾化四年（914），已是唐朝滅亡的第八年，末句的「是」字，蘊含著沉痛卻難以否認的悲哀意涵，詩題〈惜花〉，然而花已凋零，只剩滿塘綠陰，春去夏來，暗示朝代轉移，又怎能不令詩人感到悲痛，實是深得「沉鬱」之旨。然而詩中意象皆不離花，意象是細膩狹窄，情感雖然隱晦，卻單純唯一。不像杜甫的〈登高〉的八句，每句的前四字意象浩大，後三字則是渺小事物，卻又存有杜甫的主觀情感，如「風急天高」對「猿嘯哀」，「渚清沙白」對「鳥飛回」皆是如此，一大一小，一闊一窄，一廣一細，形成杜甫〈登高〉詩中的「頓挫」之感。韓偓的〈惜花〉只著重於花樹的多重樣貌，雖然描寫的手法與〈登高〉類似，情感亦是悲痛沉摯，卻終究是缺乏了杜甫詩歌中的「頓挫」之感。

而韓偓的七律〈故都〉，亦是他沉鬱過之、頓挫不及的風格呈現：

故都遙想草萋萋，上帝深疑亦自迷。塞雁已侵池籞宿，宮鴉猶戀女牆啼。

天涯烈士空垂涕，地下強魂必噬臍。掩鼻計成終不覺，
馮驩無路學鳴雞。（卷一，頁88）

這首詩寫於天佑三年（906），在天佑元年之時，昭宗受朱溫所脅，不
得不遷都於洛陽，隨即爲朱溫所弒。詩題的故都，即是指唐朝原本的
首都——長安。遠在閩地的韓偓，藉由懷念遷都後的長安景色，來寄
託他深切的家國之痛。然而由於如此，他整首詩中的情感是過於充沛
的，如頸聯的「天涯烈士空垂涕，地下強魂必噬臍」，將自己悲痛哭
泣的情緒抒寫得淋漓盡致，而「空」這個字，又表示韓偓對於時事的
無能爲力。同時亦痛斥引朱溫入京剷除宦官的宰相崔胤，在黃泉必將
後悔莫及，最後總結於「掩鼻計成終不覺，馮驩無路學鳴雞」的悲傷，
藩鎮篡唐自立即將成爲事實，只空餘報國無門的烈士獨自流涕。綜觀
整首詩，會發現韓偓所蘊含的情感確實是十分沉痛，然而也因如此，
整首詩給人緊迫快速、一氣呵成之感，這是由於韓偓的情感已經無法
自制之故，若說杜甫的詩歌如層巒疊起的巍峨山峰，那韓偓的詩歌大
抵就如同宣洩奔放的大江流水一般，他在「沉鬱」之情的呈現方面比
杜甫來的激烈，但在「頓挫」之調上就不如杜甫了。我們看〈故都〉
的「上帝深疑亦自迷」句，連主宰一切的蒼天都要爲長安的荒涼感到
深深的疑惑與痴迷，那又何況是詩人自身呢？身處朝代更替之時，韓
偓心中的痛苦與癲狂，實是遠甚於杜甫。

　　韓偓因爲時代的相似，與杜甫的詩歌類似。但亦因所處時代的慘
狀，導致了他與杜甫詩歌的歧異。他們之間的詩歌異同，不能說孰優
孰劣，只能說是多方面的因素使然。若使韓偓生於杜甫年代，他的詩
歌很可能會從失落的亡國之音中注入憂喜交加的頓挫之聲，若是杜甫
生於韓偓年代，亦說不定會染上末代士人對於國家政治局勢的絕望
感，而使得他情感沉鬱悲憤而缺乏頓挫之感。《唐音癸籤》說「唐詩
自咸通而下，不足觀矣。亂世之音怨以怒，亡國之音哀以思，氣喪而
語偷，聲煩而調急，甚者忿目褊吻，如戟手交罵者有之」[註92]，這

────────────────

〔註92〕明‧胡震亨：《唐音癸籤》（台北：木鐸出版社，1982年7月），頁286。

實是唐末詩人的共通特色，韓偓因性格的剛正不阿與儒者特質，詩歌還不至於到偏激斥罵的極端，但是「聲煩調急」的特色，卻已是他無法避免的時代悲劇。

第四節　小結

　　韓偓爲唐末的重要詩人之一，詩歌評價卻總因他早年的《香奩集》而有所低落，委實可惜。從本章節的闡述中，筆者以兩人的狂者性格、對李白的崇慕，以及家國傷痛的共鳴，可得知韓偓與杜甫之間的詩歌傳承脈絡昭然若顯，並且梳理了一些前人研究的問題。

　　韓偓實是研究杜甫詩歌在唐代的傳承時，必須要重視的一位詩人。不論是他的姨夫李商隱、抑或是他在唐末的道德評價，都能很明顯地看出杜、韓兩人之間的詩歌聯繫。而他早年的《香奩集》，筆者以爲，固不必引申過度，與唐末時事結合，說其句句有「香草美人之遺」，是韓偓心中悲憤的寄託。更不須因香奩詩中所述的男女情愛之事而有所貶低。公允而論，這是當時文人的共業，是歷史的必然趨勢。

　　而韓偓亦有一點須注意，唐末不少詩人早年都有寫實主義之作，但是在經歷了民變與藩鎮的戰亂後，心志大多消磨殆盡、情感走向男女情慾的書寫，或是沉寂於山光水色的秀麗。最著名的詩人集團，即是以韋莊爲主，盤踞在前蜀地區的花間詩人。韓偓卻剛好相反，從早年的情愛書寫中，至黃巢之亂後一變，詩歌中散發著對國家的憂心與內賊的痛恨，那怕是唐亡之後，這種寫實風格也未見減弱，反而一直持續到韓偓晚年，我們看歐陽脩對唐末五代文人氣節的不滿，再對比於韓偓晚年詩歌的寫實，亦可作爲韓偓是唐末儒者典範的証明。

　　但是，唐末極端黑暗的社會現實，依舊讓性格與杜甫相似的韓偓，在詩歌風格呈現上出現歧異。儘管韓偓對昭宗心懷感激，未如羅隱、韋莊寫過對唐朝皇室的激憤之語。但我們觀他寫〈故都〉、〈惜花〉、〈感事三十四韻〉、〈八月六日作四首〉等傷感國亂的詩作，他與杜甫

的沉鬱風格相似，甚至在情感的表露上有所過之。然而專注於情感的
傾瀉與悲傷，對國家未來的絕望，卻又使他在頓挫的轉折特色上遠遜
杜甫，這是韓偓、甚至整個時代的唐末詩人或多或少，都無法迴避的
重要問題。筆者在下個章節詳細論述之。

第六章　論唐末詩人評價低落的因由

　　在前面的章節中，筆者探索了以羅隱、韋莊、韓偓為首的唐末詩人群體，得出了唐末時期眾多詩人對杜詩的高度接受與模仿，恐怕是更勝往昔。然而，這又帶來了另一個問題，假若杜甫詩歌在唐末詩壇中，真的受到了眾多詩人的關注與學習，那麼，為何唐末詩人的評價，卻明顯是初、盛、中、晚、末其中最為低劣的呢？宋人嚴羽《滄浪詩話》云「晚唐之下者，亦墮野孤外道鬼窟中。」〔註1〕明朝許學夷《詩源辯體》言：「律詩以初盛唐為正，大曆、元和、開成為變，至唐末而律詩盡敝」〔註2〕，都是對於唐末詩歌極為嚴厲的批評，而與嚴羽、許學夷兩位詩評家持相同觀點的文人，歷朝更是所在多有。

　　因此本章節筆者將就唐末詩壇的詩歌特色，提出幾點唐末詩歌在學杜的同時，評價低落的原因與脈絡。

第一節　求名難得又難休——唐朝詩賦取士流弊

　　談到唐末詩風的評價低落，筆者以為有一點必須先提，就是從宋朝以來，對於唐詩興盛原因的主流意見——「以詩取士」，如

〔註1〕宋・嚴羽著、郭紹虞校注：《滄浪詩話校譯》（台北：里仁書局，1987年4月），頁146～147。

〔註2〕明・許學夷著、杜維沫校：《詩源辯體》（北京：人民文學出版社，1998年2月），卷一，頁1。

嚴羽的《滄浪詩話》：

> 或問：「唐詩何以勝我朝？」唐以詩取士，故多專門之
> 學，我朝之詩所以不及也。〔註3〕

這種觀點爲不少詩評家所接受，成爲唐詩興盛的一種主流說法。如〈御制全唐詩序〉就云：

> 蓋唐當開國之初，即用聲律取士，聚天下才智英傑之
> 彥，悉從事於六義之學，以爲進身之階。〔註4〕

這篇序文爲康熙親自所寫，依其皇帝之尊，這種「唐當開國之初，即用聲律取士」的說法想必爲當時文人所廣泛接受。

然而，在近代學者的考證下，有關唐代科舉「以詩取士」的情況，恐怕並非開國就有，而是經過一段時間的醞釀，才在盛唐時期正式確立。傅璇琮《唐代科舉與文學》的第七章〈進士考試與及第〉、第十四章〈進士試與文學風氣〉兩章對此有相當詳細的論析，在此不再重複。〔註5〕但可以確定的是，在初唐時期，進士科舉是只考策文，也即是如今的申論題。而「以詩取士」，則要到開元十二年（724）才眞正開始。傅璇琮最後得出了結論：

> 應當說，進士科在八世紀初開始採用考試詩賦的方
> 式，到天寶時以詩賦取士成爲固定的格局，正是詩歌的發
> 展繁榮對當時社會生活產生廣泛影響的結果。〔註6〕

指出唐代「詩賦取士」的現象，正是由於初盛唐時期詩歌的繁榮發展所導致。與嚴羽的觀點完全相反。

而這種論述，就引發了一個重要的議題，在開元十二年時，杜甫已經十三歲，李白爲二十四歲，而孟浩然與王維皆已近不惑之年，很難

〔註3〕宋・嚴羽著、郭紹虞校注：《滄浪詩話校譯》，頁147。

〔註4〕清・彭定求等編：《全唐詩》（北京：中華書局，1979年8月），第一冊，頁5。

〔註5〕「正因爲對歷史材料未作必要的清理和辨析，有時就會對某些歷史現象作出不符合實情的判斷，所謂唐代進士以詩取士促進唐詩的繁榮，就是誤解之一」。見傅璇琮：《唐代科舉與文學》（台北：文史哲出版社，1994年8月），頁169～197、頁413～418。

〔註6〕傅璇琮：《唐代科舉與文學》，頁418。

想像對於青壯年的詩人來說，此時才確立的「以詩取士」，會造成多大的影響。這種科舉以詩取士的影響，恐怕是對於中唐以後的文人居多，並且，筆者以為，應是盛唐詩風與中晚唐詩風的轉折重要因素之一。

　　關於「以詩取士」對於中晚唐文人的影響，我們不妨拿省試詩來判斷，如傅璇琮所提，文宗開成二年（837）狀元李肱的〈省試霓裳羽衣曲〉：

> 開元太平時，萬國賀豐歲。梨園獻舊曲，玉座流新製。
> 鳳管遞參差，霞衣競搖曳。醼罷水殿空，輦餘春草細。
> 蓬壺事已久，仙樂功無替。詎肯聽遺音，聖明知善繼。
> 〔註7〕

《唐詩紀事》記載李肱（？～？）此詩為當時主考官高鍇所賞識，給予當年科舉第一：

> 就中進士李肱《霓裳羽衣曲詩》一首，最為迥出，更無其比。詞韻既好，去就又全，臣前後吟詠近三五十遍，雖使何遜復生，亦不能過，兼是宗枝，臣與狀頭第一人，以獎其能。〔註8〕

傅璇琮批評高鍇「雖使何遜復生，亦不能過」的評語是品鑑失當。〔註9〕誠然，李肱〈省試霓裳羽衣曲〉在內容上毫無特殊之處，為歌功頌德之作。然而就文字技巧來說，仍然有其意義所在，臧岳《應試唐詩類釋》云：

> 首二句先從題之來歷說起，三四句承點「曲」字，曲謂之舊，以隋之法曲而言也。「鳳管」二句，實寫題面。「水殿」二句，因歌而感慨往事，意味極其深長。「蓬壺」二句，又為「試」字生根。末二句歸結「試」字，語句含蓄，得體得法。〔註10〕

〔註7〕清・彭定求等編：《全唐詩》（北京：中華書局，1979年8月），第十六冊，卷五百四十二，頁6260。

〔註8〕宋・計有功：《唐詩紀事》（上海：上海古籍出版社，1987年7月），卷五十二，頁787～788。

〔註9〕傅璇琮：《唐代科舉與文學》，頁419～420。

〔註10〕轉引自彭國忠主編：《唐代試律詩》（合肥：黃山書社，2006年11月），

從這樣的析論中可以得知，儘管李肱在詩歌的內容缺乏創新，然而在文字架構上，卻頗多精心雕琢，充滿巧思。高鍇評說「詞韻既好，去就又全」，恐怕就是著眼此處。而這種對於文字華藻的要求，應可視爲晚唐以降科舉以詩取士的標準依據。我們不妨拿同一時期，終身未第的劉得仁（？～？）〈京兆府試目極千里〉來作比較：

> 獻賦多年客，低眉恨不前。此心常鬱矣，縱目忽超然。
> 送驥登長路，有鴻入遠天。古壚煙冪冪，窮野草綿綿。
> 樹與金城接，山疑桂水連。何當開霽日，無物翳平川。

〔註11〕

劉得仁一生皆未取得科舉功名，那這首省試詩的成績可想而知。然而若從詩歌的意涵來看，卻明顯比李肱應舉狀元的〈省試霓裳羽衣曲〉來得有特色多了。充分地表現出詩人鬱悶失意的情懷，最後結語的「何當開霽日，無物翳平川」，在表現出求仕的渴望心態以外，亦充滿對於未來的冀望，可說是詩人的本色之作。

但是，這樣的作品，卻無法得到當時主考官的賞賜，實是一大遺憾。彭國忠《唐代試律詩》一書就言：

> 此詩貴在借題發揮，一意書寫自己懷抱，全無科場弊習，斯爲難得，恐亦作者累年不第的重要原因。〔註12〕

而同樣終身不第的羅隱，也有試律詩流傳於世：

> 〈省試秋風生桂枝〉
> 涼吹從何起？中宵景象清。漫隨雲葉動，高傍桂枝生。
> 漠漠看無際，蕭蕭別有聲。遠吹斜漢轉，低拂白榆輕。
> 寥泬工夫大，乾坤歲序更。因悲未歸客，長望一枝榮。

〔註13〕

這作品作於何年何日已不可考，但羅隱這詩作的情感卻十分明顯。詩

頁223。
〔註11〕清‧彭定求等編：《全唐詩》，第十六冊，卷五百四十五，頁6299。
〔註12〕彭國忠主編：《唐代試律詩》，頁230。
〔註13〕李定廣：《羅隱集繫年校箋》（北京：人民文學出版社，2013年6月），卷五，頁219。

人懷才不遇的痛苦，渴望折桂（中舉）的希冀，對於蹉跎歲月的哀傷，將自身情感融入廣闊蒼涼的秋風中，同樣可說是詩人的本色之作。

但是，不論是劉得仁、或是稍後的羅隱，他們都未曾中舉，反過來看李肱的〈省試霓裳羽衣曲〉，其風格注重於鑽研字句雕琢、忽視作者情感，強調歌功頌德，這樣的取詩標準，明顯的會造成考場士人的詩風變化。而這種變化，呈現於詩歌中的，就是以賈島為主的苦吟詩風。

唐末的科舉由於為權貴把持，一般寒門及沒落世家的子弟難有入試的希望，然而也因為為權貴把持，加上唐朝試卷未有糊名，求賞於權貴宦要乃是當時士人的干謁手段，唐末詩人如羅隱、韋莊、韓偓、鄭谷、杜荀鶴等人皆在長安定居過，原因就在於靠近權力中央，冀望見知於官要，並寫了不少干謁詩流傳後世。這種現象，從盛唐杜甫開始就很明顯，而到了唐末更是成為普遍現象。

並且，由於開元十二年後「以詩取士」現象的確立，到了唐末詩壇時，文人對於寫詩的目的已經與盛唐詩人完全不同，李定廣指出：

> 詩歌本是唐代文人實現科舉成名的手段，但到唐末五代，在廣大寒士普遍蹭蹬科場數十年的情況下，詩歌作為科舉的暫時代替物，成為文人實現人生價值的最主要載體。〔註14〕

這種說法實際上不難理解，從開元年間正式確立以詩取士開始，寫作詩歌成為了文人入仕的重要工具。然而在唐末科舉的腐敗，國家政權的衰弱，科舉入仕不但變得極難，並且反而有殺身之禍。許多文人為了避禍，又同時抱有求名的矛盾思想下，創作詩歌實際上已經反客為主，成為一種唐末文人的生活方式。如司空圖〈力疾山下吳邨看杏花十九首・其六〉云：

> 浮世榮枯總不知，且憂花陣被風欺。儂家自有麒麟閣，第一功名只賞詩。〔註15〕

〔註14〕李定廣：《唐末五代亂世文學研究》（北京：中國社會科學出版社，2006 年 7 月），頁 82。

〔註15〕清・彭定求等編：《全唐詩》，第十九冊，卷六百三十四，頁 7276。

杜荀鶴〈秋日閒居寄先達〉：

> 到頭身事欲何爲，窗下工夫鬢上知。乍可百年無稱意，
> 難教一日不吟詩。〔註16〕

司空圖、杜荀鶴皆爲唐末的重要詩人，他們對於苦吟作詩的態度，幾乎達到了全副心力投注的程度，即使是寫出「平生事業匡堯舜」、「有心重築太平基」、嚮往建功立業的韋莊，對於苦吟也心有獨鍾：

> 韋莊〈柳谷道中作卻寄〉
>
> 馬前紅葉正紛紛，馬上離情斷殺魂。曉發獨辭殘月店，
> 暮程遙宿隔雲村。
>
> 心如岳色留秦地，夢逐河聲出禹門。莫怪苦吟鞭拂地，
> 有誰傾蓋待王孫。〔註17〕

尾聯點出了苦吟的原因，就在於詩人無人賞識的苦悶。而這種無人賞識的因由，卻又可以歸咎於唐末科舉制度的腐敗。

而科舉制度對唐末詩人的影響，除了以詩取士以外，更多的是助長了落第詩與艷體詩的興盛，落第詩自不用講，在唐末科舉的險惡中，寒素子弟若未獲扶持，終其一生也難以入舉，因此在唐末文人中，書寫自身或寬慰他人落第的詩歌幾乎是每位文人詩歌的主要內容之一，如杜荀鶴〈下第東歸道中作〉：

> 一迴落第一寧親，多是途中過卻春。心火不銷雙鬢雪，
> 眼泉難濯滿衣塵。
>
> 苦吟風月唯添病，遍識公卿未免貧。馬壯金多有官者，
> 榮歸卻笑讀書人。〔註18〕

這首詩應作於赴試長安落第回鄉之時。詩人此時所表達的心態是消極悲憤的。首聯說道只有落第之時才能探望親人，並且多在趕路奔波的時候度過象徵團圓的春節，可以想見詩人此時的自怨自艾。而頸聯說出了詩人爲了求士的苦吟風月和遍識公卿，結果只換來貧病交加的窘

〔註16〕清·彭定求等編：《全唐詩》，第二十冊，卷六百九十二，頁 7954。
〔註17〕唐·韋莊著、聶安福注：《韋莊集箋注》（上海：上海古籍出版社，2013 年 3 月），卷一，頁 15。
〔註18〕清·彭定求等編：《全唐詩》，第二十冊，卷六百九十二，頁 7959。

迫，最後的結語「馬壯金多有官者，榮歸卻笑讀書人」，生動描述出杜荀鶴被入仕升官的同鄉者恥笑的畫面，我們看他「心火不銷雙鬢雪，眼泉難濯滿衣塵」的悲慘，就不難理解爲何杜荀鶴晚節不保、投靠朱溫以求仕的原因所在。

　　而若說落第詩是唐末科舉制度的必然產物，唐末艷體詩的興盛，就是多方面因素的交錯，而其中科舉制度爲主要原因。在中晚唐以來，商業活動逐漸興盛，都市化的程度逐漸提升，在大量的士人因應試而滯居長安時，所導致的一種現象——就是文人與青樓女子的交往與贈詩，如韓偓的〈香奩集自序〉，就很明白地道出因由：

> 遐思宮體，未敢稱庾信工文。卻詣《玉台》，何必倩徐陵作序。粗得捧心之態，幸無折齒之慚。柳巷青樓，未嘗糠秕。金閨繡戶，始預風流。咀五色之靈芝，香生九竅。咽三危之瑞露，春動七情。如有責其不經，亦望以功掩過。〔註19〕

韓偓的《香奩集》爲其早年之作，此時的他正是應試於科舉之中。當他定居於長安的時候，韓偓很明顯地與青樓女子有親密的來往，「柳巷青樓，未嘗糠秕。金閨繡戶，始預風流」。而同時期的唐彥謙、韋莊等人，亦是寫豔情詩的好手，他們有著相似的特色，多爲應試多年不第、爲權貴或沒落世家子弟、並且曾定居於長安，劉寧甚至將他們歸類於貴冑詩人，認爲他們是在長安詩壇「佔盡風光」，與寒素詩人絕少來往，以創作豔情詩歌爲主，並且其豔情風格在黃巢之亂後因戰火而凋零殆盡。〔註20〕這種說法並不全面，甚至其所列舉的詩人，有幾位在其生前早已家道中落，與一般寒門子弟無異，並且亦未得到上層階級的青睞。韓偓《香奩集》的創作在其中舉之前，其創作的目的，恐怕與青樓女子的交往和消遣懷才不遇的苦悶較爲

〔註19〕唐・韓偓著，清・吳汝綸注：《韓翰林集》（台北：台灣學生書局，1967年5月），頁103～104。
〔註20〕劉寧：《唐宋之際的詩歌演變研究》（北京：北京師範大學出版社，2002年9月），頁106～114。

有關。而其香豔詩風的變化，韓偓與唐彥謙等人確實可以黃巢之亂的爆發作為詩歌風格的分歧點，從香豔纏綿的詩風轉向沉鬱悲壯的風格，然而亦不乏晚年重歸於香豔風格的文人，如韋莊晚年的《浣花詞》與部分詩作，藉由男女情愛描寫抒寫心中亡國心思，將改朝換代的惆悵替換成男女分別的離情。

　　這種沉溺於男女歡情的詩歌，韋莊緬懷過去的〈咸通〉似乎也道出部分原因：

　　　　咸通時代物情奢，歡殺金張許史家。破產競留天上樂，
　　鑄山爭買洞中花。

　　　　諸郎宴罷銀燈合，仙子遊迴璧月斜。人意似知今日事，
　　急催弦管送年華。

這首詩作於韋莊在黃巢之亂中，懷念咸通年間的安逸歲月所作，當與〈憶昔〉「昔年曾向五陵遊」作於同一時期，半感傷半批判地道出過去韋莊為了求仕干謁與長安權貴子弟伴遊的享樂歲月，前三聯都可視作豔情詩風大量創作的環境背景，為一長安上下奢華，公子醉遊，妓女伴陪的極樂宴集。而末聯的「人意似知今日事，急催弦管送年華」卻寫著十分驚悚，彷彿是這些長安的上下權貴豪宦到寒門子弟，預感到黃巢之亂的來臨，才會如此肆意於情慾享樂之中。這是一種對於人生未來的不確定與迷惘感所造成的。而韋莊、韓偓等人的不確定感，除了國家衰弱的悲哀外，更多的是對於久試不第的迷惘與沉溺於青樓歌舞的悲哀。

　　在第二章〈唐朝杜詩接受的地位演變與社會背景〉中，筆者曾經談論過，唐末科舉制度的腐敗，眾多讀書份子的懷才不遇，是造成他們與杜甫詩歌共鳴之間的相似感。然而從開元年間「以詩取士」的科舉考試方式確立，主考官對於華藻字句的要求與詩歌內容的忽視，以及唐末科舉的艱困，這些種種的原因加起來，亦形成了唐末詩歌與杜甫的不同、或是變本加厲之處。如杜甫的苦吟風格只是其詩歌的一部份樣貌，然而在唐末的多數詩人中，卻成了他們詩歌的主旋律。還有

艷情詩歌的發展，這種種的變化，都與科舉制度的改變息息相關。

唐代「以詩取士」的考試方法，固然造成了唐人學詩的興盛繁榮，但對於中晚唐的學詩風氣也造成了不好的影響，湯燕君的《唐代試詩制度研究》在論及「以詩取士」對於唐代的詩歌發展時，提到了三點優勢：一、以詩取士促進尚詩風氣發展。二、以詩取士強化文人詩化人格。三、以詩取士促進文人詩性思維。這就是後代嚴羽強調「唐詩何以勝我朝」的原因。但湯燕君同時也論及了「以詩取士」的詩歌發展四點瑕疵：一、詩歌審美統一化。二、詩歌教育制度化。三、詩歌創作功利化。四、詩歌寫作形式化。〔註21〕這又是造成中唐以後的詩歌，為何評價會漸漸落後於初、盛唐的原因之一。當我們看到李肱歌功頌德、詞藻華麗的〈省試霓裳羽衣曲〉能受到主考官的大力讚賞，而劉得仁、羅隱蘊含個人悲痛的沉鬱詩作卻終身未第，就能知道中唐以降的科場弊端，已經對唐朝的詩歌造成難以想像的偏差影響。儘管仍有許多寒素詩人能保持自我風格，但在仕途的誘惑下，許多讀書人的詩歌風格走向統一化、制度化、功利化、形式化的僵硬發展，卻已經是難以改變的趨勢。

第二節　亡國之音哀以思——毫無希望的衰疲詩風

當古代詩評家提到晚唐詩壇（包括唐末）的風格，常常會提到了一種說法——「詩風衰敝」。北宋蔡居厚的《詩史》是較早提出這種觀點的著作：「晚唐詩句尚切對，然氣韻甚卑」〔註22〕，與稍晚於他的嚴羽亦言：「晚唐之下者，亦墮野孤外道鬼窟中」。而南宋俞文豹《吹劍錄》亦是不可忽視的評論：

> 近世詩人好為晚唐體，不知唐祚至此，氣脈浸微，士

〔註21〕湯燕君：《唐代試詩制度研究》（北京：中國社會科學出版社，2014年11月），頁378～337。

〔註22〕宋‧蔡居厚《詩史》，收錄於郭紹虞輯：《宋詩話輯佚》（北京：中華書局，1980年9月），下冊，第22則，頁448。

> 生斯時，無他事業，精神伎倆，悉見於詩，侷促一題，拘
> 攣於律切，風容色澤，輕淺纖微，無復渾涵氣象，晚唐哀
> 思之音。

這裡的晚唐體，乃是指唐末詩壇的風格，俞文豹指出了此時的詩人，由於「詩賦取士」的影響，全心全力的投注於詩歌伎倆之中，精煉字句、對仗工偶，卻已經失去了盛唐時期的渾淪氣象，是「亡國之音哀以思」的體現。

明代胡震亨（1569～1645）對唐末詩歌評語亦可作爲參看：

> 咸通而後，奢靡極，叛孽兆，世衰而詩亦因之。氣萎
> 語偷，聲繁調急，甚者忿目褊吻，如戟手交罵者有之。王
> 化習俗，上下交喪，而心聲隨焉，豈獨士子罪哉！〔註23〕

這裡所說的咸通而後，即是指唐末懿宗以後的詩壇風格，胡震亨得出了唐末詩衰的結論，然而他提出了另一種見解——「世衰而詩亦因之」，認爲唐末的詩歌衰微乃是國家命運使然，並非只是當時的詩人之罪。

明末許學夷則以「才力」與「風氣」來論述晚唐以降的「詩卑」：

> 元和柳子厚五、七言律，再流而爲開成許渾諸子。許
> 才力既小，風氣日漓，而造詣漸卑，故其對多工巧，語多
> 襯貼，更多見斧鑿痕，而唐人律詩乃建蔽矣。〔註24〕

> 開成許渾七言律，再流而爲唐末李山甫、羅隱諸子。
> 羅、李才力益小，風氣日衰，而造詣愈卑。故於鄙俗村陋
> 之中，間有一二可採。然聲盡輕浮，語盡纖巧，而氣韻衰
> 颯殊甚。唐人律詩，至此乃盡蔽矣。〔註25〕

許渾（788～860？）乃活躍於晚唐時期的詩人，由於許渾的出生年代早於李商隱、杜牧與溫庭筠等晚唐詩人，因此許學夷視爲開晚唐詩卑風氣的先聲。而李山甫與羅隱，則是唐末詩人的代表。許學夷在認同前人對晚唐詩風卑微的觀點時，提出了兩點因素——「才力」與「風

〔註23〕明·胡震亨：《唐音癸籤》（上海：上海古籍出版社，1981 年 5 月），卷二十七，頁 286。

〔註24〕明·許學夷著、杜維沫校：《詩源辯體》，卷三十，頁 283。

〔註25〕明·許學夷著、杜維沫校：《詩源辯體》，卷三十二，頁 305。

氣」，才力簡單來說，就是指詩人的才華資質，然而卻頗易流爲詩評家主觀看法，許學夷的詩歌主張受到前後七子「詩必盛唐」影響頗大，因此對於晚唐詩人往往頗多譏諷，在此姑且不談。然而「風氣」一語，確實是點出了晚唐至唐末詩風的重要外在因素——社會環境。也是筆者想要在這節所闡述的問題。

關於唐末詩壇的「格卑」、「詩風衰疲」之說，很多文人與學者多以詩律對仗論起，常常會衍伸到賈島、姚合的苦吟風格，如《蔡寬夫詩話》就言：

> 唐末五代，流俗以詩自名者，多好妄立格法，取前人詩句爲例，議論鋒出，甚有獅子跳擲、毒龍顧尾等勢，覽之每使人捬掌不已，大抵皆宗賈島輩，謂之賈島格，而於李杜詩特不少假借。〔註26〕

這裡所說的「好妄立格法」，實際上就是對唐末詩歌「格卑」的批評，蔡寬夫認爲唐末詩壇常拘謹於詩格，如「獅子跳擲」、「毒龍顧尾」等，使詩歌流於形式主義，故他在最後對這種現象做出嘲諷：「此豈韓退之所謂『蚍蜉撼大樹，可笑不自量』者邪」。〔註27〕

然而筆者在此想從另一層面論述唐末詩卑的內涵，也即是歷代詩評家大多有點出，卻未深入剖析的環境影響——「氣脈浸微」、「世衰而詩亦因之」、「風氣日衰」。

在歷代詩評家中，詩歌的好壞常常與國家的興盛勾連，如前面所舉的胡震亨「世衰而詩亦因之」論，明代王世貞（1526～1590）評論唐末詩歌亦引此類觀點：

> 不知僖、昭因蜀、鳳時，溫、李、許、鄭輩得少陵、太白一語否？有治世音，有亂世音，有亡國音，故曰聲音之道與政通也。〔註28〕

〔註26〕宋・王直方等著、郭紹虞輯：《宋詩話輯佚》（北京：中華書局，1980年9月）卷下，頁410。

〔註27〕宋・王直方等著、郭紹虞輯：《宋詩話輯佚》，卷下，頁411。

〔註28〕明・王世貞：《藝苑卮言》，收錄於清・丁福保輯：《歷代詩話續編》（台北：木鐸出版社，1988年7月），第二冊，卷四，頁1017。

明末許學夷（1563～1633）亦有類似觀點：

> 詩道興衰，與國運相若。大抵國運初興，政必寬大；
> 變而爲苛細，則衰。再變而爲深刻，則亡矣。〔註29〕

這種「聲音之道與政通」、「詩道興衰，與國運相若」的說法，最早可以追朔爲先秦《禮記》之說：

> 凡音者，生人心者也。情動於中，故形於聲。聲成文，
> 謂之音。是故治世之音，安以樂，其政和；亂世之音，怨
> 以怒，其政乖；亡國之音，哀以思，其民困。聲音之道，
> 與政通矣。〔註30〕

然而《禮記》只是純粹論述政治環境對於詩歌的影響，但宋、明以後的詩評家卻進一步，將詩歌的優劣判別，歸咎於朝代的盛衰起伏，這種說法，多以崇尚盛唐詩風的詩評家爲大宗。

　　筆者以爲，評斷不同時代詩歌優劣，以政局的衰敗來論斷恐怕是不妥當的，如先秦的屈原，魏晉的陶潛，他們生活的時代都是兵荒馬亂的時局，但他們詩歌成就卻絕不遜色太平時期的詩人。即使是眾所稱譽的杜甫，他詩歌風格成熟的時間也在安史之亂後，假如依胡震亨、許學夷的說法，就會推斷出杜甫詩歌不如李白、王維、孟浩然等人的矛盾邏輯。

　　然而，筆者認爲，固然不能以政局清濁來作於詩歌優劣的依據。然而若是回歸於《禮記》的說法，詩歌的風格形成，確實與當時的社會政局息息相關。

　　在筆者的第二章〈唐朝杜詩接受的地位演變與社會背景〉中，筆者比較杜甫與唐末詩人在遭遇、社會的相似處，以此論斷唐末學杜盛行的可能原因。然而，杜甫活躍的時期畢竟與唐末時期有相當的歧異，這種歧異，造成了唐末詩人在學習杜甫詩歌的同時，也形成了這個時期不同於杜甫的詩風——毫無希望、哀嘆諷刺的「衰疲詩風」。

〔註29〕明・許學夷著、杜維沫校：《詩源辯體》，卷三十四，頁328。
〔註30〕王雲五編、王孟鷗注：《禮記今注今釋》（台北：台灣商務印書館，2002年5月），第十九，頁609。

　　筆者對於胡震亨的「世衰而詩亦因之」論點不能苟同，然而他接下來所提的「氣萎語偷，聲繁調急，甚者忿目褊吻，如戟手交罵者有之」，則確實是唐末詩壇的主要特色之一，如我們第三章所提的羅隱，就是「忿目褊吻」的詩歌代表者，《唐才子傳》說他「凋喪淳才，揄颺穢德，白日能蔽於浮翳，美玉曾玷於青蠅，雖亦未必盡然，是皆闕愼微之豫」〔註31〕，就是指他的譏諷太過，與胡震亨「甚者忿目褊吻，如戟手交罵者有之」同義。

　　假如我們不把這種風格當作缺點的話，筆者以爲這種「氣萎語偷，聲繁調急」的特色，實際上就是爲唐末詩壇的一種特色，假如站在儒家傳統溫柔敦厚的詩教觀來看，這種怨憤斥罵的風格確實可以說是「詩衰格卑」，但以如今的觀點來看，筆者以爲需用多元開放的眼光看待，不應以優劣論之，只能說是這個時代的詩歌特色之一。

　　前面章節說過，國家混亂的相似，讓杜詩與唐末詩人之間有著共鳴感，這時期詩人的社會與寫實內容大盛，戰亂流離的痛苦，懷才不遇的求仕，讓詩人在奔波的同時，對於國家與人民的苦痛有著深刻的認識，這是他們「學杜」的基礎與動力。

　　然而，唐末的時局，實際上比杜甫在安史之亂的困局還來的混亂不堪，黃巢之亂過後，藩鎮李茂貞、朱溫、李克用的坐大，唐末皇帝的有名無實與身不由己，都無形之中加深了當時詩人的痛苦，此時的詩人常有仕與隱的心理掙扎，而選擇入仕的文人，在面對科舉制度腐敗、中央政府衰頹的亂象，又常有依附藩鎮權宦的取否徬徨，在追求仕途功名的慾望，卻又受到儒家忠君愛國的拘束，文人常在理想與現實之中，承受劇烈的人格扭曲與悲劇。如殷文圭（？～？）就是一個很好的例子：

　　　　乾寧中，帝幸三峰，文圭攜梁王表薦及第，仍列榜中。
　　　尋爲裴樞宣諭判官，至大梁，朱全忠表薦之。既而由汴宋

〔註31〕元・辛文房著、戴揚本校注：《新譯唐才子傳》（台北：三民書局，2005年9月），頁545。

> 馳歸，全忠大怒，遣吏捕之不及矣。自是屢言措大率皆負
> 心，每以文圭爲証。白馬之禍，蓋自此也。〔註32〕

在依靠朱溫的提攜成爲進士後，殷文圭卻不願意效力於朱溫而轉投他方，導致朱溫大怒。這種矛盾的行爲，一方面是文人渴望著功名之路，一方面又受到儒家的正統思想所困。殷文圭這種例子可說是理念與現實掙扎中所得出的扭曲行徑，然而更多的是，隨著時局混亂，如秦韜玉、杜荀鶴等文人都選擇依附了宦官、強藩求仕，而部分有氣節與堅持的文人，如羅隱、韋莊，爲了避禍求全，雖然未入仕委身於當時權勢滔天的朱溫，也選擇了苟安一方的地方藩鎮爲依歸。

也因爲這樣的背景，這時期的文人行爲常常與儒家忠君思想有所相違，如歐陽脩《新五代史·死士傳》批評唐末五代的士人風氣：

> 士之不幸而生其時，欲全其節而不二者，固鮮矣。于
> 此之時，責士以死與必去，則天下爲無士矣。然其習俗，
> 遂以苟生不去爲當然。至於儒者，以仁義忠信爲學，享人
> 之祿，任人之國者，不顧其存亡，皆恬然以苟生爲得，非
> 徒不知愧，而反以其得爲榮者，可勝數哉！〔註33〕

道出了當時一些文人的扭曲心徑。

在這樣的心理扭曲下，文人反映到詩歌中的心態就可想而知，筆者以爲，若從這時代的政治影響來看，其呈現的風格就是充滿絕望、暮氣沉寂的衰疲意象。

說到亂世之音與亡國之音，就不能不提及《毛詩正義》的說法：

> 《詩》之風、雅，有正有變，故又言變之意。至於王
> 道衰，禮義廢而不行，政教施之失所，遂使諸侯國國異政，
> 下民家家殊俗。詩人見善則美，見惡則刺之，而變風、變
> 雅作矣。〔註34〕

〔註32〕宋·計有功：《唐詩紀事》（上海：上海古籍出版社，1987 年 7 月新版），卷六十八，頁 1016。

〔註33〕宋·歐陽脩、宋祁著、楊家駱主編：《新五代史》（台北：鼎文書局，1980 年 11 月 3 版），卷三十三，頁 355。

〔註34〕李學勤主編：《十三經注疏·毛詩正義》（北京：北京大學出版社，1999 年 12 月），卷一，頁 14。

古代儒者對於政局混亂的詩歌往往依循著《毛詩》的觀點來作推論，有著
正變之說，然而他們對於變風、變雅的作品，卻有著一定的要求與規範：

> ……然則變風、變雅之作，皆王道始衰，政教初失，
> 尚可匡而革之，追而複之，故執彼舊章，繩此新失，覬望
> 自悔其心，更遵正道，所以變詩作也。以其變改正，法故
> 謂之變焉。〔註35〕

儒家經典表明著所謂的變體，實際上是要對世衰的政權有所規勸，故「以
其變改正」。從這種觀點來看，我們就不難理解，為何唐末的詩歌在後世
的評價如此低落，唐末詩歌，對於時局的諷刺絕不缺乏，然而這種諷刺
風格的大盛，卻不是冀望於時局的改正，而是對於未來絕望的怨憤。

　　唐末在黃巢之亂的時期，許多文人仍能保持著較為樂觀的態度，
本論文所重點剖析的三位詩人，如韋莊此時所歌詠的「大盜不將爐冶
去，有心重築太平基」〔註36〕，對於建立功名偉業仍然存在著企盼之
心，羅隱、韓偓在避亂的同時，亦不放棄科舉赴試之路，都可以窺見
他們對於黃巢之亂時期的唐室仍不缺乏信心。

　　然而這點在黃巢之亂結束後卻開始有著明顯的不同，羅隱十第
不上，選擇依附當時的杭州刺史錢鏐，韋莊在中第的數年之後，中
早年的寫實詩風消磨殆盡，轉而走向恬淡適意的詩風，以及晚年入
蜀的花間詞風。即使是受到昭宗信任重用、被譽為「唐末完人」的
韓偓，他對於國運的看法，在經過昭宗被宦官韓全誨、藩鎮李茂貞、
朱溫的接連挾持之下，也逐漸從「如今冷笑東方朔，唯用詼諧侍漢
皇」〔註37〕的受寵得意，轉變成「雨露涵濡三百載，不知誰擬殺身
酬」〔註38〕的悲壯傷感。

〔註35〕李學勤主編：《十三經注疏・毛詩正義》，卷一，頁15。
〔註36〕韋莊〈長年〉，見唐・韋莊著、聶安福注：《韋莊集箋注》，卷二，
　　　　頁80～81。
〔註37〕韓偓〈六月十七日召對自辰及申方歸本院〉，見陳繼龍：《韓偓詩註》
　　　　（上海：學林出版社，2011年4月），卷一，頁4。
〔註38〕韓偓〈辛酉歲冬十一月隨駕幸岐下作〉詩，見陳繼龍注：《韓偓詩註》，
　　　　卷一，頁24。

這時期的詩人，普遍流露出對於國家命運的絕望與失落之感，韋莊可說是這時期較爲樂觀的詩人，劉寧在《唐宋之際的詩歌演變研究》中甚至認爲韋莊的詩歌有盲目樂觀的成分在：

> 韋莊的樂觀氣質在唐末詩人中非常罕見，他也因此能模仿杜甫詩中氣象雄渾的詩句，但在唐末極端黑暗的現實中顯然會使抒情流於虛浮、甚至虛假。〔註39〕

然而即使是韋莊，在他晚期的詩歌也逐漸消退早年的輕狂慷慨，〈憶昔〉「今日亂離俱是夢，夕陽唯見水東流」〔註40〕表達對於早年浪蕩的悔恨，〈洛陽吟〉「如今父老偏垂淚，不見承平四十年」〔註41〕道出人民對於社會混亂的悲傷，而〈上元縣〉「有國有家皆是夢，爲龍爲虎亦成空」〔註42〕更是失意至極，如果不是對於國家命運的絕望，是寫不出這樣的意蘊。

被後人認爲樂觀的韋莊都如此了，與他同時的詩人自然更加不堪，在黃巢之亂到朱溫滅唐的這段時間，對於家國的絕望，對於仕途的失落，導致文人詩歌中的消沉意識十分濃厚。如杜荀鶴的〈白髮吟〉「幾人亂世得及此，今我滿頭何足悲」〔註43〕，對於自身的滿頭白髮，他第一時間想到的，不是光陰虛擲的悲憤，而是苟全其身的慶幸，他的〈亂後旅中遇友人〉這種傾向更爲明顯：

> 念子爲儒道未亨，依依心向十年兄。莫依亂世輕依託，須學前賢隱姓名。

> 大國未知何日靜，舊山猶可入雲耕。不如自此同歸去，帆挂秋風一信程。〔註44〕

在亂中重遇，杜荀鶴對於仍抱有儒家理念的友人，他所勸慰的話語，不是祝福友人早日達成理念，而是勸他「莫依亂世輕依託，須學前賢

〔註39〕劉寧：《唐宋之際的詩歌演變研究》（北京：北京師範大學出版社，2002年9月），頁181。

〔註40〕唐·韋莊著、聶安福注：《韋莊集箋注》，卷二，頁87。

〔註41〕唐·韋莊著、聶安福注：《韋莊集箋注》，卷三，頁109。

〔註42〕唐·韋莊著、聶安福注：《韋莊集箋注》，卷四，頁148。

〔註43〕清·彭定求等編：《全唐詩》，第二十冊，卷六百九十二，頁7963。

〔註44〕清·彭定求等編：《全唐詩》，第二十冊，卷六百九十二，頁7970。

隱姓名」，杜荀鶴是唐末的社會詩人，他在〈詩旨〉的自敘中，表明了「詩旨未能忘救物」〔註45〕的儒家教化理念，然而在亂世之中，他也流露出這種消沉的避世想法，就可想見當時文人的失落心態。而同時期李山甫的〈上元懷古〉「君臣都是一場笑，家國共成千載悲」〔註46〕，充滿著對國家衰敗的絕望，唐末以氣節自居的司空圖，在〈丁巳重陽〉「自賀逢時能自棄，歸鞭唯拍馬驢吟」〔註47〕也透出自暴自棄的消極看法，鄭谷在亂世流離之中，重回故地時，甚至有著「潸然四顧難消遣，祇有佯狂泥酒盃」〔註48〕的悲哀，這種消沉失意的心態，深刻的影響了唐末詩人的詩歌風格。

　　而唐末除了國家命運以外，和詩人最息息相關的，莫過於科舉功名，這種消極頹廢的心態，同樣也出現在唐末頻繁書寫的落第詩中，如羅鄴〈下第〉詩云：

　　　　謾把青春酒一杯，愁襟未信酒能開。江邊依舊空歸去，
帝里還如不到來。

　　　　門掩殘陽鳴鳥雀，花飛何處好池臺。此時惆悵便堪老，
何用人間歲月催。〔註49〕

凡是有意仕進的唐末詩人，除了投靠藩鎮勢力有換取功名以外，幾乎都在科舉蹉跎大半光陰，羅鄴就是個明顯例子，在落第的悲傷心態中，「江邊依舊空歸去，帝里還如不到來」，自己一切努力都化作為烏有，羅鄴最後得出了「此時惆悵便堪老，何用人間歲月催」，那怕是仍處於中壯年的時期，然而投注心力在科舉功名的文人，也感到心力的枯萎將死，這不可不說是唐末科舉制度的負面影響。而李山甫的〈下第獻所知〉「今日懃知也懃命，笑餘歌罷忽淒涼」〔註50〕、羅隱的〈送顧雲下第〉「百歲都來

〔註45〕清‧彭定求等編：《全唐詩》，第二十冊，卷六百九十二，頁7975。
〔註46〕清‧彭定求等編：《全唐詩》，第十九冊，卷六百四十三，頁7362。
〔註47〕清‧彭定求等編：《全唐詩》，第十九冊，卷六百三十二，頁7251。
〔註48〕鄭谷〈渼陂〉，見清‧彭定求等編：《全唐詩》，第二十冊，卷六百七十六，頁7748。
〔註49〕清‧彭定求等編：《全唐詩》，第十九冊，卷六百五十四，頁7515。
〔註50〕清‧彭定求等編：《全唐詩》，第十九冊，卷六百四十三，頁7374。

多幾日，不堪相別又傷春」〔註51〕，同樣都透露出，在科舉仕途無望的當下，文人心中對於未來的心灰意冷，這都是唐末詩歌的一種呈現。

另外，此時的夕陽書寫亦是值得注意的一種意象，唐末詩人對於夕陽的書寫十分頻仍，這與夕陽暗示國家命運的衰弱不無關係，晚唐李商隱的「夕陽無限好，只是近黃昏」可以說是這種意象的先聲。而唐末詩壇中，除了韋莊著名的〈憶昔〉「昨日亂離俱是夢，夕陽唯見水東流」外，書寫夕陽意象的詩人還有不少，唐彥謙〈金陵九日〉「清歌驚起南飛鴈，散作秋聲送夕陽」〔註52〕、胡曾〈交河塞下曲〉「何處疲兵心最苦，夕陽樓上笛聲時」〔註53〕、鄭谷〈渭陽樓閑望〉「細雨不藏秦樹色，夕陽空照渭河流」〔註54〕、吳融〈海上秋懷〉「幾度黃昏逢罔象，有時紅旭見蓬萊」〔註55〕，都是以夕陽景象隱射國家衰落的詩句，在這些詩句中，詩人的心境大多是悲傷自憐的，很少見到類似於盛唐詩人的慷慨自信，歷代詩評家對於唐末詩歌的「疲弊」，唐末文人的這種書寫傾向，實是一種重要因素。

從第二章中，我們可以知道，杜甫與唐末詩人的傳承，來自於戰亂環境的共鳴感，然而由於唐末比杜甫生前的更加腐敗與黑暗，讓唐末詩人在學習杜甫的詩史與寫實精神時，對於國家卻是抱持著悲觀的看法，這時期的詩歌普遍瀰漫著消沉的意象，這使得堅持儒家詩教觀的後代文人頗多詬病，從而為唐末詩人儘管學杜，評價卻不高的原因之一。

第三節　唐宋之際的詩歌轉型——淺俗詩風的興盛

後世詩家談到唐末時期的詩歌，常常會提到的一種傾向，即是此時的詩歌往往受到白居易與元稹的影響，有著平易淺俗的風格，

〔註51〕李定廣：《羅隱集繫年校箋》（北京：人民文學出版社，2013 年 6 月），卷九，頁 427。
〔註52〕清・彭定求等編：《全唐詩》，第二十冊，卷六百七十一，頁 7675。
〔註53〕清・彭定求等編：《全唐詩》，第十九冊，卷六百四十七，頁 7418。
〔註54〕清・彭定求等編：《全唐詩》，第二十冊，卷六百七十六，頁 7743。
〔註55〕清・彭定求等編：《全唐詩》，第二十冊，卷六百八十七，頁 7896。

如趙榮蔚指出：

> 他們以復古求新，有意與時風相左的自覺意識，將自
> 己詩歌創作與時代衰微緊緊聯繫在一起，努力從漢樂府民
> 歌和新樂府中汲取營養，將元白淺俗表現範式運用於樂府
> 古風及格律詩的創作中。〔註56〕

這段話指出了此時期的淺俗詩風，其原因是來自「將自己詩歌創作與
時代衰微緊緊聯繫在一起」，這種說法指出了當時社會環境的影響。

　　唐朝中晚期的商業活動十分發達，安史之亂對北方都市的摧殘，
導致了唐朝的經濟中心往南方發展，中唐與晚唐的社會是呈現社會偏
安局面。而經濟貿易活動的頻仍，商人人口的流動，無形之間給通俗
文學得到了理想的發展環境。我們看唐代傳奇以及變文的旺盛發展，
即可理解此時通俗文學的興盛。如劉大杰《中國文學發展史》指出：
「唐代小說，是在六朝志怪小說和中晚唐商業經濟發達的社會基礎上
發展起來的。」〔註57〕

　　這種對於通俗文學有利的環境，不僅反映在中晚唐的小說傳奇，
對於此時的詩歌通俗化也起到重要作用。詩歌的通俗化，其實歷朝在
民間都廣為流行，只是不為世人所重視。我們讀漢代民間的樂府民
謠，絕大多數的詩歌內容，即使放在如今也能輕易理解。而在唐代，
初唐的王梵志就是為人所知的創作通俗詩歌代表詩人。然而詩歌的通
俗化與白話化，仍要到了元和時期，白居易、元稹所提倡的「元和體」，
加上當時外在環境的助力與影響，才算是真正的開始流行。

　　而唐末時期，詩歌的淺俗化已經成為當時的詩壇風格之一。最明
顯的特徵，即在於苦吟詩風的興盛。關於中唐以降苦吟詩風的特徵，
有些文人與學者常有些認知，以為賈島的苦吟詩歌是艱澀難懂、奇字
拗律之作，這種說法對於賈島一脈的苦吟詩風，其實是不太準確的。

〔註56〕趙榮蔚：《晚唐士風與詩風》（上海：上海古籍出版社，2004 年 12 月），
　　　　頁 457。
〔註57〕劉大杰：《中國文學發展史》（台北：華正書局，2008 年 8 月），
　　　　頁 421。

我們讀賈島的名句，不論是「鳥宿池邊樹，僧敲月下門」〔註58〕、「秋風生渭水，落葉滿長安」〔註59〕又或是「今日把示君，誰爲不平事」〔註60〕，在字句與意義上都不難懂，賈島的苦吟詩風，實際上是追求清冷奇僻的孤高意象，韓愈對於賈島詩歌「姦窮怪變得，往往造平澹」，很明確的指出賈島詩歌的要旨，「姦窮怪變得」，指的是賈島詩歌的奇僻意象，而「往往造平澹」，則是指賈島的用字遣詞實際上是平易近人。如賈島的名句「寫留行道影，焚卻坐禪身」〔註61〕，在字句的意思上並不難理解，然而「行道影」用「寫」來挽留，捨去的臭皮囊用「焚」來暗示，卻容易給人一種奇僻清冷、窮怪詭變的意象之思。類似的句子還有賈島自注於「二句三年得」的「獨行潭底影，數息樹邊身」〔註62〕，藉由「潭底影」、「樹邊身」這樣清冷的意象，將詩人的孤獨與徘徊形象描寫著相當出色。紀昀說此兩句「初讀似率易，細玩之，果有幽致」，就充分地說明賈島的苦吟特色。

而前面章節說過，科舉制度的以詩取士，寒素子弟的久試不第，無形中助長了苦吟詩風的發展。而賈島的苦吟風格，亦爲唐末詩人所繼承，在此舉幾首唐末詩人的苦吟詩歌來作說明：

> 杜荀鶴〈苦吟〉
> 世間何事好，最好莫過詩。一句我自得，四方人已知。
> 生應無報日，死是不吟時。始擬歸山去，林泉道在茲。〔註63〕

〔註58〕賈島〈題李凝幽居〉見清·彭定求等編：《全唐詩》，第十七冊，卷五百七十二，頁6639。

〔註59〕賈島〈憶江上吳處士〉，見清·彭定求等編：《全唐詩》，第十七冊，卷五百七十二，頁6647。

〔註60〕賈島〈劍客〉，見清·彭定求等編：《全唐詩》，第十七冊，卷五百七十一，頁6618。

〔註61〕賈島〈哭柏巖和尚〉，見清·彭定求等編：《全唐詩》，第十七冊，卷五百七十二，頁6630。

〔註62〕賈島〈送無可上人〉，見清·彭定求等編：《全唐詩》，第十七冊，卷五百七十二，頁6633。

〔註63〕清·彭定求等編：《全唐詩》，第二十冊，卷六百九十一，頁7944。

司空圖〈狂題十八首‧其六〉

由來相愛只詩僧，怪石長松自得朋。卻怕他生還識字，依前日下作孤燈。〔註64〕

陸龜蒙〈和襲美木蘭院次韻〉

苦吟清漏迢迢極，月過花西尚未眠。猶憶故山欹警枕，夜來嗚咽似流泉。〔註65〕

貫休〈苦吟〉

河薄星疎雪月孤，松枝清氣入肌膚。因知好句勝金玉，心極神勞特地無。〔註66〕

我們讀這些唐末詩人的詩句，會發現他們實際上都是走文字平易的風格，甚至連賈島清冷奇僻的意象也頗為少見，完全走向通俗淺白的意境。再論唐末詩人廣為所知的名句，曹唐「洞裏有天春寂寂，人間無路月茫茫」〔註67〕，羅隱「芳草有情皆礙馬，好雲無處不遮樓」〔註68〕，陸龜蒙「無情有恨無人覺，月曉風清欲墮時」〔註69〕，都是傳唱一時的名句，然而我們讀起來，皆未感受到難以理解的艱澀意味，這都是唐末通俗詩風流行的佐證。

而去唐末未遠的宋朝，南宋洪邁的《容齋隨筆》能讓我們理解唐末通俗詩句在後世的傳唱程度：

唐詩戲語士人於棋酒間，好稱引戲語，以助談笑，大抵皆唐人詩，後生多不知所從出，漫識所記憶者於此。「公道世間惟白髮，貴人頭上不曾饒」，杜牧《送隱者》詩也。「因過竹院逢僧話，又得浮生半日閒」，李涉詩也。「只恐為僧僧不了，為僧得了盡輸僧」，「啼得血流無歇處，不如緘口過殘春」，杜荀鶴詩也。「數聲風笛離亭晚，君向瀟湘

〔註64〕 清‧彭定求等編：《全唐詩》，第十九冊，卷六百三十四，頁7273。

〔註65〕 清‧彭定求等編：《全唐詩》，第十八冊，卷六百二十八，頁7210。

〔註66〕 清‧彭定求等編：《全唐詩》，第二十三冊，卷八百三十六，頁9423。

〔註67〕 曹唐〈仙子洞中有懷劉阮〉，見清‧彭定求等編：《全唐詩》，第十九冊，卷六百四十，頁7338。

〔註68〕 羅隱〈魏城逢故人〉，見李定廣：《羅隱集繫年校箋》，卷六，頁311。

〔註69〕 陸龜蒙〈和襲美木蘭後池三詠〉，見清‧彭定求等編：《全唐詩》，第十八冊，卷六百二十八，頁7211。

我向秦」，鄭谷詩也。「今朝有酒今朝醉，明日愁來明日愁」，
「勸君不用分明語，語得分明出轉難」，「自家飛絮猶無定，
爭解垂絲絆路人」，「明年更有新條在，撓亂春風卒未休」，
「採得百花成蜜後，不知辛苦爲誰甜」，羅隱詩也。高駢在
西川，築城御蠻，朝廷疑之，徙鎮荊南，作《風箏》詩以
見意曰：「昨夜箏聲響碧空，宮商信任往來風。依稀似曲才
堪聽，又被吹將別調中。」今人亦好引此句也。〔註70〕

既然稱爲戲語，就必然是通俗易懂的詩句，除了前舉的杜牧、李涉爲
晚唐詩人以外，其餘的杜荀鶴、鄭谷、羅隱、高駢皆爲唐末詩人，其
通俗詩風在唐末的流傳可想而知。

　　而戰亂所帶來的影響亦不容忽略，在因干戈流離的歲月中，詩
人往往會目睹社會的悲慘情況，尤其是黃巢之亂開始，由於國家的
民不聊生與旱災不斷，不僅造成了民變，同時亦有了人食人的慘狀，
當詩人面臨這樣的震撼時，所抒發在詩歌中的情感往往顯得眞摯，
而由於奔波逃難的環境，讓他們無暇錘鍊詩歌的文字技巧，往往寫
的通俗易懂，韋莊從長安逃難於洛陽所寫的〈秦婦吟〉即爲明顯的
例子，在長達一千多字的七言古詩中，描述著長安城破的開始與結
束，「中和癸卯春三月，洛陽城外花如雪。東西南北路人絶，綠楊悄
悄香塵滅……」幾乎可說是字字血淚。我們看他八年後安定下來所
寫的〈和鄭拾遺秋日感事一百韻〉，同樣是記載唐末的社會亂象，卻
寫得用典隱晦，艱澀難懂，這或許與詩人生活穩定下來，平復心中
激烈情感不無關係。

　　這種時局黑暗混亂的對詩風所造成影響，不妨拿唐末的幾篇重要
社會寫實詩作來參看：

　　　杜荀鶴〈山中寡婦〉
　　　　夫因兵死守蓬茅，麻苧衣衫鬢髮焦。桑柘廢來猶納稅，
　　　田園荒後尚徵苗。

〔註70〕 宋·洪邁：《容齋詩話》（台北：廣文書局，1971 年 6 月）卷 4，頁 139
　　　　～140。

　　時挑野菜和根煮，旋斫生柴帶葉燒。任是深山更深處，也應無計避征徭。〔註71〕

陸龜蒙〈新沙〉

　　渤澥聲中漲小堤，官家知後海鷗知。蓬萊有路教人到，應亦年年稅紫芝。〔註72〕

皮日休〈橡媼歎〉

　　秋深橡子熟，散落榛蕪岡。傴傴黃髮媼，拾之踐晨霜。移時始盈掬，盡日方滿筐。幾曝復幾蒸，用作三冬糧。山前有熟稻，紫穗襲人香。細獲又精舂，粒粒如玉璫。持之納於官，私室無倉箱。如何一石餘，只作五斗量。狡吏不畏刑，貪官不避贓。農時作私債，農畢歸官倉。自冬及於春，橡實誑飢腸。吾聞田成子，詐仁猶自王。吁嗟逢橡媼，不覺淚霑裳。〔註73〕

這些詩作，不論是從詩題還是內容上來看，明顯都是詩人有感於當時社會混亂時所做，不論是「任是深山更深處，也應無計避征徭」、「蓬萊有路教人到，應亦年年稅紫芝」、「狡吏不畏刑，貪官不避贓」都將社會的黑暗面寫得淺白簡要、一針見血，這樣子的詩風形成，實是由於作者心中的情感激盪，反映在詩中的，就成為質樸無華的血淚之作。黃致遠《唐末五代諷刺詩研究》亦言：

　　唐末五代諷刺詩是那個時代的社會陰影在詩人心靈上的投映，也是詩人們對社會環境所做的回應。雖然它不很崇高，但十分真實、深遠。冷眼觀世，直接面對人生，揭穿了真世相，道出人人心中所思所感，引起廣泛共鳴。同時因其追求淺易簡明，所以為民眾所喜聞樂道。〔註74〕

我們看杜荀鶴、陸龜蒙等人的社會詩作，確實如黃致遠所說的，以平易的文字道出了當時的黑暗面，成為當時的詩風特色。

〔註71〕清・彭定求等編：《全唐詩》，第二十冊，卷六百九十二，頁7958。
〔註72〕清・彭定求等編：《全唐詩》，第十八冊，卷六百二十九，頁7221。
〔註73〕清・彭定求等編：《全唐詩》，第十八冊，卷六百零八，頁7018。
〔註74〕黃致遠：《唐末五代諷刺詩研究》（台北：花木蘭文化出版社，2010年6月），下冊，頁371。

　　然而唐末通行的直俗詩風，顯然對於後世的評價無甚幫助，不少評論唐末詩壇的文人對此有極爲激烈的評論，如明代胡應麟《詩藪》評論唐末七言律詩云：

　　　　至吳融、韓偓香奩脂粉，杜荀鶴、李山甫委巷叢談，
　　否道斯極，唐亦以亡矣。〔註75〕

「香奩脂粉」指的是艷情詩，而「委巷叢談」，也即是所謂的通俗詩風，胡應麟對此評語是「否道斯極」，認爲這樣的詩風背離詩歌之理已達極端，所給予的批判不可不謂嚴厲。

　　而稍晚的許學夷亦批判唐末通俗詩風云：

　　　　唐人既變而爲輕浮纖巧，已復厭其所爲，又欲盡去鉛
　　華，專尚理志，於是意見日深，議論愈切，故必至於鄙俗
　　村陋耳。此上承元和而下啓宋人，乃大變而大蔽矣。〔註76〕

許學夷指出了唐末的通俗詩風產生的原因，在於對晚唐詩壇李商隱等人「輕浮纖巧」的風格反動，「已復厭其所爲，又欲盡去鉛華」，所以導致了「意見日深，議論愈切」，是繼承了元和時期白居易的詩風並且開啓了宋人的議論風格，是詩歌的「大變而大蔽」。

　　與許學夷同時的胡震亨算是對唐末詩歌持有較高評語的文人，然而他在評論唐末傑出詩人時，仍然視通俗詩風爲唐末詩人的缺陷：

　　　　五代十國詩家最著者，多有唐遺士。韋端己體近雅正，
　　惜出之太易，義乏閎深。杜彥之俚淺，以衰調寫衰代，事情
　　亦自眞切。黃文江力屏韻清，呢呢如與人對語。羅昭諫酣情
　　飽墨，出之幾不可了。未少佳篇，奈爲浮渲所掩。〔註77〕

不論是「出之太易」、「俚淺」、抑或「呢呢如與人對語」，其實都是批判他們的詩歌有著通俗與口語化的缺點，而站在現在的觀點來說，這種通俗的詩風，與其說是他們的缺點，倒不如說是他們在時代上所展現的特有詩風來的恰當。

〔註75〕明·胡應麟：《詩藪》（上海：上海古籍出版社，1979 年 11 月新版，），
　　　　內篇卷五，頁 85。
〔註76〕明·許學夷著、杜維沫校：《詩源辯體》，卷三十二，頁 308。
〔註77〕明·胡震亨：《唐音癸籤》，卷八，頁 81。

　　值得一提的是，唐末詩壇通俗詩風的盛行，也對詠史詩的創作產生了推波助瀾的作用，根據李宜涯的統計，唐代的詠史詩共有 1442 首，而晚唐時期（包含唐末）竟然就達到了 1014 首，可謂相當驚人。〔註78〕並且與平話演義的關係息息相關。這種詠史詩的盛行，一方面與當時社會局面混亂，詩人爲了避禍保身，又不得不抒發心中悲憤，故選擇了借古諷今的詠史詩來書寫。而另一方面，通俗文學如傳奇變文的盛行，也起到了重要的作用，這都是我們必須去注意的。

　　儘管唐末詩壇的通俗詩風飽受後人的許多批評，然而我們可以發現杜甫詩歌在後世也不乏「粗俗」之譏，如宋初西崑體的提倡者楊億，就視杜詩爲「村夫子」〔註79〕，而清初文壇領袖王士禎也繼承這種觀點，對杜甫詩歌的粗俗特色頗多詬病。〔註80〕然而杜詩因其多樣化與全面性，這樣的批判並不激烈，只被當成杜詩的些許瑕疵與部分特色。但是唐末詩人，由於社會的混亂與詩壇的風氣，或是諷刺、或是直俗，往往因爲自身情感與對時代的激憤而走向極端，儘管題材多元廣泛，有著詠史、詠物、寫實、豔情、感懷、落第之分，然而風格常趨向於單一，爲直俗淺陋的文字特色，成爲了後世文人的詬病對象。

第四節　小結

　　我們要如何評斷詩人或詩歌的優劣呢？這是作爲一個研究唐詩、甚至是普通讀者所不能不面對的問題。而在中國自古的詩話與選

〔註78〕「據粗略統計，唐代詠史詩共有一四四二首，晚唐竟達一零一四首。甚至還出現了詠史專集，如胡曾詠史詩一五零首，周曇詠史詩一九五首等」，見李宜涯：《晚唐詠史詩與平話演義之關係》（台北：文史哲出版社，2002 年 2 月），頁 65。

〔註79〕「楊大年不喜杜工部詩，謂爲村夫子」見宋・劉攽：《中山詩話》。收錄於清・何文煥輯：《歷代詩話》（台北：中華書局，2006 年 6 月 2 版），頁 288。

〔註80〕「阮翁酷不喜少陵，特不敢顯攻之。每舉楊大年村夫子之目以與客。又薄樂天而深惡羅昭諫。」見清・趙執信著、陳邇東校：《談龍錄》（台北：木鐸出版社，1982 年 5 月），頁 10～11。

本中，詩歌的優劣往往在文人的檯面爭辯或私下的暗流洶湧。如第二章筆者所述，杜甫詩歌生前並未十分有名，幸賴中唐韓愈、白居易等人先後的提倡，才在唐末時期形成了「崇杜」共識。

這樣的變化，其實是有賴於文人審美與心態的變化，沒有唐末時期科舉黑暗與黃巢之亂、藩鎮內鬥對士人心靈所起到的影響，杜甫詩歌在唐末的影響絕無如此之大。而宋朝以後理學的發展，又爲忠君愛國的杜詩發展起到了推廣的作用。

然而我們要如何審視唐末詩歌呢？從這章節可以粗略知道，唐末詩歌的低落，在於它違背了傳統儒家詩教溫柔敦厚、諷勸含蓄的風格，而走向了情感直露、語淺意切的直率與激憤，「亡國之音哀以思」，這是當時時勢對於末世文人所帶來的心靈扭曲。

但我們再看杜甫的詩歌評價，徐國能〈攻杜隅論〉陳述了歷代文人批評杜甫詩歌的論點：

> 總結前述，歷代攻杜主要有幾個層面：（一）杜甫的性格與「詩聖」的落差，（二）使事、用語的錯誤，（三）詩作中纖巧之俗句，（四）詩作中之粗拙的部分，包括了用字的俚俗與表現的直接。〔註81〕

可以發現，不論是第三點「詩作中纖巧之俗句」或是第四點「詩作中之粗拙的部分，包括了用字的俚俗與表現的直接」，其實亦是唐末詩人被後世文人激烈批評的地方。從前引胡震亨、許學夷的詩評，都可看出他們有這方面的傾向。

這是很有趣的現象，唐末詩歌與杜甫詩歌中呈現了相同的缺陷。但這種缺陷，在唐末詩歌的評論成了主流意見。在杜甫詩歌的評論卻成了一些文人的吹毛求疵。這似乎說明了詩歌審美的強烈主觀性。

平心而論，唐末詩歌實有其傑出的地方，不論是它淺俗、格卑或

〔註81〕徐國能：〈攻杜隅論〉，收錄於陳文華主編：《杜甫與唐宋詩學》（台北：里仁書局，2003 年 6 月），頁 585～599。爲 2002 年 11 月 27～28 日由淡江大學中文系主辦的〈杜甫誕生一千二百九十年國際學術研討會〉所發表的論文。

苦吟的特色，其實以平常心看待，都是一種獨特的意境。若說唐詩的初盛中晚可以比擬爲春夏秋冬，我們可以討厭秋天的蕭瑟、冬天的酷寒，卻不能說秋不如春、冬不如夏。即使是唐末頗令人詬病的香奩艷詩，將之放置與如今的流行歌曲所書寫的男女情慾來對比，也顯得純情眞樸多了。筆者以爲，或許是我們該用另一角度，去評斷唐末詩人文學地位的時候，而非單單只是將它視爲唐朝文學的餘燼。

第七章　結　論

　　本篇論文闡述唐末詩壇中，詩人對於杜甫詩歌的接受與學習，並集中以羅隱、韋莊、韓偓三位出身有別、遭遇相似、最後結局卻又迥然不同的詩人作為探討，並從唐末詩人與杜甫相似的遭遇與背景中，來探求唐末學杜興盛的原因。冀藉此來駁斥前人對唐末詩壇杜詩不盛的謬誤與疏忽。

　　唐末詩壇中，文人的痛苦往往不得紓解，在現實與理想中徬徨迷惘，我們閱讀羅隱、韋莊、韓偓等人的詩歌可以發現，是很難用單一流派或詩風來區分的。即使是唐末盛行的苦吟詩風，確實為當時文人在詩歌中的通病與特色。然而他們的苦吟，往往不在於字句的推敲，而是歌詠心靈的痛苦。小至個人仕途的不遇，大到國家苦難的悲傷，都是這個時期詩人所耿耿於懷的。

　　在唐末的詩人遭遇中，筆者舉了仕途坎坷、經歷戰亂、以及濟世思想的興起來做為他們與杜甫之間的共同處，單獨從唐朝兩百八十九年的國祚來看，從來沒有一個時期的詩人遭遇如唐末詩人一樣，和杜甫一生的經歷如此密切貼合。初唐為唐朝旭日將昇自不待言，活躍於盛唐的詩人如李白、王維，在生前即享有盛名，與一直流落下層的杜甫遭遇不同。杜甫由於出生稍晚，詩歌寫作介於盛唐與中唐之際，對於唐朝衰敗的面貌理解，遠比李白、王維等人要深刻多了。這是他與

盛唐詩人的不同。而中唐的文人如白居易、韓愈甚至到晚唐的李商隱，儘管由於時局混亂，社會寫實主義的詩歌逐漸盛行，胸有抱負的文人也常抱有濟世思想，然而他們實際上並未如杜甫一般，眞正親身體驗戰亂流離的痛苦，在詩歌的書寫上不免隔了一層，其詩歌在描述民眾的苦痛時，常常帶有上位者憐憫的心思與角度，這又是杜甫與中晚唐詩人的不一致。

也因此，筆者認爲，唐末詩壇的社會現象，實際上是最爲貼近杜甫生平的。不論是窮困科場的痛苦、抑或是戰亂連綿的干戈，還是濟世理念不得抒發的悲哀，都是唐末詩人與杜甫異時共鳴的諸多原因。而此時不論是韋莊《又玄集》的摘錄杜詩，孟棨《本事詩》對杜甫「詩史」概念的首論，都可以表示出唐末學杜風氣的鼎盛與成形。

在論述羅隱、韋莊、韓偓三人時，我們亦可發現他們在學習杜甫詩歌風格時，有著自己的風貌與特色。

身爲寒門子弟的羅隱，終身爲科場所困，晚年時局所迫，不得不依靠錢鏐保身。他對於唐末的社會黑暗可說是失望透頂，我們讀他的詩歌，確實如辛文房所講，是「凡以譏刺爲主，雖荒祠木偶，莫能免者。」〔註1〕也因爲他有這樣的背景與遭遇，所以在描述社會寫實的詩歌中，是與杜甫針砭時弊的詩歌一脈相傳，然而羅隱在詩歌中的遺憾爲過猶不及。心中的怨憤激盪，對仕途國家的自傷自憐，使羅隱太過於刻薄地諷刺他人，導致他在身後詩歌的評價不高。

韋莊則是充滿理想熱情的文人，儘管家道中落，又久試不第，然而韋莊早年的詩歌中，總是對於濟世理念充滿希冀，甚至可以說是盲目樂觀，讓他這一時期的詩歌，在某種程度上學到杜詩的恢弘氣象。然而從他五十九歲及第開始，我們可以看出他的詩風急轉直下，對於自身最著名的〈秦婦吟〉詩避而不談，詩中開始透露對於山水適意生活的嚮往，以及溫柔情慾的眷戀，與他《浣

〔註1〕元·辛文房著、戴揚本校注：《新譯唐才子傳》（台北：三民書局，2005年9月），頁544。

花詞》的風格漸趨一致，然而這樣的詩風並未使他脫離杜詩的範疇。反而是避居蜀地後，對於同樣曾經定居在成都的杜甫，讓避禍而來的韋莊同病相憐，不論是修草堂遺址，抑或《又玄集》置杜甫的詩歌為卷首第一，都顯示出韋莊對於杜甫詩歌的尊崇。而他這一時期的詩風，也與杜甫在成都草堂時期所創作的閒適風格，有著遙相呼應的繼承關係。

　　而三人中年紀最小的韓偓，是詩人李商隱的外甥。所以他的詩風，既有李商隱的濃豔華美，也傳承了李商隱自杜甫沿襲而來的沉鬱悲憤。他在天復年間，受到昭宗的信任，曾與宦官韓全誨、藩鎮朱溫等人怒顏相向，幾至於死，導致其貶謫在外。對比羅隱棲身錢鏐、韋莊投奔王建，甚至唐末氣節之士司空圖的隱居不出，可以說是唐末儒者的忠臣典範。而他的詩歌中亦呈現著唐末詩壇的矛盾與轉折，早年香豔、晚期沉鬱的詩風，實是暗喻著時代的悲劇。尤其是他隨著昭宗輾轉逃難、委曲求全的那段歲月，更是對他的詩歌造成了決定性的影響，我們讀他的詩歌，尤其是他早年的《香奩集》，可以發覺他是情感相當豐沛的文人，這也導致了他在晚年的沉鬱詩歌中，其對國事昏濁的悲憤，對奸臣藩鎮的痛恨，情感的奔放肆意無法抑制，在沉鬱的情感表現上比杜甫來的直接激烈，然而頓挫的意蘊含蓄卻頗有不及，這又是他不如杜甫的地方。

　　綜觀唐末詩壇，若是能拋開前人學者對此時的刻板印象，我們可以發現，除了廣為流傳的艷情與苦吟詩歌以外，對杜甫詩歌的學習與效仿，亦是此時詩壇的主流。這是他們環境與杜甫遭遇相似處的共鳴有關。然而，亦因為他們的遭遇比起杜甫生前更加的不幸與黑暗，他們詩歌中常常帶有對人生的絕望與失意，對於社會亂象的諷刺越加激烈，然而其本意已非儒家的教化觀，而是對於國家衰敗的激憤與詛咒，以羅隱為主的寒門子弟最能代表這種風格，即使是韓偓、韋莊等家道中落的世家子弟，在他們的詩歌中也不能避免。而遠紹杜甫、襲自香山的通俗詩風，更是他們此時的詩歌特色，而盛唐開元以後的「詩

賦取士」現象，更是對此時的詩風造成影響，而科舉仕途的艱困，唐末民亂的爆發，則往往讓他們對於人生與未來充滿著不確定，有著末世的灰色氣氛。「亡國之音哀以思」，這是唐末詩壇的主旋律，儘管此時期的詩人未有十分突出的大詩人，然而他們的詩歌特色確實是承襲於杜甫，並且更加的淒厲與沉鬱，成爲爲後世所詬病的原因。

　　平心而論，怨憤激烈、失意頹廢的唐末詩風，在儒家溫柔敦厚的「詩言志」觀念指導之下，確實顯得格格不入。但我們假如能夠純從藝術與審美角度來看，這種風格，不僅不是他們的缺陷，反而是時代的特色之一。清人葉燮（1627～1703）在《原詩》就提出這種觀點：

> 論者謂晚唐之詩，其音衰颯。然衰颯之論，晚唐不辭；若以衰颯爲貶，晚唐不受也。夫天有四時，四時有春秋。春氣滋生，秋氣肅殺。滋生則敷榮，肅殺則衰颯。氣之候不同，非氣有優劣也。使氣有優劣，春與秋亦有優劣乎？〔註2〕

誠然，我們讀盛唐的詩歌，常常會感到此時的詩人充滿熱情浪漫的情懷，詩歌常常展現出作者的自信與心胸，給人有恢弘壯闊之感。對比於晚唐以至於唐末的亂世之音，詩人頹廢失意的心聲與悲傷，確實會給人有「格卑」之感。然而這種「格卑」、「衰颯」，公正來說，只能說是唐末詩壇的特色，就像是四季的氣候循環，或許可以喜愛春天的百花綻放，卻不能說春天勝過秋天的落葉繽紛、壓倒冬天的北風呼號一樣。

　　劉大杰在評論唐末詩歌的特色時亦說：

> 這些作品，描寫眞實，情感沉痛，深刻地反映出亂離時代廣大人民的生活面貌，也是激烈的階級鬥爭下的產物。後人批評他們作品的缺點是淺露粗率，風格卑下，但反過來也正是他們的優點，這便是語言淺近通俗，傾向性鮮明，正像批評白居易之「白俗」一樣不足爲病。〔註3〕

〔註2〕清·葉燮：《原詩·外篇下》，收錄於清·丁福保輯：《清詩話》（上海：上海古籍出版社，1978年9月），下冊，卷四，頁605。
〔註3〕劉大杰：《中國文學發展史》（台北：華正書局，2008年8月），頁580。

站在公正的角度上來看，不論是葉燮、抑或是劉大杰的說法都有其道理。我們都知道詩歌的評價是受到時代的思想所影響，如宋代以後的理學盛行，導致了陶潛與杜甫在此時的詩歌評價大盛。而與儒家所讚賞的溫柔敦厚、婉轉諷勸風格不同的唐末詩人，則遭致主張「詩必盛唐」，以嚴羽為首的後世詩評家強烈抨擊。甚至衍伸出某些引人誤解的偏見，如明代王世貞（1526～1590）譏諷唐末詩歌云：

> 不知僖、昭困蜀、鳳時，溫、李、許、鄭輩得少陵、太白一語否？有治世音，有亂世音，有亡國音，故曰聲音之道與政通也。〔註4〕

批評溫庭筠（812～870）、李商隱（813～858）、許渾（？～858？）、鄭谷（849～911）不如杜甫、李白的忠心為國，未對僖、昭二帝的悲劇有一言一詞的論述。問題是，不論是僖宗奔蜀的廣明元年（880），抑或是昭宗被挾持於鳳翔的天復元年（901），溫庭筠、李商隱、許渾三人早已亡故，豈能對此效仿李杜、發表議論？若論僖昭困蜀鳳時，藉由本論文對羅隱、韋莊、韓偓三人的詩歌闡述，皆可看出此時的詩人對此有沉痛的呼應，豈如王世貞所輕視而言的「得少陵、太白一語否？」明人胡震亨（1569～1645）《唐音癸籤》竟言王世貞此論「旨哉言矣」〔註5〕，實是令人感嘆於對唐末詩人的刻板印象。

　　關於唐末詩壇，雖然今人學者有不少論述，然對比唐朝的初、中、盛、晚詩壇的豐富研究，仍遠有不及，但此時的詩歌風貌，實是唐朝詩歌不容忽視的一面，它一方面是唐朝最後的遺韻，一方面又承先啟後地開啟宋詩的詩歌風格。而本文在第二章的結論亦提，唐末的詩壇，崇杜現象不僅僅只於少部分的上層詩人提倡，而是真正被整個文人階級所公認的初始階段，研究此時的詩歌發展沿流與變化，是我們

〔註4〕　明・王世貞：《藝苑卮言》，收錄於清・丁福保輯：《歷代詩話續編》（台北：木鐸出版社，1988年7月），第二冊，卷四，頁1017。

〔註5〕　明・胡震亨：《唐音癸籤》（上海：上海古籍出版社，1981年5月），卷二十七，頁286～289。

所不應該忽略的研究方向。本論文欲拋磚引玉，對唐末詩壇的學杜現象作一粗淺的闡述，冀能給後來學者有些許的啓發與靈感，讓唐末詩壇的眞實面貌，能夠更完整地嶄露在更多的研究者與讀者面前。

參考文獻

（古人書籍按作者年代排列、今人著作依作者筆畫排列）

一、本論文主要研究文獻

1. 唐・杜甫著、清・錢謙益注：《錢注杜詩》，上海：上海古籍出版社，1979 年。
2. 唐・杜甫著、清・浦起龍注：《讀杜心解》，北京：中華書局，2010 年。
3. 唐・杜甫著、清・楊倫注：《杜詩鏡銓》，上海：上海古籍出版社，1980 年。
4. 唐・杜甫著、清・仇兆鰲注：《杜詩詳註》，北京：中華書局，1999 年。
5. 唐・羅隱著、潘慧惠注：《羅隱集校注》，杭州：浙江古籍出版社，1995 年。
6. 唐・羅隱著、李定廣注：《羅隱集繫年校箋》，北京：人民文學出版社，2013 年。
7. 唐・韋莊著、聶安福注：《韋莊集箋注》，上海：上海古籍出版社，2013 年。
8. 唐・韓偓著、陳繼龍注：《韓偓詩註》，上海：學林出版社，2011 年。

二、古籍

1. 晉・王嘉：《拾遺記》，收錄於《百子全書》，臺北：黎明文化，1996 年。
2. 唐・李商隱著、劉學鍇注：《李商隱詩歌集解》，北京：中華書局，2004 年。
3. 唐・皮日休著、蕭滌非、鄭慶篤編：《皮子文藪》，上海：上海古籍出版社，1981 年。

4. 唐・韓偓著，清・吳汝綸注：《韓翰林集》，台北：台灣學生書局，1967年。

5. 唐・孟棨：《本事詩》，收錄於清・丁福保輯：《歷代詩話續編》，台北：木鐸出版社，1988年。

6. 五代・何光遠：《鑑戒錄》，收錄於傅璇琮編：《五代史書彙編》，杭州：杭州出版社，2004年。

7. 五代・孫光憲：《北夢瑣言》，北京：中華書局，2002年。

8. 後晉・劉昫等著：《舊唐書》，北京：中華書局，1975年。

9. 宋・李昉等編：《太平御覽》，北京：中華書局，1995年。

10. 宋・薛居正等撰：《舊五代史》，北京：中華書局，1976年。

11. 宋・歐陽脩、宋祁著、楊家駱主編：《新五代史》，台北：鼎文書局，1980年。

12. 宋・歐陽脩、宋祁等著：《新唐書》，北京：中華書局，1975年。

13. 宋・司馬光著、南宋・胡三省注：《資治通鑑》，台北：天工書局，1988年。

14. 宋・蘇軾、孔凡禮點校：《蘇軾文集》，北京：中華書局，1983年。

15. 宋・計有功：《唐詩紀事》，上海：上海古籍出版社，1987年。

16. 宋・阮閱、郭紹虞編：《詩話總龜》，北京：人民文學出版社，1987年。

17. 宋・王楙：《野客叢書》，收錄於《筆記小說大觀續編》，台北：新興書局，1962年。

18. 宋・王欽若等編，周勛初等校：《冊府元龜》，南京：鳳凰出版社，2006年。

19. 宋・朱熹：《四書章句集注》，長沙：岳麓書社，2008年。

20. 宋・劉克莊、王秀梅校：《後村詩話》（北京：中華書局，1983年。

21. 宋・嚴羽著、郭紹虞校注：《滄浪詩話校譯》，台北：里仁書局，1987年。

22. 宋・洪邁：《容齋詩話》，台北：廣文書局，1971年。

23. 宋・曾慥著、王汝濤注：《類說校注》，福州：福建人民出版社，1996年。

24. 宋・文天祥：《文山先生全集》，上海商務印書館縮印烏程許氏藏明本。

25. 元・方回編，李慶甲校注：《瀛奎律髓彙評》，上海：上海古籍出版社，2008年。

26. 元・辛文房著、戴揚本校注：《新譯唐才子傳》，台北：三民書局，2005 年。

27. 元・脫脫著、楊家駱主編：《宋史》，台北：鼎文書局，1983 年。

28. 明・胡震亨：《唐音癸籤》上海：上海古籍出版社，1981 年。

29. 明・許學夷著、杜維沫校：《詩源辯體》，北京：人民文學出版社，1998 年。

30. 明・胡應麟著：《詩藪》，台北：正生書局，1973 年。

31. 清・王夫之著、陳新校點：《明詩評選》，北京：文化藝術出版社，1997 年。

32. 清・王夫之著：《讀通鑑論》，台北：漢京文化，1984 年。

33. 清・王士禎著、清・鄭方坤刪補、戴鴻森點校：《五代詩話》，北京：人民文學出版社，1998 年。

34. 清・黃生：《唐詩矩》，收錄於諸偉奇主編：《黃生全集》，安徽大學出版，2010 年。

35. 清・吳任臣：《十國春秋》，北京：中華書局，1983 年。

36. 清・李調元著：《雨村詩話》，台北：廣文書局，1971 年。

37. 清・趙執信著、陳邇東校：《談龍錄》，台北：木鐸出版社，1982 年。

38. 清・洪亮吉著：《北江詩話》，北京：人民文學出版社，1998 年。

39. 清・錢謙益著、錢曾注、錢仲聯校：《牧齋有學集》，收錄於《錢牧齋全集》，上海：上海古籍出版社，2003 年。

40. 清・沈濤：《匏廬詩話》，北京：北京圖書館出版社，2004 年。

41. 清・顧祖禹著、賀次君等點效：《讀史方輿紀要》，北京：中華書局，2005 年。

42. 清・陳鱣：《續唐書》，北京：中華書局，1985 年。

43. 清・董誥等編：《全唐文》，北京：中華書局，1983 年。

44. 清・佚名、何永清注：《增廣昔時賢文新解》，台北：台灣商務印書館，2008 年。

45. 清・惲毓鼎著：《澄齋日記》，杭州：浙江古籍出版社，2002 年。

46. 清・吳喬著：《圍爐詩話》，台北：廣文書局，1969 年。

47. 清・紀洵等輯：《四庫全書總目提要》，石家莊：河北人民出版社，2000 年。

48. 清・丁福保輯：《清詩話》，上海：上海古籍出版社，1978 年。

49. 清・郭紹虞輯、富壽蓀校：《清詩話續編》，上海：上海古籍出版社，

1983 年。

50. 清‧郭紹虞輯：《宋詩話輯佚》，北京：中華書局，1980 年。

51. 清‧鄭板橋著、華耀祥注：《鄭板橋詩詞箋注》，揚州：廣陵書局，2008 年。

52. 清‧何文煥輯：《歷代詩話》，台北：中華書局，2006 年。

53. 清‧丁福保輯：《歷代詩話續編》，台北：木鐸出版社，1988 年。

54. 清‧彭定求等編：《全唐詩》，北京：中華書局，1979 年 8 月。

三、專書

1. 王雲五編、王孟鷗注：《禮記今注今釋》，台北：台灣商務印書館，2002 年。

2. 田耕宇：《中唐至北宋文學轉型研究》，北京：中華書店，2009 年。

3. 宇文所安著、賈晉華、錢彥譯：《晚唐》，北京：新華書局，2012 年。

4. 宇文所安等注、劉倩等譯：《劍橋中國文學史》，北京：新華書局，2013 年。

5. 呂武志：《唐末五代散文研究》，台北：學生書局，1989 年。

6. 李學勤主編：《十三經注疏‧毛詩正義》，北京：北京大學出版社，1999 年。

7. 李宜涯：《晚唐詠史詩與平話演義之關係》，台北：文史哲出版社，2002 年。

8. 李定廣：《唐末五代亂世文學研究》，北京：中國社會科學出版社，2006 年。

9. 李定廣：《羅隱年譜》，上海：上海古籍出版社，2012 年。

10. 肖瑞峰、方堅銘、彭萬隆：《晚唐政治與文學》，北京：中國社會科學出版社，2011 年。

11. 周采泉：《杜集書錄》，上海：上海古籍出版社，1986 年。

12. 金瀅坤：《唐五代科舉的世界》，上海：復旦大學出版社，2014 年。

13. 施蟄存：《唐詩百話》，上海：上海古籍出版社，1988 年。

14. 俞平伯等著：《唐詩鑑賞辭典》，上海：上海辭書出版社，2013 年。

15. 胡可先：《唐代重大歷史事件與文學研究》，杭州：浙江大學出版社，2007 年。

16. 唐圭璋：《詞話叢編》，北京：中華書局，1986 年。

17. 夏承燾：《韋端己年譜》，台北：世界書局，2013 年。

18. 徐樂軍：《晚唐文人仕進心態研究》，北京：社會科學文獻出版社，2014 年。

19. 徐曉峰：《唐代科舉與應試詩研究》，北京：北京大學出版社，2015 年。

20. 莫礪鋒：《杜甫評傳》，南京：南京大學出版社，1993 年。

21. 陳香：《晚唐詩人韓偓》，台北：國家出版社，1993 年。

22. 陳文華主編：《杜甫與唐宋詩學》，台北：里仁書局，2003 年。

23. 張美麗：《韋莊詩研究》，北京：中國社會科學出版社，2010 年。

24. 華文軒編：《古典文學研究資料彙編‧杜甫卷》，北京：中華書局，1982 年。

25. 傅璇琮：《唐代科舉與文學》，台北：文史哲出版社，1994 年。

26. 傅璇琮：《唐人選唐詩新編》，北京：陝西人民教育出版社。1996 年。

27. 蔡振念：《杜詩唐宋接受史》，台北：五南圖書出版公司，2002 年。

28. 彭國忠主編：《唐代試律詩》，合肥：黃山書社，2006 年。

29. 黃致遠：《唐末五代諷刺詩研究》，台北：花木蘭文化出版社，2010 年。

30. 黃雅莉：《江西詩風的創新與再造——陳後山對杜詩的繼承與拓展》，新北：花木蘭出版社，2012 年。

31. 湯燕君：《唐代試詩制度研究》，北京：中國社會科學出版社，2014 年。

32. 劉寧：《唐宋之際的詩歌演變研究》，北京：北京師範大學出版社，2002 年。

33. 趙榮蔚：《晚唐士風與詩風》，上海：上海古籍出版社，2004 年。

34. 鄧小軍：《詩史釋證》，北京：中華書局，2004 年。

35. 劉大杰：《中國文學發展史》，台北：華正書局，2008 年。

36. 劉文剛：《杜甫學史》，四川：巴蜀書社，2012 年。

37. 魯迅：〈小品文的危機〉，收錄於《魯迅全集》第四冊《南腔北調集》，北京：人民文學出版社，2005 年。

38. 霍然：《隋唐五代詩歌史論》，長春：吉林教育出版社，2006 年。

39. 顏廷亮、趙以武輯：《秦婦吟研究彙錄》，上海：上海古籍出版社，1990 年。

40. 羅根澤：《晚唐五代文學批評史》，台北：台灣商務印書館，1996 年。

41. 蘇雪林：《唐詩概論》，台北：台灣商務印書館，1988 年。

四、期刊論文

1. 杜華平：〈杜詩拗體詩新議〉，《江西財經大學學報》2008 年第 5 期，頁 68～73。

2. 唐磊：〈略論杜甫之狂〉，《南京工業大學學報》2002 年第一期，頁 60。

3. 程千帆；張宏生：〈七言律詩中的政治內涵——從杜甫到李商隱、韓偓〉，《文藝理論研究》，1988 年第 2 期，頁 81～90。

4. 張海：〈簡論韋莊與杜甫〉，《杜甫研究學刊》2012 年第 2 期，頁 31～32。

5. 黃自鴻：〈杜甫「詩史」定義的繁衍現象〉，《漢學研究》2007 年 6 月第 25 卷第 1 期，頁 192～193。

6. 簡恩定：〈杜詩爲「風雅罪魁」評議〉，收錄於陳文華主編：《杜甫與唐宋詩學》，台北：里仁書局，2003 年，頁 401～418。

五、學位論文

1. 杜廣學：《兩位「詩史」——杜甫韓偓比較研究》，哈爾濱：黑龍江大學中國古代文學碩士論文，2011 年。

2. 周秀娟：《唐末之詩史，晚唐之正音——韓偓「詩史」詩歌研究》，福州：福建師範大學中國古代文學碩士論文，2006 年。

3. 范爛：《韓偓詩歌研究》，成都：四川師範大學中國古代文學碩士論文，2011 年。徐麗麗：《韋莊對杜甫的接受研究》，重慶：西南大學中國古代文學碩士論文，2013 年

4. 陸效東：《杜甫在唐代的接受》，合肥：安徽大學中文所碩士論文，2005 年。

5. 陳鵬：《唐末文學研究——羅隱、韋莊、韓偓爲中心》，武漢：武漢大學中國古代文學碩士論文，2004 年。

6. 郭麗娜：《杜詩的唐末接受》，保定：河北大學中文所碩士論文，2009 年。

7. 黃致遠：《羅隱及其詩研究》，台北：國立文化大學中文所在職碩士論文，2003 年。

8. 黃桂鳳：《唐代杜詩接受研究》，北京：北京師範大學中文所博士論文，2006 年。